D・H・ロレンスと雌牛スーザン

ロレンスの神秘主義をめぐって

著者——ウィリアム・ヨーク・ティンダル
訳者——木村公一、倉田雅美、小林みどり

D. H. Lawrence & Susan His Cow

春風社

D・H・ロレンスと雌牛スーザン——ロレンスの神秘主義をめぐって

セシリアに捧ぐ

目次

凡例

一　原著で言及されている人名、地名、作品名、雑誌名、出版社名などの固有名詞の原語名表記については、本書では一部を除き日本語表記のみとしている。

二　原著者による英語の造語的表現はもとより、ドイツ語、フランス語、イタリア語など英語以外の言語で書かれた特殊な表現（巻末のインデックスには掲載されていないもの）は、訳出した上で、（　）の中に、それらの原文を記している。

三　原著に散見される、意味強調のためのイタリック表記の訳出については、それらに傍点を付している。

四　原著の明らかな誤植・誤字・脱字などについては、訳出の際に訂正している。

五　原著に含まれている数々の手紙の訳出については、『ロレンス　愛と苦悩の手紙――ケンブリッジ版Ｄ・Ｈ・ロレンス書簡集』（木村・倉田・伊藤共編訳――鷹書房弓プレス、二〇一一年）を参照している。

六　原著のインデックス訳出にあたって、定義が多義にわたるような見出し語句についてはわずかではあるが削除したものもある。

序論

タオスの農場の裏庭に、Ｄ・Ｈ・ロレンスはスーザンという名前の一頭の雌牛を飼っていた。その気質からして、重んじられ、愛されるに価しないようなこの生き物に飼い主は多大の関心と愛情を寄せていた。「……愛はかつて一人の少年だった」という題のエッセイの中で、このスーザンを褒め称え、他のエッセイでもしばしば言及し、スーザンと並んで写真を撮らせることを許したりもした。ロレンスの書簡集の読者が自分でもそうした事情がよく飲み込めるようにとの配慮からだった。とにかくロレンスにとって、スーザンは大騒ぎして追い掛けるにふさわしいばかりか、夕方の冷気の中で乳を搾るにもってこいの雌牛だった。

森の端で暮らす黒い目のスーザンは
ロレンスにとってただそこに居るだけの存在であって
それ以上の何物でもなかった

しかし、スーザンはこうしたふざけ気分の詩で問題にはされていなかったものの、実はロレンスにとっては無視することのできない存在だった。スーザンは宗教的な対象物であるばかりか、生命と救済の象徴でもあったのだ。したがって、ロレンスはこのように問い掛けた。「どうすればその黒い雌牛スーザンと釣り合えるのだろう?……二人の間には『一種の強い絆』が存在するのだ。それは愛の神秘の一部だ……その雌牛の奇妙な神秘はその変わらぬ牛としての魅力そのものである(1)」

このような発言から、ロレンスを馬鹿呼ばわりしたがる人もいる。というのも、馬鹿のように感じるのもあながち否定できないからだ。しかし、忘れてならないのは、ロレンスには偉大なる天賦の才能が備わっていることから、天才と呼んでも差し支えないものの、その才能は必ずしも道理をわきまえたものではないということである。だが、一旦、その本質が理解されれば、思ったほどは馬鹿ではなさそうだという気がしてくる。とにかく、天才に立ち向かうにあたっての批評家の最初になすべきことは、ロレンスが言わんとするところのものを真に理解しようと努めることであろう。

ロレンスを理解するにあたって問題となるのは次のような点である。ロレンスのような偉大なる天賦の才能の持ち主が、どうしてそのような一頭の雌牛、つまり一頭の象徴的な雌牛を気に掛けることになったのだろうか? どうして一種の宗教的な畏怖の念や荘厳ミサにふさわしい感情で、その雌牛の見掛けの軽挙妄動の背後にあるものに接近しようとしたのだろうか? ひいては、どうして多くの崇拝の眼差しを向けてくれる読者をそのような様々な応対に厳かに立ち会わせようとしたのだろうか?

スーザンの内に、私は解決を必要とする問題ばかりか、ロレンスの生涯と仕事が見事に表現されている一つの象徴をも見出したので、スーザンを論考の手掛かりとしたい。スーザンの孕む問題から始めて、またその問題に立ち戻ることで、私たちの提起する問題への解答が得られるかもしれないし、ロレンスの作品がよりよく理解できるようになるだろう——つまり、ロレンスの作品のどの点が馬鹿げていて、どの点がすぐれているかに気づくようになるだろう。しかし、この本の題名が他の様々な期待を抱かせているにもかかわらず、スーザンそのものよりも、スーザンに至る道程を扱うことになるだろう。この道程とそれに伴ういくつもの脇道を辿ることで、ロレンスの様々な苦労に思いを馳せることになる。苦労からの解放を見出そうとする努力、ロレンスが自らの哲学と呼ぶところの進歩発展、ひいてはその哲学の小説や詩への影響などがそうである。

私はさらにスーザンを様々な意味合いを孕む象徴として、つまり、今日の多くの芸術家の苦境や大望がうまく表現され得るような象徴として考えてみたい。ロレンスとスーザンとの関わりが納得できれば、今日の文学や社会や価値判断や嗜好などの様々な問題が多少とも理解できるようになるだろう。ロレンスにとって、スーザンは一つの救済手段だったのだ。私たちにとっても、スーザンは一つの自己理解の手段でもあろう。というのも、過去五〇年間に活躍したすぐれた作家たちの多くが自らのスーザンを所有していたからである。そこで、ロレンスのスーザンへと至る道筋を辿ることによって、私はスーザンの姉妹に出会うとともに、今日の一般的な問題に挑戦してみたい。

スーザンの象徴的意味を探るにあたって、私はロレンスの散文作品に目を通さざるを得なかった。[2] 特に、『フェニックス』や様々な書簡集は大いに役立った。また、ロレンスの知人であった人たちによる様々な回想録にも目を通した。中でも、ブルースター夫妻、フレデリック・カーター、E・T（ジェシー・チェインバーズ）、キャサリン・カーズウェル、メイベル・ドッジ・ルーハン、クヌド・メリル、それにロレンス夫人などの回想録に負うところが多かった。ロレンスの死後、続々と現れたこれらの重要な資料は、ロレンスのいかなる同時代人よりも、ロレンス自身に関する情報を与えてくれる。そして、それらがまたさらなる調査への格好の題材となるばかりか、ロレンスの生きた時代を調べる上での素晴らしい拠点ともなるのである。

こうしたことから言えば、ロレンスがこれまで様々な学者や歴史家たちによってほとんど注視されてこなかったのは奇妙という他はない。エルンスト・セイエールやポール・ドゥ・ルールによって最近に刊行されたロレンスに関する学術的エッセイなどはその例で、ロレンスについて未だ知られざることを学問的に明るみに出してはいないばかりか、自身が抱く様々な先入観から免れてもいない。それに反して、ジョン・ミドルトン・マリを始め、リチャード・オールディントン、オルダス・ハックスリー、F・R・リーヴィス、ホレス・グレゴリー、ヒュー・キングズミル、ウィンダム・ルイスなどといった、ロレンスに対してすぐれた個人的な批評的反応を示すことで鋭い心理学的研究書を出版している文学者たちもいる。紛れもなくそれらのエッセイは天才を前にしての批評家自身の心の状態を書き留めている。

しかし、本書は一人の批評家の心の有様やロレンスへの熱狂振りを書き留めたものではない。それはロレンスを歴史的に説明することで、彼を当時の知的、社会的、文学的運動の中に位置付け、その個人的問題への自らの反応が身の回りで起きていた現象からその特質をどのように現出することになったかを述べようとすることにある。しかし、一人の預言者を大雑把に分類するのは不適切なことであり、無意味でもある。だが、当然のことながら、もしそれがロレンスの作品と今日の時代把握といったことに繋がるのであれば、大いに意味のあることだろう。さらに言えば、ロレンスへの様々な批判と同じく熱狂振りも、一般的にではなく真に理解されるのを目指すことになるのであれば、それはそれで適切なものとなろう。

本書の様々な推断はいろいろな事実の発見に基づいていて、ロレンスの世界の意味がそれらによって明瞭になるとともに、読者の強い興味もそがれることがなくなるように思われる。現に、神智学やヨーガへのロレンスの関心にはこれまでほとんど留意されなかったし、神秘的な事象や『翼ある蛇』に窺われるいくつかの人類学的典拠、それに他の様々な資料などもあまり考慮されなかった。したがって、これらの分野を吟味することで、読者の内に新たな興味が芽生えてもこよう。しかし、作家の価値の大半をその作品の訴えに求める読者にとってはあまり意味がないかもしれない。それでも、私はあえてこの危険を冒してみたい。

これらの新たな事実の大半はロレンスの読書歴を調べることによって明らかとなる。ロレンスのような作家の訴えに接近すること、つまり、そうした訴えの源や特質を明らかにするのは大抵の場合、有益なことである。だが、実のところ、ロレンスの場合にはそれがかなり難しい。というのも、その読書歴の証拠が手紙やエッセイの中でぼやかされたり、もしくは全く言及されないままになっているからである。ロレンスは著者の名前をほとんど正確には覚えていなかったし、作品の題名にも無頓着で、時には作家を混同したりもした。場所や書物に関する意見も気分に左右された。おそらく、時には純粋無垢とは縁遠い気持ちに襲われることがあったのだろう。有益だと思っていたものをよく蔑んだりした。もう少しロレンスに節度があったなら、読書に関する考えもその読書と同じく私たちの研究目的にとって重要なものとなっていたことであろう。しかし、私たちはロレンスが書物を乱用したというよりも、どのように利用したかに満足すべきで、ロレンスに期待され歓迎されもしないような研究の目途が立たないからと言って、本人やその性格を責めるべきでないことを心に留めておかねばならない。しかし、私は何とかしてロレンスの作品から彼の読んだ書物の多くを見つけ出すことができたばかりか、それらをどのように利用したかを知ることもできた。また、ロレンスの友人たちと手紙を通じて、これらの発見を補足することもできた。特に、ロレンスの読んだ書物を自分でも読んだロレンス夫人にはとてもお世話になり、私のくだらない質問にも我慢して答えて下さった。他にも、メイベル・ドッジ・ルーハン夫人、ジュリアン・ハックスリー夫人、レディー・オトライン・モレル、それにウィター・

ビナーたちもよく知っておられることを教えて下さった。こうした援助と私なりの方法によって、その象徴的な雌牛スーザンに至る道筋を辿ることができた。

この道程の最初の作業が一九三六年に行われた。ロレンスの崇拝者ともいうべき何人かの人たちと会っているうちに、突然、ロレンスとバニヤンとの類似性に気づいたことで、私の関心はロレンス本人に向けられることとなった。その類似性についてはずっと研究していて、スーザンの発見によって、現代文学の講義を用意してもいた。また、ウォルター・ローリー卿の次のような言葉をずっと自覚してもいた。「一つの現代史を書こうとする者は、真理に近づき過ぎると期せずして自らの歯を折ることにもなろう」。そして、私はその雌牛のかかとに近づき過ぎればそうした危険が増すことを感じていた。だが、ともあれ、私には自分の道を進む勇気があった。それというのも、当時、ある書評家が『タイムズ・リタラリー・サプリメント』誌上で、ロレンスに関して覚めた見方をしている一つのフランス人批評家をたしなめていたことを知らなかったからである。つまり、その批評家は『今日の英文学で間違いなく最高の才人(3)』によって『激しく感情を掻き立てられなかった』というのである。おそらく、私も冷静にあまり好ましくない結論を出そうとしていた。また、当時、ロレンスを中傷する人たちに向けられた脅迫的とも言える一つの詩をアーチボールド・マクリーシュが読んだのを耳にしていなかったからでもある。しかし、それらのことを知らなかったために、大胆にも最初の作業に着手することができたのである。そこで、私は自分の研究の出発拠点でもあるアメリカ自然歴史博物館から始めて、一九三六年の一二月に「現代言語協会」でこれまでの研究結果を発表していたリッチモンドやヴァージニアの研究機関へと移っていった。その後、重要な結論をいくつか具体的に提出していった。特に、本書の四章と五章は『スウォーニー・レヴュー』誌（一九三七年四月号から六月号まで）に掲載したものであり、編集者の御好意によって、何箇所かを写し取った。

ところで、ロレンスの諸作品からの引用をさせて頂くにあたって、アメリカでの版権を所有しておられるヴァイキング社には殊の外お世話になった。『無意識の幻想』、『フェニックス』、『恋する女たち』、『精神分析と無意識』、『アポカリプス』、『海とサルデーニャ』、『カンガルー』、『アーロンの杖』、『最後の詩集』、『アメリカ古典文学研究』、『D・H・ロレンス書簡集』などがそうである。『翼ある蛇』、『メキシコの朝』、『セント・モア』、『チャタレイ夫人の恋人』、「陽気な幽霊」などからの引用は、アメリカの権威ある出版社であるアルフレッド・A・クノッフ社の特別の御好意によって許可して頂いた。『ヤマアラシの死についての諸考察』からの引用については、フィラデルフィアのケンタウロス出版社の御好意に大変感謝している。また、ロレンス夫人とイギリスでの右記の作品の版権所有者であるウィリアム・ハイネマンとの協議によって、いろいろと引用する許可を頂いた。オックスフォードのクラレンドン出版社からも、『ヨーロッパ史における諸動向』の一文を引用する許可を頂いた。さらに、キャサリン・カーズウェルの『野蛮な巡礼』やI・A・リチャードの『文芸批評の原理』から何箇所かを引用する許可をハーコート・ブレイス出版社から頂き、W・B・イェイツの『自叙伝』と『エッセイ』から引用する許可についてはマクミラン出版社から頂き、サミュエル・バトラーの『生活と習慣』から一文を引用する許可をジョナサン・ケイプから頂き、トマス・ウルフの『ある小説の物語』から一文を引用する許可をチャールズ・スクリブナーから頂き、エイダ・ロレンスとスチュアート・ゲルダーの共著『若き日のD・H・ロレンス』から何箇所かを引用する許可をマーティン・セッカーとワールブルグ社から頂き、アールとアクサのブルースター夫妻の『D・H・ロレンス——回想と書簡』から何箇所かを引用する許可をお二人から頂いた。

ひいては、ロレンス夫人とジョージ・ヴェイラント博士にロレンスに関する未発表の資料を与えて頂いたことに感謝している。芸術と思慮分別についての情報を頂いたリンカーン・ライス博士と、とても貴重な支持や多大なる励ましを頂いたO・J・キャンベル教授にも感謝している。アーネスト・ハンター・ライト教授からもいろいろと批評を頂き、その御厚意に感謝している。また、私の校正を読んでもらった母からは、自然博物史に関する貴重な意見を頂いた。それと、私の長談義を楽しみ、校正を前に書き改めた文章を根気強く誉めてくれた私の妻のセシリアがいなかったら、本書は仕上がってはいなかったであろう。

コロンビア大学
一九三九年六月二二日

注

（1）『ヤマアラシの死についての諸考察』（ロンドン、セッカー、一九三四年）の一六四－七六頁。

（2）ロレンスの詩についても同じことを行ったが、詩にあっては証拠が不十分なので、散文の例に見習うこととした。したがって、散文に関する意見を述べるにとどめ、詩的証拠は注に引用することにした。

（3）ポール・ドゥ・ルールの著書『D・H・ロレンスの作品』（パリ、ヴラン、一九三七年）の書評。一九三八年一月八日号。一九三八年七月一八日号も参照。

すべてがバラバラで、首尾一貫性などない、
すべてが代役であって、関係の中で生きている、
君主、臣民、父親、息子など忘れられた存在で、
誰もが不死鳥であらねばと思っている、
それ以外の何者でもあり得ないと思っている、
これが今の世界の状態である……

——ジョン・ダン「世界の解剖模型」より

第1章　日ごとの苦労

ロレンスが雌牛スーザンを追い求めるといった牧歌的な気晴らしが含む宗教的な側面は、本人の性質や生活環境や精神的な気質などを明るみに出すことによってよりよく理解されよう。これらが明瞭になると、タオスにあるロレンスの家の裏庭で起きていたことは、もはや驚きではなく、非難めいた感じで受け取られるかもしれない。実際、悲惨な運命からの解放を求めんと努力することで、牧場へと自らを追い詰めることになったのは全く不思議なことである。ロレンスは自らの性質や境遇のおかげで、奇妙なほど不毛な闘いを強いられることとなった。彼の作品はもとより、スーザンとの個人的な関わりが紛れもなくその記録である。

ロレンスはエリオット氏の地獄やジョイス氏の熱に浮かされたような夢に現れる、壊われた寝台のバネや錆付いた聖杯が投げ捨てられているノッティンガム近郊の荒廃した炭鉱町で生まれ、育った。そうした忌むべき場所は、干し草や様々な花が散在し、雌牛なども飼っている、近隣に残存している農場とはまさに対照的だった。「荒地」の孕む様々な属性の内で育ったことは、エリオットのような詩人にとって一つの特権とも言えるものだった。それらに直面し、詩の中にそれらを極めて強烈なイメージに仕立て上げることができたからである。しかし、そうした恐怖の魅力に耐え得なかったロレンスはそうした現実から逃げ出したかった。こうした現実逃避の状況はメソジスト派の鉱夫であった父親よりも自分の性分に適っていた。息子であるロレンスは有能なすぐれた人間を好んでいたからである。

ロレンスの母親はまさにすぐれた人物で、乱暴で暴飲の夫を前にする度に、謹厳実直な節酒家の紳士への憧れがいや増すのだった。そうした不幸な家庭生活の中にあって、ロレンスは母親のお気に入りであるが故に、母親の味方であった。自分に献身してくれるように、自分も息子を熱愛することで、母親は炭鉱世界から息子を救った。だが、自分を救うことはできなかったのである。ロレンスが少なくとも成熟するまで、いや、おそらくはその生涯を通じてオイディプスの不平や不満に苦しんだことは、E・T（ジェシー・チェインバーズ）、フリーダ・ロレンス、それにジョン・ミドルトン・マリなどによる回想録に明らかであり、また、それを疑う理由などないのである。

E・Tといった綴りで本名を隠そうとした最初の恋人でもあるジェーシー・チェインバーズとロレンスとの関係は、彼女の『私記』やロレンスの『息子と恋人』でも多少は明かされてもいるように、そうしたオイディプス・コンプレックスによって拘束されてきた。ロレンスの妻のフリーダも、大陸への二人の逃避中にあってもそうした衝動に困惑することになった、と語っている。ロレンスはもとより、彼を取り巻く人たちもフロイトの存在を知るずっと以前から、そうした彼の心理的傾向に気づいていた。

それは日常生活に障害をもたらすことになり、様々な場所で、様々な階層の人たちを他に類を見ないほどに不快にした。それは『白孔雀』、『アーロンの杖』、『カンガルー』、『恋する女たち』などの主人公の行動からも明らかである。また、それはコーンウォールでの農夫とのいざこざや、男仲間への礼儀正しい態度と較べてタオスのクラレンスに採った偏った態度からも見て取れよう（もっともルーハン夫人の報告が正確であればだが）。こうしたことから、ロレンスの女性経験は自分にとって大いなる失望となった。

また、ロレンスの肉体も同じように失望していた。やせ衰え、生気がなくなり、好男子とは言えなくなった。人を愛するにふさわしい体格ではなくなった。少年の頃からの鼻づまりや脆弱な肺のおかげで肺炎に罹ったりするうちに、ついには肺病を併発することになった。しかし、そうした肉体の不調は却ってその感覚的な想像力を高めることになった。その効果は明白だったものの、周囲の観察者たちにとっては、ロレンスの未熟な人格に較べて、我慢のならないものと思えたのである。もっともロレンスの心意気によって慰められた人たちの中には、肉体を度外視したり、肉体の背後にあるものを見抜けたりするものが大勢いた。しかし、デイヴィッド・ガーネットはロレンスの育ちの悪さや下劣振りをよく口にしていたし、ルーハン夫人もロレンスの心意気に落胆して、下品で鼻高な点では人語に落ちないと思っていた。その見栄えのしない病弱な男は何時しか権力を匂わせるような顎鬚を生やしたが、その高慢な態度や脆弱な肺をもはや隠蔽することはできなかった[1]。

しかし、その顎鬚の情夫の神経は剥き出しになっていた。ありふれた災難もロレンスにとってはかなりの重圧になった。ロレンスには猫のように敏感で、ドナルド・ダックの苛立ちにも似たような、まさに良識の欠如した女性的感覚が備わっていた[2]。様々な場所での体験や病弱の肉体から後込みすることで、ヨーロッパやアジアやポリネシアやアメリカなどを通じて、自らの剥き出しの神経を次々と見せびらかした。サナトリウムや自宅にいると決まって、情緒不安定になり、それが文学的感性を育むことにはなっても、人に安らぎを与えるようなものでは決してなかったのである。

ロレンスに固有の欠陥や社交性の欠如は大いに問題ではあったが、それらは他の様々な抑圧や失望、それに戦争によって一層悪化することとなった。特に、戦争はロレンスにとってうんざりさせるどころのものではなかった。鉄の文化の只中にあって、自らの心は凍え、その敏感な肉体は徴兵検査官の分析的な視線によって縮こまった。また、イングランドからの脱出を政府に認められなかったことで、籠の中に閉じ込められたような気になった。ドイツ人を援助しているのではないかと疑われたことで、ロレンスとドイツ人花嫁は不安な日々を過すことになった。何より苦しむということが苦手なロレンスにとって、そうした災難は貧困や他人の敵愾心や無視などによって、この上なく耐え難いものとなった。その顕著な例が、高い道徳性を誇る小説『虹』の発禁だった。というのも、悪意に満ちた不道徳行為が困惑した道徳家を怒りと絶望で満たしたからである。同情に満ちたファンを失望させたばかりか、自らの小説やエッセイへの経済的見返りの期待は裏切られ、食料を調達する金にも不自由するようになった。ジョージ・ムーアやアーノルド・ベネットに自分の作品への興味を持たせようとしても、人間性への理解に欠けるとまで言われ、作家としての成功への糸口すら見つからなかった。何人かの友人も公的援助を受けさせようとしたが、それもうまく行かなかった。自分で職を探さねばならないような状況に追い込まれた。社会や周囲の環境が自分に悪事を企んでいるようで、誰もが自分に手を振り上げ、人類の敵に仕立て上げようとしているような気がした。まさに神経が磨り減った。「僕は狂人同然だ」と大声で喚き、この世の終わりを神に祈った。(3)

ロレンスが苦難な状況に陥ったのは、自らの神経的苛立ちの結果であり、また原因でもあったのだろう。しかし、世間は自分とは無縁のままに、依然として抑圧的だった。ロレンスは何時でも、何処でも不幸だったのであろう。しかし、今こそが最も耐え難いことに気づいた。科学や産業や財政の様々な成り行きが美や宗教や秩序などを盗み取った社会の一員であるのがわかった。自分の周囲に混乱した世界、つまり、安らぎや援助が得られるような根本的信念の欠けた世界が現出しているのがわかった。そして、自分の苦境もまたそうした大いなる混乱の一部であるのがわかった。

自ら蒙った苦境ということに関して言えば、ロレンスは当時の感受性の鋭い男たちと同じ状況にあった。ロレンスの仲間も同じような不満を感じていて、何がしかの拠り所を見つけて、それに適応しようとしていた。しかし、ロレンスの苦難は当時の男たちの抱えていた問題に比べて、その肉体の貧弱さや体力の欠如などによってはるかに耐え難いものであった。内面的にも混乱していたので、無秩序な外界をとても制御することなどできなかった。ロレンスの生涯は、自らを周囲の状況、つまり、たいていは状況を自らに適応させようとする数限りない試みと失敗の物語であった。ロレンスは社会的、肉体的欠陥を矯正し、自らの満足する社会を発見し、または作り出そうとするにあたって、様々な勇敢で愚かな努力をし続けたのである。

フリーダとの結婚は、ロレンスにとって、自らの神経症的で社会的な障害を取り除き、孤独な世界の内に一つの拠り所を見つけようとする最も現実的な試みだった。そもそも二人の最初の出会いは偶然だった。一九一二年四月、ノッティンガム大学のアーネスト・ウィクリー教授は一人の若い詩人をティーに招いたが、うかつだったのは、フォン・リヒトホーフェン男爵の娘で未来の切り札とも目されていた妻のフリーダをどこかに隠しておくのを怠ったことである。最初の出会いで、ロレンスとフリーダはしばらくの間、互いの眼を見入っていた。その日、二人はフロイトなどについてよく語り合ったが、二度目の訪問の際には、二人はあまり語り合うことはなかった。丁度、その夜、夫が不在だったことで、三人の子供たちを誰かに預けたフリーダはロレンスに泊まっていくようにと諭した。その後、フリーダの甘い夢想に付き合うのは止めて、ロレンスは彼女と駆け落ちをした。ウィークリー教授と三人の子供たちはフリーダの行為を嘆いた。しかし、自分をそのような行動に駆り立てたのは、自分ではなくて風であったと、後になってフリーダは述懐している。

ところで、ロレンスにとって、結婚による安らぎが満足のゆくものではなかったことは、自らの幻想にうながされて放浪を続けたことからも明らかである。しかし、結婚ということがなければどれほど苦悩を背負い込まねばならなかったことだろう。その点でも、それはそれなりに意味があったのである。おそらくロレンスにとって、その結婚によって社会的な安堵感が得られた点で有益なものではあったのだろう。その男爵の娘は炭鉱夫の息子に、その上流気取りの母親によってしかと望まれてもいた社会的進出への機会を提供したからである。男爵の妻の助けを借りて、ロレンスは足元の埃を払うことができた。そして、物質主義的な中産階級を蔑み、それを乗り越えることで、今や身の回りに見出した上流社会にあってこれまでの不安な気持ちから救われたように感じた。自らの俗物感情もレディー・オトライン・モレル、レディー・シンシア・アスキス、それに高潔なドロシー・ブレットなどの仲間の内にあって養成されることとなった。

だが、ロレンスは愛情はもとより、上流社会にも満足を得られなくなることで、この世への恐怖を自分の内に留めおくことができなくなり、周囲の世界を目にする度に「身の毛もよだつ光景」だと叫ぶようになった(4)。しばらくは、イタリアがイングランドからの避難地となったが、第一次大戦が起きたことで、ヨーロッパはその役割を終えたと確信し、破壊された都市からの遁走を目論む以外に何の希望も見出せなくなった。ロレンスはフロリダやアンデスやアフリカや南太平洋の島々などへの逃亡を計画した。一九一五年にロレンスはこのようなことを述べていた。

「チベットとかカムチャッカとかタヒチ、それに世界の果てへと行けたらと願っている。時々、頭がおかしくなるような気がする。今や行くべき所がないからだ。「新世界」など何処にもない[5]」。しかし、戦争が終る頃になって、パスポートを手に入れるや否や、ロレンスは再びイタリアへと出掛けた。その後、セイロン、オーストラリア、ニューメキシコなどを経て、再度、イタリアに戻った。読者も期待するようなそうした突然の閃きによる移動の最中に、ロレンスはこう述べていた。「骨の上にどのような肉を纏っていようと、それは擦り切れてしまう……[6]」と。

だが、放浪はロレンスに何の安らぎも与えることはなかった。満足できるような場所を見出したことはなかった。手紙で賞賛した場所にあっても、数日か数週間でそこを後にすることになった。『奥地の少年』の主人公であるジャック・グラントもどこか他の場所をいつも夢見ていたし[7]、ロレンスの最後の手紙に窺われるような、「この場所も満足のゆくものではない」といった最後の言葉こそ、人生の結論とも言うべきものを言い表していた[8]。今と此処へのロレンスの不満は、自ら求めた場所や体験がどのようなものであったかを明らかにしているというよりも、自らの神経症的な適応不能性を物語っているのである。より鮮明な瞬間にあって、遠い場所こそが「自らを表象しているもの、自らの存在を忘れさせてくれる。私たちは自分の属している場所から遁走するヨナのようなものである[9]」ということがロレンスにはわかっていた。しかし、そうした鮮明な瞬間はめったに訪れることはなく、つまるところ、ロレンスには居場所などなかったのである。

今や、ロレンスは張り詰めた神経だけに寄り添って次々と旅を続けることで、自らの想像力と芸術を通じて安らぎを求めようとした。そして、自分と同じような人間がそこにあって成長を遂げられるようなより良き世界を小説の内に創造できるのがわかった。今日の混乱した醜悪な世界をただ侮蔑し破壊するためにのみそこに身を置くことに喜びを覚えた。過酷な現実に善良な人たちが打ち勝つことで、今まで知らなかったような喜びやこれまで夢見てきたような様々な力が自らのうちに様々な幻想を生み出し、ひいては様々なイメージを放出することになろうが、もしそれが不可能だったとしたら、それこそまさに正反対の結果になろう。ロレンスは神話の創造者や真面目な精神分析医を啓発するような白日夢や幻想によって、自ら求めていたような安らぎを提供することができた。ロレンスの数多くの小説とその主人公たちは、自らの神経異常の兆候であるとともに、その療法剤でもあった。

それらの小説の主人公の多くが、ロレンスの出自である社会階層と炭鉱地帯の痕跡を負っていた。彼らは小柄で虚弱で顎鬚を生やしていた。目には輝きを帯び、女性や動物と特有な付き合い方をしていた。こうした利点を生かして、森番や馬丁や鉱夫、それに理解し難い人物たちが卑賤で不満に満ちた境遇から身を起こして立派な女性を獲得する。これらの主人公たちはその性質や外観においてロレンスに似ていて、かれらの生活もロレンス自身のそれを踏襲しているものの、彼らのように現実のロレンスは生きることはできなかった。そうした幻想を生み出すことによって、ロレンスは代償的満足を得ることになり、その作品は悲劇の大作として生まれ変わることとなった。

初期の作品にあって、こうした作中人物の典型であるバーキンは、戦争や結婚や苦悩などが『恋する女たち』の創造のきっかけとなった一九一六年に現れた。だが、ノッティンガム出身のこの教師に見られる肉体的虚弱さは当てにはならない。というのも、バーキンは愛情においては今一だが、レスリングでは友人のジェラルドに打ち勝つことができるからである。しかし、バーキンは世間を侮蔑したり、様々な固有の希望を抱く点でロレンスと共通している。いろいろと例を持ち出すことによって、バーキンは放浪や不安定な生活を正当化しているばかりか、それらに順応してもいるのである。『アーロンの杖』の主人公であるリリーは名前こそ違え、バーキンと同じタイプの人物である。その後に、『カンガルー』のサマーズ、『奥地の少年』のジャック、「てんとう虫」のチェコスロバキア人の伯爵、『セント・モア』のウェールズ人の馬丁ルーイス、『翼ある蛇』のアメリカインディアンの将官シプリアーノなどがそうである。しかし、これらの顎鬚を生やした力強い痩せ型の作中人物たちも、ロレンスの夢の象徴でもあるチャタレイ卿の森番メラーズと較べると、痩せていて虚弱で顎鬚などないように思われる。だが、朗々とした声をした、堂々たるレディ・チャタレイを楽しませるメラーズも一見したところ、多大の幸福を得るにふさわしい人物のようには思われない。彼は炭鉱夫の息子だが、健康がすぐれないのか咳をしている。それでも、その力強さや忍耐力や肉体的快楽は驚くべきもので、レディ・チャタレイはメラーズのことをこのように思っている。「あの男は何と無謀な悪魔だったことか！　本当に悪魔のようだ！　あの男に我慢するなんて大変なことだ[10]」。

ロレンスは現実への不満が激しかった分だけ、幻想によって現実を改善せざるを得なかった。しかし、それはまたロレンスを形而上的世界へと向かわせた。自ら適応できなかった世界への憎悪と自らの様々な苦難への癒しを見出そうとする努力は、ある種の宗教性を帯びるようになった。自らの苦難を支え切れなくなった一九一五年以降、ロレンスの生活は一つの改革運動の様相を呈し始め、その小説やエッセイは一つの説話であり、その風采は預言者のようであった。そこで、雌牛スーザンに対するロレンスの態度を理解するには、スーザンとの出会いが必然の運命ではなかったにせよ、安らぎを求めて自らを駆り立て、常軌を逸した逃避へと追い詰めたその神経異常や現世への不満の当然の結果だと考えるだけでは充分ではあるまい。また、ロレンスの宗教への没入を調べるにあたって、その芽生えから円熟段階に至る過程を辿ることも必要であろう。

ところで、第一次大戦の勃発以後のロレンスのすべての言動を高揚させることになる宗教的衝動は、自らの気性の内にその起点があるものの、それが発育するにふさわしい場所として炭鉱町を必要とした。ロレンスの生まれ育った町では、宗教活動は三か所で行われていた。英国国教会と二つの教会堂、つまり、原始メソジスト教会派と組合教会派のそれである。炭鉱夫の大半は日曜日と火曜日の夜にペンテコステ・メソジスト教会で絶対存在なるものを体得したのである。そこにあって、参加者は上長者によって鼓吹される神聖な正義に何の疑念をも抱くことなくその体験を深められるとともに、その宗教的熱情も誰にも邪魔されることなく広く行き渡らせることもできた。というのも、謹厳な上長者はその位階に応じて、自分の教会ばかりか、その他の教会堂にも出席したからである。十九世紀の初期に設立された原始メソジスト教会は、様々な信仰復興や宗教的熱情や社会的援助をノッティンガムシャーの下層階級の人たちに提供してきた。ロレンスの祖父はノッティンガムの教会堂の年長者だったし、時々、聖歌隊で歌っていた父親もイーストウッドの組合教会の一員だったようである。もっとも、結婚後はあまり教会のために奉仕することはなかったが。また、上長者でもあった母親は夫と同じくメソジスト教徒を野卑だとして、自分の子供たちを組合教会に参列させた。母親は非常に厳格で、信心深かった。子供たちを毎日曜日に三度も教会に奉仕させ、キリスト教共励会と少年禁酒団に参加させた。また、日曜日学校では、一人の思い上がった鍛冶屋によっていろいろと仕込まれた。子供たちは誓約書にサインをして、大声で「そのグラスには蛇がいる」と歌ったりした。

しかし、ロレンスはこれ以外にも様々な教会体験をした。火曜日の夜の純潔で忠実な態度が母親に見守られていたばかりか、『アポカリプス』でも明らかなように、他の炭鉱夫と共にメソジスト教会にもよく出掛け、集会礼拝にあっては、厳格な組合教会員には欠けていたような、「奇妙にも、荒々しい神秘、もしくは……天からの突然の激烈な力を感じて」[11]、とても感銘を受けたという。また、様々な伝道集会にも出掛けたが、後年、フリーダの気晴らしのためにその時々の模様がよく茶化されてパロディ化された。当時、ロレンスは熱烈な福音伝道者の伝記とも言える『ジョン・ウェスリーの生涯』にとても興味を感じていた。[12] ロレンスが感情的な最下層階級のメソジスト教徒にとても好意的だったことは、様々な対話や散文で何度も繰り返し言及していることからも明らかである。フリーダとブルスター夫妻は、こうした記事や他の様々な挙動から、ロレンスがメソジスト教徒だったことを認めている。イーストウッドのメソジスト教会に奉仕のためにロレンスに付き合わされたフォード・マドックス・フォードもそのことを確信したと言っている。しかし、E・Tと妹のエイダ・ロレンスによれば、ロレンスは組合教会の教義の方を好んでいて、メソジスト派については何も語っていない、と回想している。実のところ、ロレンスは表向き組合教会員だったにしても、精神的にはメソジスト教徒に親しみを感じていたのかもしれない。しかし、自らの俗物根性故にメソジスト派にも胸襟を開くことはなかったのだろう。メソジスト派の教義に対する時折の皮肉も、自分の声に耳を傾けてくれる上長者たちの嗜好に合わせようとする自らの習性とともに、自分の気に入ったものを侮蔑するといった今一つの習性にも拠ったものだったのだろう。

とにかく、母親の教会と長老たちのそれとの狭間にあって、立派なメソジスト教徒でもなければ、組合教会員でもなく、ただ一人の良き新教徒としてロレンスは成長した。『アポカリプス』でも明らかなように、聖書の教えが身に染みていた。

他のどの非国教徒の子供とも同じように、幼少の頃から大人になるまで、日々、私は聖書の言葉を嫌というほど無理やり意識に注ぎ込ませた。何かを考えたり、漠然と理解したりする間もなく、聖書の「各部位」、つまり、聖書の言葉が心と意識に潅水し、染み入った。それは感情と思考のすべての回路に影響を与えた。[13]

また、「人の生活での賛美歌」で描かれたように、礼拝堂での賛美歌も子供心に浸透し、驚異で満たした。しかも、こうした聖書や賛美歌との付き合いはロレンスの暮らす炭鉱地帯に止まらなかった。というのも、ノッティンガムの教員養成大学に通っている間も、日曜日には必ず礼拝堂には出掛けていたからである。晩年になっても、体が礼拝堂での賛美歌を歌っていたのも、また、エゼキエルのように、体が覚えた歌に基づいて聖句を解釈することができたのも別段、驚くべきことではない。

しかし、おそらく大学に通っていた一、二年の間は、ロレンスの体は時にはため息をつくことはあっても、賛美歌を歌うことはなかった。礼拝堂には出掛けていたものの、そこはもはやロレンスが身を隠せるような窪みとしての「千年の岩」ではなくなっていた。最初、そこは神聖な窪みではあったが、次第に地質学上の断層に過ぎなくなっていった。それというのも、ロレンスは一九世紀の科学者や唯物主義者や合理主義者の作品を読み始めたからである。それらの作品は岩が岩であるように、礼拝堂もまた岩に過ぎないことを訴えていた。この時期のロレンスをよく知っていたE・Tは、当時のロレンスの読書体験を詳しく教えてくれる。例えば、ダーウィンの『種の起源』、ハックスリーの『自然界における人間の居場所』、ハッケルの『宇宙の謎』などを始めとして、ハーバート・スペンサーやジョン・スチュアート・ミルやヘーゲルやウィリアム・ジェイムズなどの諸作品が読破されてゆく。やがて、科学と礼拝堂とは両立し得ないだけではなく、科学こそが真理であり、進むべき道である、とロレンスは結論を下すことになる。そして、ロレンスは自らを不可知論者と呼び、組合教会の牧師に真理を示そうとしたが、思い止まって、数年後にクロイドンでの社会主義者の集まりで講演を行うことになった。ロレンスの妹のエイダ・ロレンスの回想によれば、この講演ではダーウィンやスペンサーやヘーゲルやミルの諸作品が取り挙げられた。

とにかく、在学中、ロレンスはキリスト教徒ではないことを誇りにしていた。しかし、ロレンスは自分の体が覚えたことを忘れていたのである。それは依然として「新教徒」という言葉の含み持つ抗議の姿勢を保持していた。精神を刺激してくれるものの、感情を野放しにしてしまう時代の原理の下では安らぎを得られなかった。理性は懐疑主義を強要し、感情は信仰を必要とした。数年間、時代の原理を弄んでいるうちに、ロレンスは唯物主義の功罪を沈んだ気持ちで熟考していた。自分もその一員であった連中の不遜な言動をどれほど惨めな気持ちで眺めていたかをE・Tは語っている。徐々に、ロレンスは自分の信条を破壊した科学を憎むようになった。単純には自分の青春時代の宗教には戻れなかったものの、宗教なくしては生きていけなくなった。ロレンスはこのようなことを言っていた。「私たちに宗教を与えてくれ。私たちに何か信じるものを与えてくれ、と時代の子宮に取り込まれた不満な魂が叫んでいる」(14)と。しかし、一つのなすべき事があった。ロレンスはそれを実行した。一つの個人的な宗教を樹立したのである。

これまでの因習的な信条に取って代わる個人的な信仰を打ち出すことは、十九世紀後半から二十世紀初頭にかけての啓蒙的な新教徒たちにとってそれほど珍しくはなかった。しかし、ダーウィンやハックスリーが現れた後では、キリスト教の様々な奇跡や慣例は宗教的気質をしかと備え、宗教的教育を受けた数多くの人たちに認められるはずはなかった。唯物主義の下では幸せになれそうもないそうした人たちは個人的な代用の信仰の内に自らの感情のはけ口を求めるしかなかった。歴史家の好むような図式に従えば、ロレンスは同じような気質を帯びた同一精力によって構成される一つの大きなパターンに組み入れられる言えよう。

サミュエル・バトラーやイェイツやショーを始め、他の何人かの作家たちもロレンスと同じパターンに組み入れられよう。バトラーはイングランド国教会の牧師になるための教育を受けたが、洗礼の価値に様々な疑問を抱き、これらの疑問からドイツ人たちの高等批評やダーウィンの『種の起源』を読破した後に、ついに信仰を失うに至った。一時期、バトラーはダーウィンの追従者にもなって、主教の攻撃からダーウィンを弁護したことがあった。しかし、自らの宗教的気質とその受けた教育のせいで、バトラーは唯物主義者として満足を覚えることはできなかった。数年後に、バトラーはラマルクの助けを借りてダーウィンに怒りを露わにして反撃した。ラマルクと言えば、当時、知性や欲望や芸術作品などを認め、生命力を賞賛するために唯物主義やビジネスの好機に反対して、読んでもあまり面白くないような四冊の本を出版していた。しかし、バトラーの個人的宗教がバーナード・ショーによって認められたことで、その価値が証明されたというよりも、むしろそれは半ば専用のものとして処遇されるようになった。ウィリアム・バトラー・イェイツの場合はサミュエル・バトラーや彼の門弟と較べて一層注目に値する。イェイツはこのようなことを述べている。「私は根っから宗教的な人間です。幼少の頃の単純な宗教を、私の憎んだハックスリーやティンダルに奪われたことで、一つの新たな宗教を生み出しました。それは詩的伝統に立つ極めて信頼できる教会です(15)」と。イェイツのすぐれた詩はこうしてその個人的宗教から生まれたが、バトラーやショーやA・Eやハーバート・リードを始め、その他の作家たちの作品も彼らの個人的宗教から生まれたのである。科学も宗教的気質も共に責めを負わなければならず、共にその責任を取らなければならない。

ところで、宗教的気質というのは多くの人にとって天性のものであろう。しかし、科学の時代を生きにくいと思っている人は少なからずいるものだ。唯物主義からの逃避こそ現代芸術を特徴付けているものである。ロレンスが宗教的気質を有していたことはその数々の作品や発言から明らかである。ロレンスはこのようなことを言っている。「私の中にはまず宗教的で真剣な悩める人間がいるのだ(16)。全能の神の火が体を貫くのを求めて裸で立っているような気がする――それはこの上なく荘厳な感覚だ。人は芸術家になるには恐ろしいほどに宗教的であらねばならない(17)」と。来世へと、いや来世をも越えて突進する魂、未知なるもの、無限などへの関心事があったればこそ、世が世ならば聖者かおそらくは殉教者にでもなっていたことであろうが、当時にあっては小説家という仕事がそれらに替わるものとして選ばれたのであろう。

ロレンスには天性の宗教的熱情があったために、唯物主義者にはとてもなれそうもなかったのだが、その熱情は礼拝所での活動よって一層、増進した。ロレンスの晩年の個人的宗教は熱狂的なメソジスト派の教義に負うところが多々あった。その主たる信条表明の一つに『アポカリプス』の執筆が挙げられるが、それは少なくとも部分的には、聖書の「黙示録」への炭鉱夫たちの熱烈な関心や青春期におけるそうした神秘的奥義への没頭によって鼓舞されたのである。ロレンスは生涯を通じて、個人的な幻想を聖書の言葉やイメージを利用して翻案するのが得意だった。[18] 礼拝堂での言葉ばかりか、清教徒主義も自らの内に留まり、それらは様々な対象に転位され、応用されたことで、他の清教徒たちにとってはいささか奇妙なものに思えたようである。ジョイスの『ユリシーズ』を猥褻作品とみなした『チャタレイ夫人の恋人』の作者は、数々の情熱に満ちたエッセイや小冊子の中で自らを清貧への賛美者と称するのに何の憚りも感じなかったことだろう。一人の清教徒でなくして、誰に『チャタレイ夫人の恋人』が書き上げられたであろう。一人の非国教徒でなくして、誰が自らの生命に直結した宗教を打ち立てられただろうか。個人的な判断と伴に、神との直接の交感体験を追求することで、ロレンスは非国徒の道を辿り、やがて、社会の慣習や教会規律から自由な個人的信仰を確立することとなった。自らの宗派に不満の新教徒というのは、往々にして、さらに性に合う宗派に加わるか、もしくは孤独の道を歩むことになろう。ダーウィンの時代以前には、そうした孤独者は一般的にはキリスト教徒だった。ロレンスの時代にあっては、それはキリスト教徒ではなくなったものの、新教徒の中にはそういうものがいたのである。

キリスト教の大道から一つの新教徒として出発するにあたって、ロレンスは奇妙な場所や一風変わった考えに惹かれた。しかし、自分の信じるものを求めて暗中模索することは別段奇妙なことではなかった。唯物主義のためにキリスト教を捨て去ろうとする前に、ロレンスは理想主義者や超絶主義者や異端の宗教的狂信者などに惹かれていた。カントの作品を読み、エマソン、ソロー、ワーズワス、ホイットマンなどを好み、シェリー、カーライル、ブレイクなどを賞賛した。ロレンスはこれらの作家たちの内に親近性を認め、後年、退屈極まりない科学からの遁走の手助けばかりか、メソジスト派の教義の喪失の埋め合わせをも見出した。

汎神論者を始め、エマソンやソローやワーズワスらの内に見出される大霊はロレンスにとって唯物主義からの最初の避難所だった。一九一一年にロレンスは神についてこのような手紙を妹に書き送っている。


神とは、ある終末に向かってちらちら光りながら揺れ動く広大な推進力です……雨粒が海に戻るように、人が死ねば、神と呼ばれるちらちら光る巨大な混沌世界に落下してゆきます。私たちはもはや個人的な人間ではなくなり、全体の内に組み込まれるのです。とにかく、自らの信念を見出すには、ましてや孤独な信仰を持ち続けるにはこの上ない苦痛と努力が必要とされます。ところで、哲学書を一、二冊読んでみるのはどうですか？　あるいは、自分の考えを貫き通しますか？　私は依然として礼拝堂に通うでしょう。……自らの心に自らの宗教を確立するのは素晴しいことで、古臭い受け売りの考えなどに頼るべきではないのです。[19]

この手紙は「孤独な信仰」を確立せんとするロレンスの最初期の努力を示しているばかりでなく、何冊かの哲学書との関連から言えば、当時、ロレンスが参照し始めた他の資料のことも明らかにしてくれる。

大学時代と第一次大戦との間の時期にあって、ロレンスが最も感銘を受けた哲学者はギリシャの哲学者であって、それもアリストテレスではなく、プラトンを始め、流動・均衡・元素などの概念を扱ったヘラクレイタスやアナクシマンドロスなどであった。[20]　それらの概念にこの上ない満足を見出したのは明らかである。ロレンスは一九一五までにギリシャの哲学書を読破して、宗教的にさらなる高みと深みへと向かっていた。「再度、自らの哲学を書き上げよう。やっとキリスト教の陣営から脱出した。今や、それらの初期のギリシャの哲学者とも袂を分かたねばならない。自分の知識ばかりか、真実なるものを確信している」[21]と、一九一五年に書いた一通の手紙で述べている。再度、書かれたこの自信に満ちた哲学こそ、自らの個人的宗教を発展させてゆく上での第二段階だった。この時期に雑誌『シグネチャー』に投稿した黙示録的なエッセイの内容から、その第二段階の哲学が礼拝堂での体験の痕跡とともにギリシャ哲学の断片的知識を保持していることはわかるものの、まさにそのことによってロレンスが混迷の最中に佇んでいることを示してもいる。この時期の考えが批判的な読者はもとより、本人にも納得のゆくものでなかったことは、その後の思想的発展から見て明らかである。第一次大戦が終結するまでに、さらなる多読と新たなる多くの問題解決のための必要要素の追加によって、ロレンスの宗教はより完璧なものとなり、多面的でまさに個人的なものに仕上がった。

こうした宗教の最初の新たな要素について言えば、それは救済の方法としての無意識や血の意識から成る関係の理論だった。第二の要素は未開時代の理論であって、特に、アニミズム、つまり、現代人の学ばねばならない一つの生活形態としての信心深い未開人の様々な品行であった。第三の要素は神秘術であって、特に、神智学やヨーガは一九一五年以来、神に至る道を馴らしてくれた。[22] 血の意識や無意識から成る関係はまたロレンスにとって、好都合なことに愛や根源的な力として認められるようにもなった。「真の力は彼方からやって来る。生命は背後から押し寄せる」[23]とロレンスは述べている。彼方を見ることができたロレンスにとって、愛とは肉体と精神との架け橋だった。アニミズムや神智学がそうであるように。しかし、愛、原始主義、神秘術などによって取って代わられたとは言え、これらはエマソンやメソジスト教徒やギリシャの哲学者たちの痕跡をすべて拭い去ったわけではなかった。

次章では、ロレンスの理論体系が孕むこれらの要素の起源や特質とともに、それらの文学的表明について考察することになる。しかし、これらの問題に立ち入る前に、まずは自らを司祭とみなすロレンスの考えやその宗教的説法としての作品を検討しなければならない。

「私はいつも愛の司祭であって、自分の心情を伝えることになろう」[24]とロレンスは述べている。しかし、司祭や説教者というのはあまりにも穏やかな人物と思われていることから、本人の視線はもとより、信奉者の目から見ても英雄や預言者、ましてや救済者でもあるような人物とは程遠い存在であるようだ。英雄というものについて、ロレンスはこのようなことを述べている。「私の考えでは、人は同胞との関わりに先立って、何がしかの宗教的な方法で宇宙と関わりを持つべきだと思っている……宇宙には、人が宗教的に目を向ける——宇宙の原理とも言うべき宇宙自体の生命が存在する。そして、その宇宙の生命に触れ、それを送り届けるのが英雄なのだ」[25]と。預言者的能力でもって、英雄は人の心を開いて、彼方の見えざる、知らざる存在の力と栄光の神秘的な流れを受け入れさせようとする。[26]また、救済者的能力でもって、英雄は人を神との新たな関係へと導くのである。神はいつも同じ存在であり、新たな時代や新たな人が新たな救済者を必要とする、とロレンスは述べている。ひいては、燕の落下のように、救済者の堕落を見渡しながら、神は、どこで、いつ、人に新たな救済者が必要かを知っている、とも述べている。ロレンスにはそうした欲求は素晴らしいものであるのがわかっていた。神が呼び掛ければ、その声は人の許に届くことになると思っていたようである。[27]

明らかなことだが、ロレンスの小説にみられる典型的な主人公は、ロレンス本人の人となりと自分でもそうなりたいと望んだ人物とを合体させたようなものとも言えよう。したがって、小説の主人公こそ、ロレンスの手紙から窺えるよりも、ロレンス本人の特質や様々な欲望をより明瞭に示唆してくれる。例えば、『恋する女たち』の主人公であるバーキンは預言者・救済者としてのロレンスその人であって、「新たな福音」によって世の中の人たちを救うために現れた一人の指導者である。預言者としてのバーキンはこれからの救済を自らに強いて、「私は見えざる主人公を信じている！」と宣言する。ソドムに関するバーキンの説教を聞いてから、アーシュラは彼が救済者であり、預言者でもあることがわかる。だが、そもそも改宗せざる者はバーキンのような能力を持ったものを嫌うのである。「アーシュラはバーキンを必要としていた。だが、サルヴァドル・マンディのような手際よさは嫌いだった」。ロレンスはフリーダの内にも、神を全く必要としないような同様の態度を見抜いていた。(28) しかしながら、自分の創造者よりも力強いバーキンはついに自分に連れ添う仲間を説得して、大地を離れ、共に飛び去ろうとする。そして、その高みから、彼らはその小説で描かれたブルームズベリー・グループの自由奔放な芸術家たちによって代表されるような冷笑的で傍若無人な連中を軽蔑するのである。他方、こういった連中はレストランで食事をしながら、「聖書に取って代わるような」バーキンの予言を読んでは、それを馬鹿にするのである。バーキンについて、その中の一人はこのようなことを言っている。「彼には全くうんざりだ。キリストのようにどうしょうもない。ああ、神よ、私は救われるために何をすればいいのか！」と。また、別の人はこう言っている。「もちろん、それは一種の宗教狂いだ。自分を救世主と思っているだけだ……」と。欲望が聖なるものであり、野蛮人が良き者であり、無意識的なものや無限のものが救済の方法であり、目的だとするバーキンの福音は、これらの傍若無人な連中によって恨まれ、馬鹿にされるのである。[29] しかし、他人が自分を見るように、自分を見ることが時にはあったにせよ、そのことによって、自分の飛行や着地に偏向をきたすようなことはなかった。というのも、ロレンスは他人が悪意と感じたことを是認したからである。そして、自らの熱意によってよりも、他人の激しい軽蔑によって一層高みへと飛翔することで、預言者の役を果たし、自らの姿に似せて予言者的な主人公を生み出し続けた。例えば、『アーロンの杖』の主人公であるリリーは崩壊と救済を説くが、身の回りに様々なユダが取り巻いているのに気づく。リリーは試練の瞬間にこう言う。「ところで、もしキリストのように生きようとすれば、ユダが是非ともいなくてはならない……キリストにとって、ユダは必要な存在なのだ」と。現に、リリーの弟子たちの恩知らずは見上げたもので、リリーを救済者の地位から普通の市民のそれへと引き摺り下ろし、この世の人たちを職人としての医者や看護婦の慈悲に委ねようとする。[30] しかし、そうした不安は『翼ある蛇』の主人公である、冴えたる救済者ドン・ラモンの志操の固さを損なうことはない。というのも、彼は自らの努力で国民を再生させ、邪悪な世界を崩壊させ、過去からの愛や力や栄光を通じて、ロレンスその人も住むに申し分のない世界を創造できると思っているからである。

実のところ、このような幻想はロレンスの弟子たちによって共有され、賞賛されもしたのである。例えば、ルーハン夫人はこの上なく希望に満ちた気分の時に、ロレンスをキリストとみなしていたし、さほど気分のすぐれない時でも、洗礼者のヨハネ扱いをしていた。また、あの高潔なドロシー・ブレットも、イバラの王冠を被ったキリストの顔をロレンス顔に変えて、磔刑の場面を絵に描いた。その絵はかつての救済者の情熱ではなく、新たな救済者の情熱を露わに示している。一九三八年に創刊され、ウッドストック、ニューヨーク、パリ、フランスなどで発刊された、ロレンスを扱った機関誌『フェニックス』の編集者は、ロレンスというのは救済者であり、その教訓はヒトラーよりもはるかに意味深く、堕落した人間の従うべき道を指し示している、と述べていた。

しかし、ロレンスの救世主的性格は、メキシコへの二度目の訪問に先立って一九二三年に信奉者たちが集ったロンドンのカフェ・ロイヤルでの夕食会ではっきりと露呈した。この夕食会での出来事がキリストの最後の晩餐とそこでの裏切りの話に通底しているのは言うまでもない。高潔なドロシー・ブレットによれば、ロレンスはその夕食会でこのようなことを言ったという。「私は一人の男性などではない……私は神の影像だ」(31)と。それは興味深い話だが、カーズウェル夫人はこの不運な夕食会について詳しく教えてくれる。彼女によれば、その夕食会でロレンスは各々にヨーロッパ世界を捨てて一緒にメキシコのタオスに出掛け、そこに新たな天与の国を建設する気があるかどうかを打診したというのである。ドロシー・ブレットとカーズウェル夫人(もっとも旅費は用意できなかったが)は賛成したが、残りの人たちの中には、いい加減な気持で応じた者がいたかと思えば、その申し出を拒否した者もいた。カーズウェル夫人によれば、ミドルトン・マリは急に立ち上がって、ロレンスに接吻したという。「女性にはこうした計画は理解できないでしょう」とマリは言ったという。そして、これに対してカーズウェル夫人は「おそらくそうでしょう。しかし、とにかくキリストを接吻で裏切ったのは女性ではなかったことよ」と答えたという。すると、ロレンスの方へ向き直って、マリは「ところで、いいかい、実は僕はあなたを裏切ったのだ」と言ったという。ロレンスはテーブールに頭を垂れて、反吐を吐いた。ユダを含めて、信奉者たちは「足を引き摺っている師」を支えて、家まで送り届けた。(32)

幸運にも、ロレンスが笑顔も見せずに救済者の役割に耐えることができたのも、自尊心の賜物だった。もっとも、全く笑わなかったというわけではない。騒々しくも場違いな陽気さやばか騒ぎを始め、ルーハン夫人の庭園内の小さな東屋に様々な花や蛇を描くといった悪ふざけに興じたこともあった。ロレンスが上機嫌だった時のことをどの回想録も記している。現に、『恋する女たち』では、主人公の一人であるバーキンに無責任とも言えるほどの陽気さを付与している。ロレンスはこのようなことを言っている。「私はあまり自分のことを真剣に考えていはいない。朝の八時から一〇時までと、夜の一二時以降は別として」(33)と。しかし、ロレンスと彼の友人たちはうまく騙されたのである。というのも、その表面的な陽気さとは裏腹に、いつでも極めて真面目に振舞うことができたからである。超然と孤立することもなく、ユーモアあふれる話を連発することもなかった。ロレンスの本質は、様々な悪ふざけの内によりも、むしろ他人の軽率で不遜な態度への腹立ちにあったばかりか、自分でも少々、恩義を感じてはいたものの、自分の宗教観かららは逸脱している対抗的な救済者を嫌ったり、信奉者たちの態度に我慢を重ねることにもあったのである。自然や境遇の厳しい試練を擦り抜けてきたおかげで、ロレンスに謹厳さが具わるようになった。つまり、それは自分の役割を果たすのに必要な能力であった。

預言者の役割を担う上で、ロレンスは怠慢な教団に対してエレミヤやノアの役割を演じた。バーキンやリリーに似た数多くの主人公たちのように、ロレンスはとても幸福にはなれない時代を呪い、浮かぬ顔で他人のために様々な不幸を予言した。そして、こうした予言の内に自然なる喜びを覚えた。現代世界は不毛で腐敗している、と宣言したが、実は、現代世界が終末を迎える前に、人の魂は終息していた。ロレンスはすでに滅んでいたものを葬り去り、神の住処で魂を再度蘇らせるために、地震や革命や洪水を虚しくも招来したのである。時折、洪水の到来を待ち望み、こう主張している。「今、必要なのは一つの箱舟だ[34]」と。ソドムを逃れ、さほど気分の揺れ動いていない状態で振り返り、その町に最後の一瞥を投げ掛けた途端、その場で岩塩の柱のように体が硬直してしまったとは言え、決して絶望感に打ちのめされるようなことはなかった。

救済者の役割を果たすべく、ロレンスは箱舟から現れ、ロトの妻とは違って、平原の町々の方へと降って行った。そして、ソドムとゴムラの町の人々は今や墓の中に眠るが、もし彼らが私の言葉に耳を傾ければ、この時期は聖金曜日と復活祭の合間であることに気づくだろう、と言った[35]。再生、復活、不死鳥の化身、偉大なる日への目覚め、それに他の多くの有益な事がロレンスの福音を理解する者に訪れるだろう。こうした再生への関心は礼拝堂で育った者には馴染みがあったろうが、メソジスト教徒派の復活集会との関わりから、そのような救済に恐怖を覚える者にとっては多少の違和感があったように思われる。だが、そもそも救済者とは救われる者ではなく、人を救う者であるのは言うまでもないことである。

エレミヤは声を嗄らし、ノアはパスポートの発行が拒否されたことで失望していた一九一五年に、まさに救済者ロレンスは人を救済するために立ち上がった。バートランド・ラッセルの手助けを得て、ロレンスは「明瞭な永久の精神の実現」という概念を巡って、ロンドンに一つの教団の設立を計画した。この組織を通じて、二人は新たな天国と大地の創造について説法することになった。これはあまりにも突飛もない計画のようではあったものの、ロレンスはこう言った。「人はこれまでの常識に囚われてはいけない。目に見えない世界こそが大きな課題なのだ」と。しかしながら、世の説教者たちはそこに集うことはなかった。ラッセルは政治に関する講義を求めていたが、ロレンスはこうした世俗的なテーマを軽蔑して受け入れなかった。神や無限や永遠といった問題をその出発点としたかったからだ。そして、それは自らの「魂の言葉」を話すことへと通じていた。というのも、ロレンスが語っていたように、「肉体の言葉を話すことは私にとって冒涜行為だったからだ」。だが、ラッセルは神など求めてはいなかった。ロレンスはその冒涜行為を避けたために、結局、その教団は無に帰したのである。[36]

しかし、ロレンスはマリとその同じ年に『シグネチャー』という宗教的な雑誌を出版することで希望を託すことができた。ロレンスはそれまで人前では許されなかったような過激な訓話をこの雑誌に掲載したばかりか、「王冠」を始め、他に熱心な勧告的口調のエッセイも何篇か寄稿した。このことによって、以前にも増して一層の熱意と欲望でもって自分の言いたかったことをはっきりさせることができた。世俗的な精神の持ち主にとっては、こうした考えや感情の発露はある意味で叙情的で、漠然としているように思われた。だが、ロレンスにとって、それは「申し分なく立派な素晴らしいことだった」。そして、「ともかくも、慎み深い人たちに読んでもらえれば、新たな時代が始まることだろう」と語っていた。また、その雑誌について、このようなことも言っていた。「実のところ、それは重要な雑誌だ、人生に重大な変化をもたらす一つの種だと思う。私の観点からすれば、それは新たな宗教的時代の始まりを示唆している。新たな宗教的時代が他の様々な領域にも行き渡り、不信と煽情の荒涼とした砂漠に信奉者が続出することを神に祈る次第である」[37]。だが、『シグネチャー』誌の予約購読者は三〇名に過ぎなかった。

しかし、失望した救済者は希望を捨てず、宗教的起点をフロリダ、タオス、メキシコ、イングランドなどに置く計画を立てたが、そうした共同体の礎を築き、方向づけるといった目論見みは実現することはなかった。他人との共存が不可能であるばかりか、ラッセルやマリに自分の考えを認めさせ、信奉者が主人にそうするように、指導者の任務に敬意を払わせたいとする気持ちがあまりに強かったことから、世界の再生といった仕事は無期限に延期させざるを得なくなった。

だが、たとえロレンスに人を指導する力がなかったにせよ、様々な作品を生み出すことは可能だった。小説の創作はまさに彼の理想への熱意のはけ口となった。ロレンスはこう述べている。「もともと私は宗教に熱心な人間である。私の小説は自らの宗教的体験の深みから生まれることになる……」[38]と。そして、この深みからこの世への様々な伝言がはち切れんばかりに飛び出したのである。様々な小説が、宗教的共同体への参加者やハイドパークのような大公園の群集に対してておそらくは一層その効果を発揮したであろうような力強さと目的を持って書かれることになった。バートランド・ラッセルにはさほど不屈な信念がなかったにせよ、ロレンスの小説にはその説教以上のものがあった。ロレンスにとって、文学上の損失は哲学上の収穫であった。

注

（1）自らの肉体と顎鬚へのロレンスの感性が『カンガルー』（ロンドン、ハイネマン、一九三五年）の二四一頁、二四八頁、二八六頁などに描かれている。ロレンスにとって、顎鬚は「孤立した男性」を象徴している。

（2）自分の内なる男性が「策略好きの内なる女性」として自分を軽蔑しているのを感じるといった箇所が、『カンガルー』の三二六－二七頁に載っている。『一人の詩人と二人の画家』（ロンドン、ラウトレッジ、一九三八年）の一〇三－四頁、二〇八頁で、クヌド・メリルは冬を一緒に過ごすにあたって全く予定を立てないことを理由に、ロレンスが世評とは違って男らしい人物だとはっきりと結論を下している。

（3）『D・H・ロレンス書簡集』（ロンドン、ハイネマン、一九三二年）の二二八頁。『ロレンス詩集・II』の一三六頁に掲載された詩「革命家」で、自分がサムソンとなって堕落した世界を引き受けるのを想像していることろが描かれている。また、『一人の詩人と二人の画家』の三四三頁、三四八頁、三五〇頁、三五六―五七頁などで、クヌド・メリルの友人であるゲチェがロレンスとメキシコの旅を終えた後に、ロレンスは「変わり者ののろま」で、時折、「全く気違い染みたことをやるような」人だったと述べている。『カンガルー』の二八〇頁と二八七頁も参照。

（4）D・H・ロレンス書簡集』の六二二頁。

（5）同右、二二六頁。

（6）同右、六九〇頁。

（7）『奥地の少年』（ニューヨーク、アルバート・アンド・チャールズ・ボニ、一九三〇年）の三三三頁。

（8）『D・H・ロレンス書簡集』の八五三頁。

（9）同右、五四三頁。

（10）『チャタレイ夫人の恋人』（私家版、フローレンス、一九二八年）の二九八頁。

（11）『アポカリプス』（ニューヨーク、ヴァイキング、一九三二年）の一四頁。

（12）『D・H・ロレンスの説話』（ロンドン、セッカー、一九三四年）の五一頁。

（13）本書17頁。『フェニックス――D・H・ロレンスの死後文書』（ニューヨーク、ヴァイキング、一九三六年）の三〇二頁も参照。

（14）同右、四三四頁。

（15）『自叙伝』（ニューヨーク、マクミラン、一九二七年）の一四二頁。

(16)『D・H・ロレンス書簡集』の一九〇頁。
(17)同右、一〇九頁。ジャックの本性は「情緒的に神秘的」と書かれている、『奥地の少年』の三五五頁も参照。
(18)『奥地の少年』の二頁と一五三頁に、ジャック・グラントの精神はロレンスのそれと同じく聖書の様々なイメージで満ちている。この小説はカインとアベルの挿話を入念に作り替えたものである。
(19)エイダ・ロレンスとG・スチュアート・ゲルダーの共著『若き日のD・H・ロレンス』(ロンドン、セッカー、一九三二年)の七二―三頁。
(20)ギリシャの初期の哲学者関するロレンスの知識の出所については、第四章に詳しい。
(21)『D・H・ロレンス書簡集』の二三五頁。
(22)『フェニックス』の六一五頁で、「無限との一体化が人生の目標である」とロレンスは述べている。
(23)『ヤマアラシの死についての諸考察』の一五二頁。
(24)『D・H・ロレンス書簡集』の八八頁。
(25)同右、六八八頁。
(26)『ヤマアラシの死についての諸考察』の一五二―三頁と一八四頁。
(27)同右、二二八―九頁と二三七―八頁。『フェニックス』の七二七頁と七二九頁。
(28)『D・H・ロレンス書簡集』の二三九頁。『カンガルー』のサマーズ夫人について、一九五頁も参照。
(29)『恋する女たち』(ニューヨーク、セルツァー、一九二二年)の五九頁、六〇頁、一四五頁、一四六頁、三〇〇頁、四三七―四一頁。『カンガルー』の二七七頁の一節「サマーズは普通の殉教者というよりも、『十字架に架けられたキリストのような気分だった』も参照。また、救世者としてのサマーズについては、『カンガルー』の七〇頁を、救世者のライバルとしてカンガルーについては、一四〇頁を参照。
(30) 『アーロンの杖』(ニューヨーク、セルツァー、一九二二年)の一一三—四頁と三四二—四頁。
(31) 『ロレンスとブレット』(フィラデルフィア、リピンコット、一九三三年)の二一頁。
(32) キャサリン・カーズウェルの著書『野蛮な巡礼』(ニューヨーク、ハーコート、プレイス、一九三二年)の二〇九—一三頁。『D・H・ロレンス書簡集』の六二八頁も参照。また、こうした状況に関するマリ氏の説明については、『息子と恋人』(ロンドン、ダックワース、一九一三年)の三一〇—二頁と三六六頁も参照。ロレンスを芸術家というより予言者とみなしている点で、マリ氏の意見は的を得ている。
(33) 『D・H・ロレンス書簡集』の六四五頁。
(34) 同右、六五二頁と六六七頁。『D・H・ロレンス・中・短編集(「処女とジプシー」を含む)』(ロンドン、セッカー、一九三四年)の一〇九一頁で描かれた、現在の罪悪を滅ぼす象徴的な洪水も参照。
(35) 『D・H・ロレンス書簡集』の六八七頁。『D・H・ロレンス詩集・II』の九七頁に掲載された、復活や再生を扱った「新たな天と地」と題する詩も参照。
(36) 『D・H・ロレンス書簡集』の二三九—六〇頁。
(37) 同右、二五八—六〇頁。
(38) 同右、一九〇頁。

第2章　心配無用

ロレンスは部分的なことを全体の問題と取り違えて、このようなことを述べている。「私の偉大なる宗教は血を信じることにある。つまり、肉体を知性よりも賢明なものと考えている(1)」と。ロシアに対する不寛容な態度が（英国国教会の）大執事の権限における否定的な側面を表しているように、知性に対する血の反逆はロレンスの宗教における否定的側面に過ぎない。しかし、一日中、ロレンスはそのことばかり考えていて、それが小説のテーマとなった。彼の世界改革運動は現代社会の様々な基盤を攻撃するにあたって必要なことだった。つまり、理性、科学、唯物主義、機械などがその攻撃対象となったのである。ノアの役割を演ずることで、ロレンスはそれらを逃れ、また、エレミヤの役割を演じることで、それらを呪った。しかし、その預言者は雌牛スーザンがとても気に入っていた。というのも、そのミルクのように、スーザンの血は精神に妨害されずにどくどく流れていたからである。そもそも、スーザンには精神などというものはなかったからである。「スーザンは私のことすら何も知らない」と知性の敵がほくそえんでいる。

スーザンは私が二本足で立っている紳士だということを知らない。スーザンがそうではないからだ。スーザンが私と私の穿いている素敵な白いズボンの匂いを嗅ぐ時、何か神秘的なことがその血と肉体の内で起こり……やがて一種の忘我状態から目覚めると、解き放たれて、ぎくしゃくした奇妙な牛独特の喜びを発して、急ぎ足で小屋に戻る……スーザンがいつ、どこで忘我状態に陥るのか、誰も知るよしはない。まさにそれこそスーザンなのだ！　私はスーザンと何らかの関わりを持っている。[2]

当然のことながら、この素晴らしい動物はロレンスの献身の対象となり、善良な人間の象徴ともなった。

　しかし、知性のなさが必ずしもロレンスの理想だったわけではない。ジェシー・チェインバーズによれば、かつてロレンスは自らを知性的な人間とみなしていて、自分（ジェシー・チェインバーズ）のことを感情に囚われた女性として軽蔑し、やがて二人の関係の終焉を前にして、自分とは精神的にのみ理解し合えることを告げていたという。しかし、それは自らを唯物主義者とみなしていた学生時代でのことで、フリーダと出会い、自らの宗教を発展させる前のことだった。とにかく、一九一三年までに、ロレンスはいわゆる知性とか精神とかを敵に回していた。この年、このようなことを主張している。「私の求めるところは、知性の下らない介入なしに直に私の血に答えることにある……[3]」と。ロレンスにとって、知性は不毛で忌まわしいものに過ぎず、思想や抽象概念は白カビのようなもので、生命を扱うにはその論理はあまりにも粗雑なものであった。また、人間は知識や自己意識を手に入れたことによって堕落したとして、ロレンスは堕落以前の時代、つまり、精神的意識が人間の指針となる以前の時代をあこがれた。そこから知性を汲み出したり、投げ捨てたりする箱舟にあって、「無意識的な活気」の喜び、つまり、脳よりも奥深い部位である血や腸や肺や肝臓などの光を放射しない暗黒の生命の喜びを訴えた。(4)

実験室や病室への臨床的興味を除けば、これらの暗黒の部位は堕落した人間によって無視されてきたとロレンスは考えた。文明は科学といった、もっとも魅力のない形式と方法に屈した。したがって、科学を酷評することになったものの、かつてロレンスはダーウィンやハックスリーの読者であり、クロイドンの英国小学校で教えていた時には、科学の学力に秀でていることで、教区の民生委員から賞賛されていたことを忘れてはならない。しかし、精神的にも向上し、唯物主義の虚しさに気づくと、これまでの不運な経験を生かして、この上なく巧妙に科学を相手取って、そこに様々な弱点を見出そうとした。精神の無益さに加えて、科学の虚しさを主張することとなった。固定した機械的な法則、「地質学のたわごと、地層、それに……生物学や進化といった概念」はもとより、単なる飲料水の要素をH_2Oの公式で置き換えるといったことに我慢がならなかった。ジョナサン・スウィフトも科学者を無分別な人間だとして反感を持っていたが、ロレンスは彼らを理性的な連中だとして嫌っていた。「人間は原因と結果だけを目論むささやかな機械などではない」とロレンスは言う。それは科学者が私たちに信じさせせようとしているような、天の太陽が単なる熱球ではなく、未開人やカルデア人が理解していたような生ける神秘なのだ。また、ロレンスはこうも言っている。「私は今では科学よりも、黒人の呪い師の方が好きだ[5]」と。

一九二一年に発刊された『精神分析と無意識』はこうした姿勢を早期に表現した作品の中でも最も完璧なものである。この作品で、ロレンスはフロイトを科学者の象徴として、因果律に囚われ、神秘を無視するような論理的な人間として扱っている。したがって、フロイトよりもおそらくは注目に値する科学者であるアインシュタインの考え方に惹かれたのである。というのも、アインシュタインはロレンスの好んだ「相対性」という言葉を使っていたからだし、十九世紀の論理的世界を崩壊させるために多大の貢献をしていたからでもあった。また、『ヨーロッパ史における諸動向』という歴史書でも、ロレンスは科学的な歴史家を非難している。そもそもロレンスは神秘に敬意を払い、論理や原因をないがしろにする傾向があったことから、人間の心の不合理なうねりに因果律を当て嵌めようとした歴史家を軽蔑していたのである。ひいては、未来学者のマリネッティを始め、小説家のアーノルド・ベネットやH・G・ウェルズやジェイムズ・ジョイス、それに風変わりなフランスの象徴派詩人などの作品に窺われるような科学と論理の徴候を嫌った。特に、イプセンやフローベールやハーディらを「ニヒリストという人生に希望を見出せない知的な連中」と称して、宗教的復活によって彼らの誤りから人間は脱出すべきだとした。また、一九一三年にロレンスは、今やショーやゴールズワージーといった「規則や計測を好む厳密な連中[6]」に反発する時期だと主張している。

しかし、科学が芸術作品の創造とはあまり関わりなく、誤った世界の象徴としてロレンスの考えている機械概念と密接に結び付いていることは明らかである。「生命の接触」を欠いた、「物質そのもので非有機的である」様々な機械を除けば、この世のすべてものは互いに活力に満ちた関係を築いている。様々な車輪やエンジンを思うとロレンスは惨めな気になった。地球が車輪のように回っていると思うと身が竦むことから、そうした考えを激しく否定して、そもそも地球は人の理解を超えた活力で空を舞っていると主張するのである。そしてロレンスはこの世を憎んでいるあまりに、大地を愛していて、車輪など存在しない場所に遁走し、そこで様々な木々に慰安を求めるのである。ロレンスの感情を共有している『恋する女たちの』主人公は「どんな花も忙しく作動する機械の上に咲くことはない」と言う。[7]

機械的、自動的、唯物的などといった言葉はロレンスのよく使う罵り言葉となった。それらの言葉を精神、論理、科学、機械などという用語と一緒に無頓着に用いた。機械装置と唯物主義の時代に反発して、時にはエッセイ、時には小説、時には詩などで次々と訓話を展開した。それぞれの訓話は超絶的な内容で精神のさらなる解毒剤ともなった。ロレンスはエッセイよりも、小説の創作にあってその本領を発揮したので、読者は唯物主義者への比較的わかり易い反発を求めて小説世界に赴くべきだろう。小説で何度も扱われるテーマは、本書での研究には重要なものである。もっともそれはあまりにも明瞭で反復的で飽き飽きさせてくれることは間違いないにしても。しかし、ロレンスの読者は作者の方法に慣れていることから、その小説世界に喜びを感じざるを得ないのである。

ところで、ロレンスの長編小説を始め、中期や後期の様々な中・短編小説の作中人物たちが寓話的に描かれているのは、その本性や言葉や行動面から見て、道徳的、精神的教訓を伝えることを目論んでいるためである。作中人物は善や悪をそれぞれ体現するにせよ、作者は常に精神と物質といった問題に関心を抱いている。例えば、『恋する女たち』に登場するジェラルドは炭鉱を所有する唯物主義者の悪党で、その頭脳には「何百万の機械や歯車や車軸」が詰まっている。その人生には死以外のものが残されていないこの唯物主義的な男は、ある日、アルプスで命を落とす。そしかし、それ以前に、「機械装置の神」を名乗るジェラルドはこれまでのショベルの代わりにアメリカ製の機械を導入することで、坑夫たちの心を頑なにし、坑夫たちの目から希望の光を遠ざけようとする。

それは破滅への第一歩であり、混沌への最初の局面だった。有機的なものに機械原理を適用することは、有機的な目的や統合の喪失であり、偉大な機械的目的への個々の有機的統合の従属に他ならなかった。(8)

ところで、ジェラルドのガールフレンドであるグドルーンはこう叫ぶ。「ああ、何と煩わしいことか！」と。そして、この機械主義の男から身を引き、自分の目的に適った今一人の人物に目を向ける。彼女は以前に求婚者を拒否したことがあった。というのも、その人物は科学者だったからだ。しかし、ハーマイオニという女性も一風変わった人物である。深みのある自発性など備わっていない彼女は、「知性的で重厚だが、神経が疲れるほどに意識的で」、週末になると、「頭が疲れて、うんざりするほどの」パーティを決まって催すのだが、説教好きで、時折、無私の喜びを体験するアーシュラの恋人のバーキンは、ハーマイオニのパーティから逃げ出すのである。二人は自然界の木々や花々に無関心ではいられない。また、短編小説『てんとう虫』の小柄な黒人の主人公サネック伯爵も二人のそうした態度を共有している。その伯爵は工場を壊して、様々な鳥や木々だけを生き残らせ、その中で自ら無心に低い声で歌うのである。というのも、平らな額と奥深い心の持ち主だからである。その低い声は「心とあの世のそれぞれの暗闇や深みが呼応し合うことから」、この世から漂い去ってゆくダフネへのあの世からの呼び掛けのように思われる。伯爵がダフネの住処に行くことは至福の開放となる。ダフネの夫はとても知的な男性だからである。

ロレンスの作品に登場する、夫や父親や炭鉱所有者や牧師たちは一般的に精神と機械の典型として寓話的に描かれている一方、夫人や娘たちは召使や森番やジプシーを始め、感傷的に歌う男性歌手や馬などの助けによって自由を得るのである。『セント・モア』の女主人公の夫であるリコは、その部下たちが小さな自動車でしかないような世界での一個の機械のような感情などまるでない人間として描かれている。そして、その女主人公は、論理的な話など全くわからず、それに耐え切れないアメリカインディアンのフェニックスを始め、動物的な理解力や直感やある種の神秘を備えたウェールズ人の召使やセント・モアという名の馬などの助けによって、夫とその機械的世界から脱出するのである。『牧師の娘』の大切な娘や『処女とジプシー』の処女たちは坑夫やジプシーの助けによって、彼らの唯物主義的な父親から逃れることができる。同じように、知的で無力な炭鉱所有者の夫から逃れる術を夫の雇っている森番に見出すのは誰もが承知していることである。

これらの作品の女主人公たちによる精神や機械からの遁走は十分に納得がゆくが、ロレンスは『翼ある蛇』のドン・ラモンによる機械的世界の破壊行為にさらなる喜びを見出しているように思われる。メキシコ人の魂は、青白い顔をした北部人によるケツァルコアトルの土地に導入された様々な機械や工場によって虐げられたことを、その色の黒い救世者は見て取っている。少しの間、ドン・ラモンは歯車社会に関していろいろと説教をしていたが、とても唯物主義者たちを改心させられないことがわかって、とうとう武装蜂起をして、教会を占拠し、その尖塔の時計を壊して時の経過を止め、一日の時を知らせるのにドラムを叩くのである。こうした魂の機械に対する象徴的勝利の後に、ドン・ラモンは工場を閉鎖することで、メキシコ人の精神を唯物主義から救おうとする。ロレンスの嗜好として、ケツァルコアトルのユートピアは、近隣の炭鉱の輝きが避難者たちの精神的訓練を妨害しているチャタレイ卿の大庭園よりもはるかに素晴らしい避難所である。

ところで、唯物主義に対するロレンスのこうした戦略は、数え上げるのも煩わしくなるほどの数多くの他の小説や短編小説に話の筋はもとより、主題をしかと提供しているばかりか、中でも特に寓話的作品には様々な象徴的意味をも付与している。例えば、馬はロレンスの多くの作品で深々とした驚くべき精神の象徴として描かれている。『恋する女たち』の中で、ジェラルドは自分の雌馬を踏み切りで、無理やり機関車と直面させる。その抵抗する雌馬やその乗り手、それに忙しく機械的に作動するエンジンなどは、意志と精神によって文明に耐えるように仕向けられる魂を象徴している。昼食時にも巨大な機械の歯車に捕えられたチャーリー・チャップリンもその今一つの例で、同じく慢心家である。チャップリンは人間の苦境を象徴しているものの、馬は魂の不安の象徴として際立っている。というのも、馬は自由への奥深い方法を指し示すによりふさわしい動物だからである。セント・モアもまたそうした象徴的意味を帯びていて、その作品の登場人物たちにそうした魂を現出させるための道具となっている。ルイスや女主人公のように、血の意識を保持したり、奥深い感情の持ち主は馬の象徴的意味を理解しているし、リコのような精神的な人物は馬を嫌うことになる。もっとも、馬ばかりでなく、雌牛や猫や魚なども他の作品にあって、様々な象徴として現れている。『チャタレイ夫人の恋人』の大庭園は麻痺状態にあるその所有者と同じく、象徴的である。チャタレイ卿の車椅子も機械の象徴であり、この小さな車椅子がシュッシュという音を立てて大庭園を移動するにつれて、花々がその残酷な車輪で押しつぶされることになる。

しかし、ロレンスは精神や物質や機械の様々な害悪を作品で扱う時には決まって、その救済法を示唆してくれる。これまで理解してきたように、これらの害悪に代わって、ロレンスは自然への回帰を提唱するのである。また、いわゆる魂、愛、血の意識、無意識、有機体、活力、それに生命力といったロレンスの用語も、つまるところ同じ目標の異なった表現であることがやがてわかるだろう。そして、これらの名前やそれに伴う目標は神秘的で深遠なものなので、とても知性では理解できず、感性に頼る他はないだろう。したがって、その本質上、ロレンスはもとより、その読者も精神的で明瞭な治癒法に取って代わる癒しを求めねばならない。そうした癒しを理解するには、まず最初に自然の神秘の深みそれ自体の内に一つの癒しとその他の癒しの特性とを熟慮する必要がある。

とにかく、ロレンスは自分の理解できないものを好んだ。というのも、それを理解できないからだった。それに反して、自分の理解力で納得でき、もしくは、片がつくような機械装置や演繹法はとことん嫌った。『精神分析と無意識』という評論で、このようなことを言っている。「知識の最良の部分は理解できないものである」[9]と。また、文明人についても、神秘から切り離された連中だとして不平を述べている。『恋する女たち』[10]の中で、主人公のバーキンも「文明人はもはや理解を超えたものの言葉を体現していない……」と語ってもいる。現実世界を征服したり、観念的に理解しようとしたり、生活を機械装置に還元しようとしたりする代わりに、人は自らを「様々な感覚を通じて、無意識的に進展する知識……つまり、神秘的知識[11]」や流動的な暗黒世界、ひいては神秘そのものに委ねる必要がある。というのも、人は驚異といった天性の宗教的感覚に頼ってのみ生き残ることができるからである。その点で、ロレンスの作品の男女の主人公たちは生き残れよう。数年にわたって、植物学者の目でヒナギクを見つめてきたアーシュラは、やがてその花を「神秘的に」眺められるようになり、そのことの内に慰めを見出すのである。そして、彼女の個人教師であるバーキンも植物学から目を背け、花々の背後に「見えざる聖体」を見出すのである。驚異、神秘、「神秘的感覚」といった喜びを感じる主人公たちは、知的誇りからではなく、その対極に生まれる自尊心から、自分たちに理解できないものこそが深遠なものだと感じるのである。暗黒な奥深い世界というのが彼らにとってお気に入りの文言である。例えば、「陽気な幽霊」の主人公はそうした世界を受け入れざるを得ない。

それは自らを超えた深み、つまり、自らに備わっている様々な深みを越えたものである。自らの深みがさらなる深みを呼び、そして、深みがさらなる深みに応じられるにつれて、人は自らを輝かせ、自らを超えることになる。

真珠の光沢のような覆いのごとき時代意識を重ねることを超えて、深みはさらなる深みを呼び、それに応じられることもある。それは呼び掛けと返答であり、新たに目覚めた神は男の深みの内で呼び掛けるとともに、さらなる他の深みからの返答を求めて呼び掛ける。そして、そのさらなる他の深みとは時には女性の深みのことである。(12)

ロレンスが知性との闘いで見出したように、無意識というものほど奥深いものはない。ロレンスは精神分析家のフロイトから、無意識という用語とその概念を得たが、その用語を除けば、ロレンスの説くところの無意識は自らの独創であり、フロイト以外の資料によって生み出されたものである。ロレンスは『息子と恋人』の原稿を書いていた頃に初めて会ったフリーダからフロイトのことを初めて聞かされ、その後、ドイツでフロイトに関するさらなる知識を得ることにはなるものの、精神分析へのロレンスの言及の程度を考えれば、その分野との出会いは偶然でもあったことから、フロイトの理論をそれほど深く追求する気にならなかったのも納得できよう。その上、フロイトはロレンスにとってあくまで一人の科学者のように思えたからである。したがって、ロレンスは『精神分析と無意識』の中で、嬉々として自らの無意識に対する考えがフロイトのそれに較べてどれほど優っているかを示すことで、自らの理論を追求し続けた。要は、フロイトの無意識理論は論理的で科学的で無味乾燥なものであるのにひきかえ、ロレンスのそれは本物で実質的なものだと言えよう。

ところで、ロレンスにとって、無意識とは様々な複雑な観念の容器などではなく、魂そのものだった。実のところ、魂という言葉は無意識を表すによりふさわしい用語ではあるにせよ、フロイトの言葉を保留するに吝かではなかった。というのも、その魂という言葉は汚辱に塗れていたからだった。だが、そうした配慮があったにせよ、ロレンスは作品の主人公たちにもその汚辱に塗れた言葉を使わせるのを躊躇わなかった。バーキンはジェラルドやアーシュラやハーマイオニらを、魂を蔑ろにしたことで強く非難しているし、また他の小説やエッセイで、魂という言葉は暗黒という言葉に次いでよく使われている。いずれにせよ、その名称はどうであれ、ロレンスの考える無意識は精神と現実世界からの精神的撤退なのである。だが、自ら新たに精神を概念化することで、そこには牧師のとても認めないような世界を包摂している。つまり、牧師はもとより、世間の人たちによっても軽蔑の対象となる人の肉体、少なくとも人体の胴を含むことになる。ロレンスは無意識なるものを、機械的で物質的なものに対置する血とか、有機的で肉体的なものによって表すのである。ロレンスにとって、精神的に新たな人間とは「活き活きとした貪欲な血の柱」[13]であった。

とにかく、ロレンスが『精神分析と無意識』の中で表明した無意識なるものはあまりにも不可解であろう。しかし、不可解であるとは言え、それを理解可能なものにしようと、人体の神経節や臓腑の働きを探って、それらの深遠さを図表化したのである。ロレンスの発見によれば、無意識は四つの主要な部分、つまり、腰椎神経叢、胸郭神経叢、心臓神経叢、太陽神経叢などに分かたれるという。中でも、太陽神経叢は最善で、精神から最も離れているため、最も「原初的」である。そして、これらの四つの部位は蓄電池のようにプラスとマイナスの電荷を帯びていて、複雑でわかりにくいものではあるが、ロレンスにとって、これらの部位やその外的部位を貫流する力は決してそのようなものではないようである。その作品は詳細な分析を含んではいるものの、無意識の様々な要素や力をうまく図表化している。

そこで、ロレンスがそのような不可解な世界をどのようにして理解するに至ったかを知りたがる懐疑派に対して、昔ながらの直感という宗教的能力によってその何たるかを理解したとしてこう返答している。「宗教は正しくて、科学は間違っている」[14]と。そして、科学者の方法に代わって、太陽や月や大地の内部に関する科学者の愚かな言動に代わって、ロレンスは強烈な体験の知恵に基づく「主観的な科学」を持ち出したのである。そこに真理をしかと感じることができたからであろう。「主観的な科学」なるものが実際にはどのようなものであるのかは自分でもよくわからなかったものの、それが真理であることは疑わなかった。直感や本能や衝動といったものは、見通しのきかない限界ある知性に較べれば、奥深い世界にあってのより素晴らしい道しるべであった。バーキンは「様々な衝動によって自然に活動することは、何と素晴らしいことか」と言っているが、「血によって考える」といった言葉を付け加えてもよかったであろう。

とにかく、血を始めとして、様々な衝動や直感に信頼を置くことによって、ロレンスの女主人公たちの不可解な行動がよく納得できるのである。彼女たちが上機嫌の時には、無意識的かそれに近い状態にいる。「活力に満ちた女らしさを備えた、奇妙で無意識的なつぼみ」[15]であるアーシュラは、絶えず鋭敏に物事を把握するのに無我夢中になったり、恍惚状態や感情の高ぶりに身を委ねたりすることで、「自らの魂の究極の深みへと赴くのである」[16]。自らの無意識的衝動に従うことで、グドルーンは驚いている雌牛の前で踊る。赤や緑や青や黄などのストッキングを身に着けるグドルーンの癖は流行や理性によって説明のつくものではない。しかし、その無意識的な女主人公の目的は単に忘我状態に入るということではなく、『精神分析と無意識』の中でロレンスが示唆したように、それは最も奥深い無意識の活動である宗教と愛を実践することにある。これらの活動の最初の成功は第二の成功に依存しているともロレンスは述べている。主人公たちが常に愛を生み出すのは、全面的にであれ、部分的にであれ、「さらなる偉大な目的」のためである。バーキンとドン・シプリアーノは世界を救うために立ち上がるのである。また、森番のメラーズはなかなか立ち上がらないものの、少ないとも無意識的人物であるのは間違いないと言えよう。

ところで、ロレンスは自らの無意識を表現するにあたって、魂という言葉よりもさらにふさわしい用語を有しているとして、「無意識という用語は生命を表す今一つの言葉に過ぎない」[17]と言い、さらに続けて、生命とは関係であり、流動そのものであると述べている。流動、原動力、相対性などといった用語は、魂、暗黒、有機性、血などの馴染みの言葉を駆使するに際して、重要な役割を果たしている。ロレンスは自分の好むものの中に変化や流動を、機械装置のような自分の忌み嫌うものの中に不変性をそれぞれ見出した。発電作用ほど躍動的なものはないのである。作品に登場する様々な主人公や植物など、この世に生きとし生けるものは絶えず「奇妙な流動的な関係性」の内で変化している。主人公は創造的流動の中の一波であり、流れの中の一匹の魚であって、そうした流動に身を委ねることは平安そのものなのである。主人公の太陽神経叢は躍動的で、精神はどこかに行ってしまうのである。生命力が背後から、下方から、彼方から主人公の内に流れ込み、大いに元気づけることで、太陽や月との生き生きとした関係を作り上げる。その時、「中国やミトラの太陽が主人公の頭上で燃えるように輝き、熱や光という形での放射エネルギーではなく、生命、そう、生命こそを！　付与するのである」[18]。ロレンスの小説の主人公たちは焼けつくように熱い陽光を浴びるのである。アーシュラはバーキンの神秘的な生命の流れに魅惑される。それはロレンスが様々な作品の至る所で述べている「血の意識の流動」[19]のことであろう。

ところで、ロレンスは無意識を意味する言葉を数多く持っている。また、ロレンス自身を表す名前も多くある。しかし、それらの名前からも明らかなように、ロレンスを一人の生命主義者と呼んでも差し支えなさそうである。生命の崇拝者として、ロレンスは生命のない物質機械や科学者たちによって推論されるエネルギーの代わりに、「生きがよくぴんぴんしている」宇宙を求めている。生命が文明や精神や死に取って代わってもらいたいと思っている。また、芸術に自分の求めるものを推進してもらいたがっている。とにかく、ロレンスは生命的芸術を欲しているのだ。

生命的芸術、特に、生命主義者の小説の処方箋は実に単純である。数多くの小説論でロレンスの述べているように、芸術は流動や生ける神秘に忠実でなければならない。様々な芸術作品の中で、小説が最高の芸術であるのも、小説には絶対性を駆使しうる力が乏しいからである。すぐれた小説家は生命の風に吹かれるがままにしていて、自らを流動や変化に委ねている。とりわけ、生命力の純粋さや衝動性を損なうような「様々な障害物」や規約を逃れようとするのである。ロレンスにとって、ジョイスやプルーストは抽象的、論理的、形式的であって、生命を等閑にしている有害な芸術家たちであった。それに引き替え、友人の詩人ハリー・クロズビーはすぐれた芸術家だった。秩序などというのは太陽を隠す傘に過ぎず、無秩序な芸術は混沌とした魂を示すことになる、とロレンスは言う。また、或る手紙でも、自分は知性に邪魔されないことを旨とすることで、抽象よりも混沌の方が好きだ、と述べ、終始一貫して、すぐれた小説を生き生きとした混沌そのものだといった捉え方をしている。[20]

ところで、混沌状態とは生命主義者たる小説家の目標ではあっても、それが唯一の有り様ではない。ロレンスは知性の介入を受けない状態に到達し、様々な神話や象徴によって生ける無意識を切り開くのである。同時に、ロレンスは多大の聴衆にこうした問題に興味を持たせ、また、彼らを教化する。というのも、「大衆にとって、知識は象徴的で神話的で躍動的でなければならないからである」[21]。ロレンスはフレデリック・カーターの作品『錬金術師たちの龍』の序文で神話や象徴についてこのように説明している。

様々な象徴はそれら自体の生命と結び付いた意識の有機的な諸単位である。したがって、象徴というものを説明することなどできない。象徴の価値は躍動的で感情的であって、肉体と魂の感覚意識に属していて、単に精神的なものではない。……神話は人間の全的体験を物語ろうとする試みであって、その目的は知的説明や記述の必要から、血と魂の奥深くに浸入しようとする。……したがって、神話の様々なイメージは象徴なのである。……複雑な感情体験そのものも一つの象徴である。そして、象徴の力は奥深い躍動的な感情的自己を人の理解を超えて呼び覚ますのである。(22)

こうした躍動的な道具は血と魂に奥深く進入することから、知性に邪魔されない生命主義者のために生み出されたように思われる。それらの道具の手助けによって、ロレンスは言語に絶した世界を表現し、人に託すのである。こうした理由で、その後に現れる様々な神秘家に混じって、ロレンスはアステク族のケツァルコアトル神話や「死んだ男」の神話を始め、様々な小説にみられる数々の象徴に喜びを見出したのである。しかし、それにしても『錬金術師たちの龍』の序文で述べているように、ロレンスにとって寓話はさほど興味を引かない別の分野である。寓話にあっては、「それぞれのイメージは何かを意味していて、一つの議論用語であり、道徳的もしくは教訓的目的のために用いられることが多い(23)」。それぞれのイメージが何かを意味しているという。しかし、不運にもロレンスは象徴や神話に挑むつもりが、何故か寓話に至り着く場合が多かったようである。だが、考えてみれば、知性に惑わされない状態に至るというのは思ったよりも困難なことであるばかりか、そうした状態と教訓的目標とはまた相互に相容れない。したがって、ロレンスは象徴主義者であるというよりもむしろ、一人の教育者と考えた方が納得がゆくように思われる。

こうしたことから言えば、『恋する女たち』は教育的小説の典型であろう。それはバニヤンの『天路歴程』のような宗教的寓話であって、おそらく有用性や技巧といった点を除けば、すべてがよく似ている。しかし、『錬金術師たちの龍』の序文に窺われるように、ロレンスはバニヤンがそれほど好きではなかった。というのも、バニヤンは意味を大切にする寓話主義者だったからだ。とにかく、ロレンスは対抗者や先達者には耐えられず、自分の示唆したものを他人の内に許容することなど到底できなかった。したがって、教義や倫理観の点での付随的な両者の違いなどもはっきりさせるべきだったにせよ、おそらくロレンスとその読者たちの目からは隠されていたのであろう。だが、バニヤンとロレンスは階級意識や曖昧主義や宗教的熱情などの点ではよく似ているし、『恋する女たち』の作中人物や様々な出来事をみても、ロレンスが現代のバニヤンであるとも言えなくはない。『天路歴程』は、偽りの分離派教会信徒の様々な追従にもかかわらず、福音伝道者であるバプテスト派の牧師の援助によってキリスト教徒が改心する話である。『恋する女たち』では、アーシュラがキリスト教徒に、バーキンが復員伝道者に、その他の作中人物が分離派教会員にそれぞれ対応している。話の筋は多大の困難や違背を通じて、バーキンの援助によってロレンスの無意識の理論に至る道を扱っているが、その途上、バーキンはアーシュラの誤りを正したり、必要なものを提供したりするのである。最後に、キリスト教徒がイエスの血によって救われるように、アーシュラはロレンスの生ける血によって救われる。しかし、その途上、アーシュラを誘惑しようとする偽りの旅人が出現する。他にも、ハーマイオニは、正しい解答を持っているにもかかわらず、やがて偽善者であることが判明するトーカティブに対応している。ハーマイオニは知性のなさを装っているにもかかわらず、本質的には知的な人間であることをバーキンは見抜いている。また、偽りのバニヤン的旅人が採炭現場や炭鉱内で命を失うように、その偽りのジェラルドも道に迷い、アルプスで滑落する。ひいては、ワードリー・ワイズマン氏がブルームズベリーの虚栄の市でバーキンを嘲笑で糾弾する不遜なボヘミアンとして姿を見せる。そこで、一人の教師として、バーキンは福音伝道者やグレイトハートの方法を真似て、様々な例を引き合いに出して教えるのである。グレイトハートは雌鶏や花々やその他の自然界のものから、バーキンは飼い猫や花々からそれぞれ精神的教訓を引き出す。そして、バーキンは雄蕊と雌蕊の意味についてアーシュラに語る。すると、アーシュラはうっとりとして、「奇妙にも神秘的にそれらに魅了されるのである」。バニヤンの邪悪な作中人物たちが富裕で権力のある上流階級に属していて、善良な人たちは下層階級に属しているように、ロレンスのハーマイオニやジェラルドが金持ちの文明人で宗教心がないのに引き替え、アーシュラやバーキンやレークは貧しくて身分も低いが、精神的である。そう言えば、バニヤンは魂の救済を妨げるような知性や学問を認めないことを説いているが、その点では、ロレンスも同じようなことを述べている。もっとも、こうした比較を試みても、何世紀も経るうちには何の影響も認められなくなるであろうが、歴史は繰り返すとするヴィーコの考えを人はなかなか否定し難いのである。

教育者としてロレンスは小説を自分の主たる道具とみなしていたばかりか、現代の若者たちのための様々な初等教育に関するヴィジョンをいろいろと用意していた。ロレンスによれば、教育とは子供の無邪気さを保持するために何より宗教的であらねばならないとしている。また、観念的な知識が若者にとっても、老人にとっても有害であることから、これまでのすべての初等教育は手工芸や初歩的な格闘技の習得に心掛けるべきだとしている。これらの訓練によって、知性が衰退するのに引き替え、奥深い無意識といった躍動的な部位が繁盛する（「腸こそが巡礼者となる」、とバニヤンは言っている）。また、『白孔雀』の森番であるアナブルはロレンスのような説教をする。アナブルはケンブリッジ大学の出身にもかかわらず、素朴さを失わず、自分の子供たちを自然の中で野生児のごとく育てるのである。

多くの点で、ロレンスの診断と治癒方法は馬鹿げているようだが、それらがどれほど筋が通っていて、弁明の余地が有るかを考えずして、それらを一笑に附すのは公平ではないだろう。十八世紀や十九世紀にあっても、理性を重んじて感情をないがしろにする人たちもいれば、そうでない人たちもいた。しかし、十九世紀にあっては、唯物論的科学の主張がまかり通るようになり、現代の混乱も当時の科学の発展にその起源を見出すことは可能であろう。だが、知性も多少とも愛や政治的雄弁術とは相容れない価値を有しているように、様々な感情にもそれなりの価値があると言えよう。様々な感情の価値を賛美しようするロレンスの複雑な努力は、十九世紀の教条的な合理主義や科学の矯正剤として多少とも役立つかもしれない。しかし、数多くの治療剤がそうであるように、かなりの苦情を巻き起こした。それは爆弾でもって痛風を治すようなものだった。

しかし、ロレンスの治癒剤はそれ本然の活力とか現代の特質とかによって明らかにされよう。

ロレンスの特質について言えば、それは感情的ではあっても、精神的でなくはなかった。辛辣なエッセイ『滞留郵便物』の中で、「知性ということになると、様々な批評家のように自分も生まれながらにしてそれを授かっている」[24]とロレンスは述べているが、この主張は当を得ている。ロレンスが知性人であって、精神に対する様々な攻撃が知的に行われているばかりか、バニヤンのように、生まれつき寓話に対してよりも、知的解釈にその力を発揮することになるからである。主人公バーキンはまさにロレンスの本質を体現している。顔を見せる度に知性を貶し続けるこの主人公は、『恋する女たち』の最も知的な作中人物である。また、邪悪な瞬間にあって、女たちよりも自らの様々な理論に興味を覚えるバーキンを叱責する時、グドルーンは間違ってはいないのである。とにかく、バーキンとロレンスは共にうんざりさせるほどに知的ではあっても、二人の様々な理論は二人の感情を巻き込み、また、それらに導かれることによって、精神や感情だけを満たすものとはならないのである。もしロレンスが知性を抑圧していたら、殊の外、愉快で熱情的な人間になっていたことだろうし、もし自らの感情をうまく抑制できていたら、狡猾な人間になっていたことだろう。少なくとも、物分かりの良い人間になっていたことだろう。しかし、実のところ、ロレンスの知性と感情は普通以上に混乱したままになっていた。男性よりも女性により一般的にみられるようなロレンスの苦境は、精神に対する闘いの境地を物語っていて、それは結果的には言わば一種の内乱の様相を呈していると言ってもよいだろう。

ここでもまたロレンスの宗教的な気質を考慮に入れなければならない。第一章では、ロレンスの熱烈な宗教的感情を扱ったが、本章では、ロレンスが科学よりも宗教に好感を覚え、直感や驚異といった感覚への回帰を切望しているばかりか、こうした能力に基づいて科学の帰納的方法からできるだけ離れたところに、立証されていない自らの結論をいろいろと提供していることを見てきた。定理それ自体は科学にとって一つの治癒法であるのに引き替え、熟考思慮に欠けた無意識とも言える状態こそがロレンスの宗教の教理ともなった。何もかも知性で処理するのは、アーシュラの言葉を借りて言えば、あまりにも不遜なことだとロレンスは考えていた。(25) ロレンスにとって、知性とは人間の腸とは違って、物質世界に属しているように思われた。宗教的な人間にとって、物質と唯物主義は共に耐え難い代物だった。ロレンスは唯物主義の時代をただ不快な気持で眺めていただけではなかった。知性に対するロレンスの挑戦は一つの聖戦でもあった。

ところで、ロレンスの情熱的気質から窺えるように、時代の特質はロレンスの聖戦を幾分、正当化しているようだが、それはこの上なく極端な聖戦の一つでもあった。また、ロレンスの先達や同時代作家たちも唯物主義時代に直面することで、やはり同じような反発をずっと呈し続けていた。ロレンスの時代までに、文学者の時代への反発はすでに様式化していたか、歴史家たちが時代の趨勢とか推移とか呼ぶものと化していた。そして、魚類派や天使の戦闘派や他の様々な神秘宗教的集会に属する作家たちがその典型的な例であった。自らの気質のせいもあったが、物質や知性を相手取ったロレンスの聖戦はやはり多分に時代の趨勢に負うところが大きかった。

しかし、最近の反唯物論的傾向を概観してみれば、その反対の考え方も含まれている。[26] 便宜上、『種の起源』が出版されたことによる衝撃に話を戻してみれば、この書物が世間にもたらした物議は、かつてニュートンが機械的で物質的な宇宙という考えを紹介して以来のことだった。だが、信心深い敬虔な人たちの悲しみは、例えば、ジョン・モーリーやアニー・ベサントを始め、その持ち前の楽観主義はもとより、進歩や理性への信頼が科学の発展の内にその支持母体を見出していたジョージ・エリオットの夫のような進歩的で何物にも囚われない哲学者たちの喜びに反して、この上なく高まった。だが、凡俗な人たちは多少の疑念はあったものの、「自由放任主義」(*laissez faire*)の補強証拠として適者生存の考えを受け入れた。多くの人たちにとって、決定論は運命予定説に代わるものとなった。決定論や唯物主義を始め、理性や科学や進歩といった考えが、凡俗の自由奔放な精神を育成するにつれて、産業や機械装置は社会を変革し、混乱させるばかりか、忌まわしい壁紙を剥がすのにますます拍車を掛けた。しかし、実際そうであったように、機械装置は果てしなき進歩への手段と希望として、多くの人たちによって歓迎されたものの、そうした傾向を甘受できない人たちもいた。そして、キャベツのようにその土壌から時間を掛けてその中身や形や風味を生み出してゆく文学のようなものは、こうした様々な希望や不安を反映していた。

科学を受け入れた文学者の中で、その代表格は自然主義文学を提唱したゾラとその追従者たちであった。一八八〇年に出版された『実験小説』というエッセイで、ゾラは、自然界の様々な力を通じて厳密な決定論をその現実的な目的のために利用することで、新たな科学に基づく芸術を提唱した。遺伝傾向と環境問題が備忘録の助けを借りて詳細に検討されることで、これらが科学的小説の中で機械としての人間を作動させることとなった。人間の情熱やドアの開閉や猫の給餌などを始め、一日に起きる面倒なこともすべて自然界の様々な法則によって決定された。今や、歴史上、初めて科学の法則に啓発されることで、小説家は人間や他の動物たちの発信内容の様々な原因や意味を伝達することができた。実験的手法によって精神が鼓舞され、ダーウィンの考えに驚嘆したゾラは他のどの小説にも増して人をぎょっとさせるような断固たる作品をいろいろと発表した。また、ゾラの手法に鼓舞され、驚嘆したジョージ・ムーアも『無言劇役者の妻』という小説を一八八五年に書き上げたが、ゾラの弟子たる誇りがその主人の様々な論点を支援しているように思われた。だが、文学的科学者に対する疑問も呈せられた。彼らは自らそう信じているほどには科学的でもないばかりか、科学の様々な可能性への信頼についても、実験室での方法を適用するという彼らの試みが間違っているのと同じように、依然として未熟なものであるといった点である。しかし、こうした文学的科学者の行き過ぎがどうであろうとも、彼らは用心深く不可知なものに足を踏み入れるようなことはしなかった。そうした行き過ぎが時代の楽観主義によって説明されるとは言え、それは進歩や機械装置について歌い上げた大衆詩人たちの行き過ぎに較べれば大したことはなかった。キプリングのような作家によれば、自然淘汰と適者生存が類人猿から帝国下のイギリス人に至る進歩を意味するものだった。キプリングはピストンや(神（God）とうまく韻の合う）連接棒（rod）という言葉が大好きであったばかりか、様々な機械装置や英国艦隊の大砲を賞賛し、一九世紀の初頭に様々な冒険小説を発表した。また、一九〇一年製のメルセデスに乗って道路を突っ走るヘンリーは「スピードの歌」という詩をその車の様々な導管や気筒に捧げた。自然界への物質の勝利、さらなる素晴らしい機械的世界、神の目的の心得などといったことへの信頼は、たとえ神の存在を蔑ろにしたところで、ジュール・ヴェルヌや『大衆科学』の読者を始め、ロケットを乗り回す若者を描いた漫画の作者の目的によく似ている。しかしながら、ハーディのような作家はそうした機械的世界から憂鬱以外の何ものも引き出さなかった。人間の操り人形が「事前調整によってカツコツという音を立てて歩く姿」を見て、人間の徹底した自然への無関心を悲しみをもって受け入れた。ハーディの流す涙の音はヘンリーの喜びに満ちた叫びとは対照的だった。とにかく、笑いと叫びの中にあって、これらの芸術家たちは機械的な製作の思想や物質界における偶然の出来事としての人生といった考えを、当時の科学者や大衆と分かち合った。しかし、数の点から言えば、彼らは法則や物質や機械を拒絶した、より感受性に富んだ、おそらくはより精神的な人たちに較べれば少数派であった。感受性に富んだ人たちの考えによれば、人生はそれ以上のものであるに違いなかった、また、実際、そうであったのだろう。

こうした感受性に富んだ人たちの中で、唯美主義者たちがその筆頭に挙げられよう。彼らは機械によって作られた社会をよく観察し、機械装置の醜悪さから、洗練された様々な感覚世界へと遁れ、自分たちの時代遅れの目に写った世界を救済するために美や不可思議さといったものを奨励した。様々な機械の助けを借りることなく、彼らは愛情を込めて現実世界から遊離した様々な象牙の塔や家庭用具や愛の世界を構築して行った。こうした世界への使徒として登場したのがオスカー・ワイルドであった。彼はよくピカデリーのレストランにいろいろな花を持ち込み、一八八一年に出版された「エロスの庭」の中で、大家たちの様々な感情を若々しく誇張することで、大衆の嗜好を啓発し、戦乱状態、無常な運命、鉄道、ブンブン音を立てて素早く回転する車輪、工場、虹の分析、それに科学時代における美への様々な障害などについて激しく嘆いた。ワイルドはこのようなことを問うている。

最後のエンデュミオンである私は希望をことごとく失うことになるのだろうか、
何故って、みだらにも望遠鏡で私の恋人はのぞき見されているから!

そして、これに対してこう答えている。

ああ! 鳥の飛翔の美しさを、
るつぼで分析などできはしないのだ!

スウィンバーンやモリスやロセッティなどはもとより、ワイルドの望んだ美の精神はるつぼから鳥を飛び立たせるにあたってかなりの影響力があったのだろう。

ところで、同じ頃、フランスでは象徴主義派の作家たちが科学や文学にみられる唯物主義や客観性に対して積極的な反抗を試みていた。ヴェルレーヌの微妙な陰翳や曖昧さの喚起と暗示世界の内に憩いを求めた。このグループに属する二人の代表的な劇作家は何人かの抒情詩人に較べてこうした状況をはっきりと示している。ヴィリエ＝ド＝リラダンの想像した城はその熱烈な支持者であるアクセル伯による現実世界への侮蔑を象徴しているし、メーテルリンクの戯曲の多くは、神秘的な森や閉ざされたままの扉、あるいは、開きぱなしの扉や戸口の上がり段に立って微かに戦慄いている人たちから成り立っているが、それらは科学や理性や物質などに対峙するものを暗示している。ストリンドベリはパリでオカルトを研究することで、初期の自然主義的傾向を捨てて、人間の魂の状態を劇的に表現した。また、ゾラの弟子であるジョージ・ムーアも師を裏切り、先達のフランス象徴主義派の詩人たちやウォルター・ペーターの例に倣って、聖書の物語や様々な叙情詩集に目を向けた。しかし、一九八〇年代と九〇年代の芸術的逃亡者たちも、ウィリアム・バトラー・イェイツほどには自分たちの飛翔の原因と結果について明確ではなかった。イェイツは初期の戯曲ではメーテルリンクやヴィリエ＝ド＝リラダンの方法を見習ったものの、フランス象徴主義派の詩人たちについて知る前にすでに自らの精神的で象徴的な立場を確立していた。したがって、それらの初期の作品はフランス象徴主義派の運動の一部であるというよりも、むしろそれと並行的に考えられ、抽象作用や唯物主義に対する嫌悪といった点ではその性質を同じくしている。イェイツは他の神智学者と共に、内奥から魔術的に呼び出された数々の霊の世界に自らの居場所を築いた。そして、同じくA・Eことジョージ・ウィリアム・ラッセルもまたイェイツの機械への嫌悪を共有することで、時折、自転車に乗って、牛乳からクリームを分離させる機械を農民に薦め回ったりした。

とりわけ、これらの精神的な作家たちにとって、知的な人間や科学は無用で有害であるように思われ、自分たちの深く理解できないものにこそ深遠さを感じた。しかし、たとえ知的な人間や科学が現れようと、自らすぐれた作品を書くのに何の障害にもならなかった。ましてや、たとえ知的な人間が自分たちと似たような確信を持っていたからと言って、同時代のすぐれた哲学者たちにとって様々な考えを巡らせるのに何の障害にもならなかった。

ところで、ニーチェはショーペンハウアーの例に倣って、知性を犠牲にして意志と力を賛美した。ベルクソンは現実の把握にあたって、数学的処理や物理学の方法を離れ、さほど自動的でない道を目指した。直感が彼の武器であり、生命力が彼の希望となった。そして、ニーチェとベルクソンの追従者として、聡明なバーナード・ショーは彼らの結論とサミュエル・バトラーの機械装置や決定論への憎悪とを結び付け、超人の力と生命力を持ち出して科学への反論を開始した。一九〇六年に出版された『医者の窮地』の中で、ショーは予防接種や細菌といったものの無意味さを曝け出した。科学へのこうした挑戦について言えば、唯物主義への反発を扱った最近の記事の中でも最も興味深いものの一つでもある、一九二一年に出版された『メトシェラへの回帰』でのそれに優るものはないだろう。ここに至って、ショーはダーウィンやハックスリーの見通しのきかない賭けに挑戦し、十九世紀の唯物主義的ニヒリズムの内に人間の魂の飢餓状態を見て取ることで、自らを「生命主義的哲学者」と称して、生命力に満ちた宗教をニヒリストたちからの避難所として提供した。ショーを祝福すべき製本ミシンだとみなしたイェイツがそれとなく仄めかしたように、ショーは知性的である以上に精神的な人物であったようだ。

そして、ショーやイェイツのような作家たちの活躍後にあっても途切れることのなかった九〇年代の精神性は、二〇世紀に入って、唯物主義的なエドワード朝の作家たちによって受け継がれた。ウェルズは科学や理性を信頼し、物質的進歩を確信することで、水晶宮と五ヵ年計画とを結び付けるべく十九世紀の理想的改革案を追求した。ゾラとムーアの自然主義を受け継ぐアーノルド・ベネットは当時にあって、抽象理論に基づかない現実主義的な素晴らしい小説の一つを書き上げた。重要な同時代作家たちの中で、ほとんどベネットだけが物質世界を受け入れ、大いに享受した。それはヨットへの思い入れにも繋がった。やがて、こうした世俗的に名利を追う陳腐な時代の中から、戦争直前に精神性がジョージ五世の即位とともに復活することになった。しかし、歴史家たちによってそう呼ばれるジョージ朝文学は少しの重要な例外があったとは言え、九〇年代の文学のようには物質世界や精神性をもはや快く受け入れることはできなかった。

ところで、一九二四年にブルームズベリー・グループの精神に訴え掛けた『ベネット氏とブラウン夫人』は今では歴史家たちの興味を引くものとなっている。このジョージ朝時代の声明書の中でヴァージニア・ウルフは、ベネットやウェルズやゴールズワージーといった唯物主義的先達者たちを強く非難した。それというのも、入念に追求しているにもかかわらず、ブラウン夫人の人となりやその人生がうまく描かれていないことに問題があったからである。だが、ジョージ朝の作家たちは心が枯渇していて、根城で自らの魂を驚かせるしかなかったのだ、とウルフは述べている。それでは、魂とか人生とかブラウン夫人とかいった言葉によって、ウルフは何を意味しようとしたのか。それは一つの神聖なる世界の創造というようなものではなくて、あくまで主観的な世界の構築であった。つまり、情感の籠もった主観的な方法によるものだった。写実的性質にこだわる自然主義文学者に不満なヘンリー・ジェイムズも自らの印象主義なるものを打ち出した。また、エドワード朝の作家たちのそうした写実性へのこだわりに反して、ヴァージニア・ウルフは意識の流動状態なるものを考案した。そこでは、ブラウン氏は流れに漂ったり、遊び興じたりすることで、その魂は作者のベネット氏からは自由になる。ジョージ朝の他の作家たちも主観的な手法によって唯物主義からの慰安を見出したものの、ウルフ夫人は他の作家たちに較べて文学世界に多大な寄与をしたのである。ウルフ夫人が小説で描いた作中人物の生活は流動的で、人間は魚でも波でもあって、浸水感覚をしかと持ち合せている。物質や様々な機械の外部世界で、ビッグ・ベンが異質の時を知らせるのに対して、流動的な人間の内部世界はその固有の時を刻むのである。それは知性や抽象作用についても言えることで、今日が月曜日であれ、火曜日であれ、人が男であれ、女であれ、そのようなことにお構いなく魚が泳いでいるような現在の生活にとって、それらはビッグ・ベンと同じく異質なものなのだ。ラムジー氏はバルコニーに跨って、小売段階の販売情報を生産工程に反映させることで、商品の早期発注・納品を可能とするシステムの問題を考えているうちに、知性の限界に気づくのである。しかし、夫と同じく知性に限界を感じているラムジー夫人も潮に溶解してゆくように、ただ呆然と椅子に坐っている。一九一九年に書き上げられた「現代小説」というエッセイの中でウルフ夫人が述べたように、人の生活というのは外部から与えられた秩序から成り立っているのではなく、漠然とした混乱状態に他ならない。外部の秩序を無視して、人の内面にそっと沈潜しようとする小説家にとって、そうした状態は必要不可欠なのである。

　ところで、ウルフ夫人の小説はどれもベルクソンの哲学をその基盤にしているようである。ウルフ夫人は一度もベルクソンの作品を読んだことがないということだが、ベルクソンについて一冊の本を書き上げた義理の姉がいることを考えれば、一度も読んだことのない哲学者について多少なりとも知っていたとしても決して不思議ではないのである。様々な時計や時間の持続や流動状態への関心とともに、抽象作用や科学への嘲笑は時代の趨勢ばかりでなく、信念を共有する文学仲間の絆の力をも示している。ウルフ夫人の小説も、特に、一九一二年以降にブルームズベリー・グループで流行ったドストエフスキーを含む他のロシアの小説家たちに多少とも拠るところがあった。というのも、一九一二年以降にあって、外界の秩序から内界の混乱を扱ったドストエフスキーの作品はジョージ朝の作家たちの進展を支援するように思えたからである。また、フロイトやユングも一九一〇年以後のたいていのイギリス文学はもとより、ウルフ夫人の文学にも何らかの影響を与えた。科学者ではあったものの、これらの精神分析医たちは無意識やリビドーの概念を、すでに科学や理性を退けようとしていた作家たちの性分に適った奥深い様々な神秘として提供した。

しかし、その影響力はフロイトに止まらず、ベルクソンやロシアの作家たちやフランスの象徴主義なども、一九一二年頃にイングランドで再度、取り上げられることとなり、何人かの詩人には象徴詩を、他の作家たちには非合理世界の魅力を提供した。果物の落下やタイルの色に恍惚となるイマジズムの詩人たちは、ベルクソンやヒュームや二流の象徴主義者たちの内にも少女のような熱意と興奮を覚えた。ロココ趣味のシットウェル嬢によれば、バロック趣味の弟と二人して唯物主義と闘ったという。また、ヒュームやベルクソンや精神分析医たちの追従者と目されるハーバート・リードも、理性や機知から遁走するにあたって、流動状態や独断的見解や宗教的熱意などを通じて荘厳で深遠な世界への嗜好を表明した。結局、リードは自らの精神的居場所を超現実主義者たちの数々の夢――例えば、荒涼たる都市、壁の上に干された鰊、木々にぶら下がっている半熟の時計――などの中に見出した。ロレンスを別にすれば、超現実主義者たちは知性に対する傑出した反抗者だった。フロイトを始め、象徴派の作家たちや狂気染みた様々な冗談を飛ばすダダなどは無意識世界や本能や精神錯乱への道を提示した。彼らの目的はまさに無意味さの構築そのものと言ってもよいだろう。彼らは無意味さの構築を本懐とする人たちの中でも、それを試行錯誤してきた人たちこそ素晴らしいとする点で、ロレンスとは異なるのである。

しかし、ロレンスと同時代の作家たちはもとより、それ以前や以後の作家たちは、ロレンスの知性に対する嫌悪や、ウルフ夫人の説くところの現代人の唯一の関心事である奥深い魂の場所の発見を共有したことは明らかである。まさに、ロレンスがそうした一般的傾向の一部であり、さらに言えば、その典型であることは間違いないだろう。精神世界や物質世界を嫌った者もいたかと思えば、流動状態や感覚や生気論や無意識や深遠なものを好んだ者もいたのである。しかし、ロレンスにあっては、これらがすべて結合していた。そのために、ロレンスは読者にとって興味深い存在となり、歴史家にとっては有用な存在ともなったのである。特に、歴史家はロレンスを通じて、現代人の魂によって追従されるような模型を辿ることが可能だからである。

ロレンスはそうした模型を同じくする多くの作家たちの本を数多く読んだり、知り合いになったばかりか、ヘラクレイトスやルソーのような同じ傾向の昔の作家たちの作品をも読み漁った。[27]自らの人格形成期にあって、ショーペンハウアーやニーチェの作品を始め、バトラーの『エレホン』をよく読んだ。[28]また、ショーの『メトシェラへの回帰』については、その発刊後すぐに目を通し、唯物主義に対する生気論者の重要な攻撃をそこに読み取っていたと思われる。[29]また、一九一三年になって、「生命の跳躍」についてロレンスが何度も言及していることから、おそらくベルクソンの『創造的進化』を読み込んでいたと思われる。[30]ロレンスの作品は、ウルフ夫人の小説と同じくベルクソンの諸理論への自ら得た知識、あるいは、又聞きによる知識に拠るところが大きかったようである。[31] しかし、ロレンスはジョイスやベネットやストレイチーやウェルズといった唯物主義者に対してばかりか、ベルクソンやショーについても厳しい口調で語ったのである。これまでにも、ロレンスは自ら有益と思った様々な本を非難していることはすでに述べた通りである。だが、どれほど首尾一貫した態度や知的誠実さを保っていても、時として論理を拒むような無分別な考えや、あまりにも曖昧で不自然な感情に駆られたりすることがあるものだ。こうした嫌悪と賞賛の相半ばする気持で、ロレンスはフロイトはもとより、生命力の今一つの模型であるリビドーなるものを提供したユングの諸作品を読んだばかりか、[32] 同じような気持で、当時、大評判になっていたドストエフスキーの数々の作品を読破して、ロシア人こそは自分にとって有用な国民だと素直にも認めてさえいる。[33] さらに、ヴェルレーヌやメーテルリンクや他の象徴派の作家たちの作品をもこうした線上で読破している。[34] しかし、これらの書物よりも重要なのがブルームズベリー・グループの存在だった。そこにあって、ロレンスは当時の流行作家たちとの交友を広げることになった。リチャード・オールディントンとその愛人のH・D（ヒルダ・ドゥリトル）を始め、エドワード・ガーネットやミドルトン・マリこの二人はドストエフスキーについて詳しい――、それにロシア作家たちはもとより、ヴァージニア・ウルフの良き友であるコテリアンスキーなどがいた。とにかく、ロレンスのこうした矛盾した面はいろいろな作家たちによって突き止められることになったものの、ロレンス自身は彼らと同じように、自らの道を進む上で様々な環境や時代に対処したのである。時代の混迷への対処の仕方がその時代の趨勢よりも徹底していて、あまりにも逸脱しているように思えても、その理由はロレンスに固有の悲しみと困惑の内に見出されることだろう。

注

（1）『D・H・ロレンス書簡集』（ロンドン、ハイネマン、一九三二年）の九四頁。
（2）『ヤマアラシの死についての諸考察』（ロンドン、セッカー、一九三四年）の一六六―七頁。
（3）『D・H・ロレンス書簡集』の九四頁。
（4）『精神分析と無意識』（ロンドン、セッカー、一九三一年）の一二〇―一二頁と一二六―七頁。『フェニックス』（ニューヨーク、ヴァイキング、一九三六年）の二九頁、二四九―五〇頁。二九九頁、六四四頁、七六六―七頁。『D・H・ロレンス書簡集』の九四頁、一八三頁、三〇〇頁。『ヤマアラシの死についての諸考察』の六四頁と二〇七頁。『カンガルー』（ロンドン、ハイネマン、一九三五年）の二三一頁。
（5）『ヤマアラシの死についての諸考察』の一二九頁。『無意識の幻想』（ロンドン、セッカー、一九三三年）の一三六―七頁。『フェニックス』の二九八―三〇〇頁、五二八頁、五三五頁、七五七頁。『アポカリプス』（ニューヨーク、セルツァー、一九二三年）の一六八頁。『雑文集』（ロンドン、セッカー、一九三二年）の二二三頁。『カンガルー』（ロンドン、ハイネマン、一九三五年）の三三〇―一頁。

(6)『D・H・ロレンス書簡集』の一〇三頁、一一九頁、一九六頁。『フェニックス』の三〇四頁。『精神分析と無意識』の一九頁、二二一―六頁、三二一―四頁と『無意識の幻想』の二〇頁も参照。

(7)『恋する女たち』(ニューヨーク、セルツァー、一九二二年)の二一九頁。『雑文集』の一四四頁。『ヤマアラシの死についての諸考察』の二三五頁と『フェニックス』の二六―八頁、三一頁、五九〇頁、六一一頁、六三一頁などを参照。様々な機械装置や機械社会や多様な抽象作用に反発するといった『最後の詩集』(ニューヨーク、ヴァイキング、一九三三年)の中のいくつかの詩も参照、四七―五五頁、一二六頁、一五三頁、一六五頁、一六八頁、一七八頁、一八七頁、一九一頁、一九四頁、一九六頁。また、『イタリアの薄明』(ロンドン、ハイネマン、一九三四年)の七二頁で、「虎が機械に捕われ、巻き込まれ、引き裂かれるのを目にするのは恐ろしいことだ」とロレンスは述べている。

(8)『恋する女たち』の二六三頁。

(9)本書67頁。

(10)『恋する女たち』の六五頁。

(11)同右、二八九頁。

(12)『D・H・ロレンス・中・短編集(「陽気な幽霊」を含む)』(ロンドン、セッカー、一九三四年)の八九六頁。

(13)『ヤマアラシの死についての諸考察』の一一七頁。

(14)『精神分析と無意識』の四一頁。『無意識の幻想』の八頁も参照。

(15)『恋する女たち』の一〇三頁。

(16) 同右、二二〇頁。
(17) 『精神分析と無意識』の一〇八－九頁。
(18) 『ヤマアラシの死についての諸考察』の二三〇頁。同書の二三頁、三七－八頁、一一四頁、一一九頁も参照。また、『雑文集』の四九－五〇頁、『D・H・ロレンス書簡集』の六三五頁、六三八頁、『フェニックス』の五二五頁、五二七－三二頁、六七〇－四頁なども参照。
(19) 『精神分析と無意識』の四八頁。『ヤマアラシの死についての諸考察』の一三〇頁、一四九頁、一五三頁、一七六頁、二二〇頁なども参照。
(20) 『ヤマアラシの死についての諸考察』の一二一頁。『フェニックス』の二五五頁、二六一頁、五一七頁、五二七－三二頁。『D・H・ロレンス書簡集』の六〇五頁。
(21) 『無意識の幻想』の六八頁。
(22) 『フェニックス』の二九五－六頁。一九一九年五月に出版された『イングリッシュ・レヴュー』誌二八号でのホーソンに関するエッセイの四〇五頁で、ロレンスは「…神話は理性とは全く対極に位置するものである」と述べている。
(23) 『フェニックス』の二九五－六頁。
(24) 同右、八〇五頁。
(25) 『恋する女たち』の一六〇頁。
(26) 一八世紀後期から一九世紀初期にかけて起きた反唯物主義と反知性主義を概観するには、ホクシー・ニール・フェアチャイルドの著書『空想的探求』(ニューヨーク、コロンビア大学出版会、一九三一年)の第六章の一〇三―一二二頁を特に参照。

(27) 『D・H・ロレンス書簡集』の七一六頁。『ヨーロッパ史における諸動向』(オックスフォード、オックスフォード大学出版局、一九二五年)の二六九頁。『フェニックス』の七五一頁。『ヤマアラシの死についての諸考察』の二二九頁。『アメリカ古典文学研究』(ニューヨーク、セルツァー、一九二三年)の三六頁。

(28) E・Tの著書『D・H・ロレンス――私記』(ロンドン、ケイプ、一九三五年)の一〇一―一三三頁。

(29) 『無意識の幻想』の一〇三頁。

(30) 『D・H・ロレンス書簡集』の一一九頁。『無意識の幻想』の一五頁。『フェニックス』の六四七頁。

(31) 『精神分析と無意識』には、様々な概念や抽象作用や流動状態の直接的表現などに関する多くの文章はベルクソン的である。『雑文集』の五〇頁の一節「人生は点の連続ではなく、流動状態そのものである」という表現も参照。『翼ある蛇』(ロンドン、セッカー、一九三二年)にみられるように、ロレンスの時計への嫌悪は、ウルフのビッグ・ベンに対する反感と同じく、機械で計る時間とか時計の時間に反する継続時間に関するベルクソンの考えを劇化しているように思われる。

(32) 『無意識の幻想』の一五頁で、ロレンスはベルクソンの「生命の跳躍」といった概念とともに、ユングの提唱する「リビドー」や「生命力」といった概念にも言及している。『アポカリプス』の一四四頁と『D・H・ロレンス書簡集』の四五八頁も参照。

(33) 『D・H・ロレンス書簡集』の一九八頁、二三八頁、三一三頁、三八三頁などを始め、諸所を参照。『フェニックス』の二八三頁。

(34) E・Tの著書『D・H・ロレンス――私記』と『D・H・ロレンス書簡集』の一九六頁。

第3章　動物・植物・鉱物の愛

無心であること（没知性）はロレンスにとって喜びであり困惑でもあったが、その後彼は、人間関係、接触、磁力（親和力）、また愛と呼ぶものにさらに大きな喜びと困惑を知ることになる。この希望に満ちた唯名論者《ノミナリスト》は、こうしたものや彼が信じた宗教に、自分や世界を苦しめたものからの救済を見出すことになるのである。

世界の混沌や人間の魂の孤独にはいくつかの原因があるのだろうが、プロテスタントや資本主義者特有の個人主義がおそらく最大の原因だろう。ロレンスが資本主義者であったためしはなかったが、プロテスタントではあり続けた。自分が個人主義者であるという彼の宣言は不自然ではあるが、偽りではなかった。多少の誇張はあるが『ヨーロッパ史における諸動向』で彼は次のように述べている。「ルターは魂をゆさぶられたと人々を信じ込ませ、心が望む「美しく柔軟性のある自由」な状態で行動するよう彼らを誘導した(1)」。しかし、もしロレンスがプロテスタント教育を受けていなかったとしたら、おそらく彼は世界基準の見解を持っていたことだろう。なぜなら、古き伝統は衰退するとともに、その衰退の原因である個人主義のみが実際の伝統として残るからである。自由であるためには、より強く、より時流に迎合しない精神が必要とされるのだろう。とはいうものの、当時の多くの人々同様、ロレンスは自ら選んだ破壊的伝統の影響を嘆いた。こうした影響から脱するために彼は独自の人間関係の理論を提唱する。その理論を理解する人間は他にいなかったが、その理論は破壊的伝統の影響から脱する根拠ともなるものであった。これに起因する彼の混乱は、当時の状況を注視した歴史家や精神分析学者によって説明されるかも知れない。ローマ司教がそれを非難するか、または同種療法医師《ホメオパシスト》が賛同するかだろう。だが、いずれも混乱の改善策にはならないだろう。

ロレンスが人間関係の理論同様に個人主義の理論を維持するのが困難だと思った時期もあったが、個人主義を正そうとする彼独自のやり方でその個人主義は維持された。彼の作品には、特定の魂にある重要性についての見解や嘆きの言葉が多くある。こうした魂が得る成就は生命の達成であり、そこにある孤立はより大きなものに呑み込まれることから生じる苦悩を味わうものなのかも知れない。一方で彼の作品は、他者やより大きなものとの接触及び調和の必要性を訴えてもいる。(2) しばしば魂のアイデンティティを犠牲にすることも厭わずに。(3) 例えば『アポカリプス』で彼はすべてのものとの一体を優先し、「個人」を拒絶している。(4) また、時としてアイデンティティの維持と全体との融合の間で揺れ動き、このエッセイの中で一方を好んだり嫌悪したりしている。(5) しかも、一方を達成するためにもう一方を必要とすることで他者との関係を調和させようとすることもあった。

個人主義が行き着く当然の帰結は、それが単純なものであろうと複雑なものであろうと、また調和の取れたものであろうと、孤立感である。深まるロレンスの個人主義には社会的な、また精神的な孤立が伴っていた。集団主義を提唱する友人に彼は次のような書簡を送っている。

私は何かと、また、わずかな人たちと何かにおいて繋がることを好むべきなのかも知れない。何か問題があると私はいつも孤立していて、今はそれを後悔している。しかし、私はクラブとか団体には入れない。……だから、もしあなたとできる何らかの活動があれば、そうした運に感謝するだろう。……意味のない孤立を喜んで捨て、できるならわずかな人たちと繋がりたい。(6)

また別の人に宛てた書簡では、自らの「社会的かつ原始的な本能」にある苛立ちをこぼしている。そして、その原因を知ると「個人主義などどうんざりだ」と大声をあげる。(7) このことは『カンガルー』の主人公であるサマーズに見られる特質や絶望にも表れている。サマーズは友人不在に不満を述べながらも友人を作りたくない、また作れない人間だった。「サマーズこそこの世で最も侘しく孤立した人間なのだ」。妻が彼を「不死鳥」と呼ぶには十分な根拠があり、この鳥の復活ではなく孤立が考慮されるなら、ロレンスが不死鳥を自らの象徴として選んだことにも十分な根拠がある。大戦や社会の混乱により、サマーズの特質や思想に起因する彼自身の孤立は増長した。彼はイングランドやヨーロッパ、また伝統や仲間たちとの関係が引き裂かれたと感じていた。「私の人間としての拠り所はどこにあるのか」とこの個人主義者は問うているが、やがてそれが自らの中にしっかりとあるのを知ると、より確固たる思いで自分を守ってくれる個人主義に向かう。だが、サマーズにとってそれは、「拠り所」というよりも板切れのように思える。「彼は海上を漂流する難破船の一片の板切れのようにこの世を漂っていた」。一片の板切れが地上を漂流するというのは、サマーズの置かれた状況同様に不自然なことではない[8]。

人間関係、また共通の信念によって結び付いた関係[9]にはロレンス自身の個人主義に対する不満があったのだが、その解決方法は唯一無比のものだった。彼は自らの不満とその分析においては孤独ではなかった。T・S・エリオットもまた、孤立による苦悩を抱えていた。エリオットは、まるでロンドン橋が崩落するかのように個人主義的社会の崩壊音を聞き、個人が何か強固なものと結び付く必要性を知った。断片としての人間の間をさまよい続け、確実なものを求めて様々なことを試みた人間がロレンスの他にもいたのだ。「荒地」は豊かな人間関係を求める魂なき孤児でいっぱいだった。エリオットはその関係をアングロカトリックの教義に見出し、ロレンスはより個人的な信念に見出した。ロレンスの人間関係とエリオットのカンタベリー崇拝は、それまで彼らを鼓舞していた孤立感を弱めはしたが、後述するように、個人主義に対するこうした宗教的救済は決して心地よい結果を生むものにはならなかった。結局二人ともからくじを引いたのだ。

ロレンスにとって個人と調和の取れたものとしての関係は、男や女、動物、植物、鉱物との間の暖かい流れとしての共感を取り戻すこと、つまり、互いに信じるものを共有した人間が結び付き、個人を完遂することのできる関係であったようだ。彼が考えた真の個人とは「他者との関係」からのみ生じるものだった[10]。大戦中もまた大戦後すぐにも、彼はその関係を「磁力」と好んで呼んだ。こう呼ぶほうがおそらく絶望的でないと考えたからなのだろう。

磁力に関する最初の体系的な言及は、一九二一年に出版された『精神分析と無意識』、また翌年の『無意識の幻想』でなされている。書かれたのはともに一九二一年で、ロレンスがイングランドと決別し、まずイタリア、次にドイツとの新たな関係を築こうとした頃であった。磁力は無意識の隘路下で起こる現象で、彼はそれについて熟知していた。男女関係について言うと、この磁力が生じる優しく未知なる過程にはいくつかの中枢と回路がある。すでに見てきたように、無意識には四つの主要な中枢があり、その隔壁により二層に分かれている。下部の暗黒でダイナミックな層と、上部の客観的でダイナミックな層である。下部層には太陽神経叢と腰椎神経節の中枢があり、上部層には心臓神経叢と胸郭神経節の中枢がある。上部層に関してロレンスはほぼすべてを知っていた。ただひとつ知り得なかったことについては次のように述べている。「希求する魂にとって胸の乳首は宇宙へ流れ出る泉であり、絶え間のない世界を照らす小さな灯りのようなものであるのかを私たちは知らない[11]」。だが、こうしたことは問題ではない。二つの層や中枢、また両極が引き合いながらも反発をもたらすエネルギーで満たされ、それぞれ陰か陽のどちらかであることを彼は知っていた。上部層は下部層を尊重しつつ否定し、下部層は上部層を尊重しつつ肯定する。下部層内で太陽神経叢は肯定的となり、腰椎神経節は否定的となる。ともに同じ層においては、前部の極は比較的に肯定的となり、後部の極は否定的となる。それぞれの層の極及び層の間には、磁気やバッテリーの磁力のように「美しく、バランスの取れた生気」の流れが通っている。無意識の四極内にある回路には四層の磁力がある。しかし、当然のことなのだが、この回路が別の無意識にある四極に繋がると磁力は八重になる。また、後にロレンスが気付いたようなさらなる極——下腹部極、仙骨極、また頸部極などとともに、無意識内及び他者の無意識に連動した場合、回路は無数になる。しかし、これについては放念してもよいだろう。大まかに言うと、他者との関係や自己の確立には完璧な八重の陰と陽の磁力があれば十分である。魅力的な陽の回路で人間は他者と結び付くが、結合だけでは不完全である。陰極の拒絶するエネルギーもまた個のアイデンティティを確立しなければならない。つまり、愛とは八重で陰と陽であり、ダイナミックで生気あふれ、無意識で均整の取れた磁力ということなのである。

愛とは気晴らしではなく、崇拝すること、魂の過程、秘跡であり、そこで人間は救われ、「生まれ変わる」のだ。[12] 都合により、また健康と子孫繁栄のために「性を使え」とするベンジャミン・フランクリンの言葉は、ロレンスのような宗教的な人間にとってあまりに打算的な理屈に過ぎなかった。嫌悪感をもってフランクリンや唯物主義者たちを拒絶したロレンスは、「使う」という「性」を解放し、「生命の発露は偉大なる神々、暗黒の神々に繋がるものである」と主張した。[13] 彼は「愛」が通常意味する「一体になる」という考えを評価せず、こうした考えには深い感情はなく、したがって明確な言葉にはできないのである。つまり、「二元性は限りなく深い。また、磁力も限りなく深い！」[14]。愛のもつ深い二元性は肉体と精神のそれであり、肉体は横隔膜の下部の領域にあり、一方、精神は上部の領域にあり、時によっては逆転する。肉体と精神の充足から、つまり磁力の層及びその中枢から「精霊」が生まれ、その時肉体は「言葉」となる。バランスの取れたふたりの人間から発せられる火花もまた「精霊」である[15]、というのだ。

ロレンスにとって愛は崇拝ではなく、崇拝へ向かう道程であったこともある。このような場合、必ず宗教的目的、つまり、「本質的に宗教的かつ創造的な目的」が彼の目指すところとなったが、そうなると愛はもはや愛そのものではなくなる。目的を優先する愛はその先を予見する必要があるものとなるのである。磁力と再生を経た人間は世界を新たに造るようになる。『精神分析と無意識』では磁力は復活、つまり生命となり、『無意識の幻想』では宗教的な目的ではあるが二次的となっている。だが、これは一般的には語れない強い特質を有したものである[16]。

ロレンスが「磁力化」という言葉を初めて使ったのは、一九一四年の短編小説「牧師の娘」であり、また、「磁力」という名詞は、『シグネチャー』誌と『イングリッシュ・レヴュー』誌に掲載予定の論考及び一九一五年のレディー・シンシア・アスクィス宛の書簡で使われた[17]。この論考は一九一五年から一九一八年にかけて出版された「王冠」、「平安の実相」、「恋」また「生命」であり——これらのエッセイでは磁力という言葉はそれ以後ほどは頻繁に使われていないが——人間関係に関して使われたのは初めてである。ロレンスは「ライオン」と「子羊」また「一角獣」といったイメージで二元について、また二つのものが一体になるときに生まれる新たな均衡——二つのものはそれぞれ独自性を失わないまま——に宿る「魅了」と「反発」という相反するものの均衡について論じた。ライオンと子羊が組むことから生まれる相対的な世界にある望ましい「絶対」を彼は知った。一九二〇年頃の長いエッセイである「国民の教育」——後の『精神分析と無意識』及び『無意識の幻想』に繋がる研究なのだが——このエッセイで、陰と陽の磁力、回路、太陽神経叢、また羊肉と肉食獣との不自然な結婚の背後にある仕組みについて彼は論じている。[18]

ロレンスの言う磁力、及びこの言葉の背後にある概念の出所がどこなのか、私には答えられない。彼の思想は、自分の都合に合わせて解釈した読書や経験の蓄積を総合して得たものなのである。E・T（ジェシー・チェインバーズ）が指摘しているように、ロレンスの書物に対する興味は決して専門的なものではなく、彼は読書から得た知識を彼の希望に添うよう解釈していた。当面、「関係」に関する明確な知識の出所をいくつか挙げることにする。磁力という言葉は十九世紀を通して一般に科学者や文学者によって使われた。科学者は、磁気、電気、また光といった用語と関連付け、一方、文学者は力、有機体、また相対といった、より一般的な意味合いで使った。その奇抜な思想がロレンスと共通しているシェリングは、魅了と反発、有機と無機、静と動を通して生命の力を本能的に追求する過程でこの磁力という言葉を使った。私の知る限りロレンスがシェリングの著作を読んだという証拠はないが、エマソンのエッセイは好んで読んでいた。エマソンもまた、磁力という言葉を愛用していたのである。十九世紀の科学及び思想に関する著書を広く読むことで、磁力という言葉がまさに彼の意図したように使われているのを知る機会がロレンスにはあったのだ。

人間関係における均衡という概念は、多様に使われている磁力という言葉と共通したものがある。また、ロレンスはこうした概念の源を他で知ったようだ。称賛したヘーゲルの著作から、変化する二元、つまり、何か新たなものが展開する複雑な「対立」の概念を学んだようである。こうしたヘーゲルもロレンスにとって有益であったが、さらに有益だったのは魅力的な初期ギリシャの哲学者たちで、このことは後のあるエッセイで明らかになっている。ギリシャ人たちはロレンスと同様に「均衡」を最終目的とし、彼らの言う「均衡」をロレンスは「関係」と呼んだ[19]。折衷主義者《イクレクティック》が磁力という言葉をギリシャやヘーゲル哲学の二元論に置換することは容易だろう。また、生命力や無意識の理論、肉体の中枢の理論――後の章で述べるが――をもって彼の経験に置き換えることも容易なことだろう。

母親や女友達のミリアム（E・T）、またクロイドンでの同僚であった女教師、フリーダ、そして後の彼の信奉者たちとの関係を通してロレンスは、愛における救済手段を知った。同じく彼が信じる理論に合った良き、また悪しき磁力の助けもあった。そして、彼自身の想像力により過去の経験の意味を彼は理解することができた。ミリアムとの関係は彼女の精神性故に傷付いたものだとロレンスは感じ、また他の女性に対する彼の関心は、彼女らの意志故に損なわれるものとなった。彼の考えによれば、精神や意志は男女関係にとって致命的であった。ただし、彼が好んだショーペンハウアーやニーチェ[20]は意志の力を好意的なものと捉えている。彼はフリーダに魅力を感じていたが、二人の間に反発感情がなかったわけではない。二人をよく知る人たちはその回想録で述べているのだが、夫妻の頭上を食器などが飛び交うことは頻繁だった。ロレンスは火かき棒でカップを壊し、フリーダは彼の頭に皿を投げつけたそうだ。[21]それでも二人は互いに愛し合っていた。ロレンスはフリーダとの関係で、磁力にある陽と陰の極の必要性を知ったのかも知れない。母親から彼は、両親の不完全な関係を知った。その不完全な関係は、母と息子の不適切な関係と同じものだった。彼はオイディポス＝コンプレックスに関して『無意識の幻想』や他のいくつかのエッセイで多くの頁を割いている。また、子供を叱る親がダイナミックな八重の磁力をもってそのコンプレックスを克服することに関しても多くの頁を割いている。[22]

男性を追ったり、支配したり、また母親役を担う意志の強い女性たちとの経験を通してロレンスは、「均衡」についての思想をさらに深めることになったようである。均衡そのものは変わることはなかったが、対等の回路は対等の極を意味するものではなくなった。初期のライオンと子羊のイメージは救いのあるものだった。なぜなら、ライオンは彼がへりくだって傅《かしず》く子羊とは対等ではなかったからだ。「男はライオンのように、女は子羊のようになれ」。追い求め、主導権を握り、意志と観念の生き物となることで、女性らしき子羊は女性らしきライオンとなり、均衡にある自然な不均衡は逆転する。均衡を正すためにライオンは再びライオンに、また子羊は子羊にならなければならない。優勢な男は創造し、劣勢な女は男の力に屈し、追い求め、指導権を握り男を再生しなければならない。なぜなら、男の意志の中に男の平安とともに女の平安があるのだから。女たちや信奉者たちに注視され、音を立てて壊れる食器を背に、それでも探求し続けたロレンスは、均衡の思想に手を加え続けることで慰安を見出したのかも知れない[23]。

ロレンスは均衡を正す以前に、つまり、実際に八重の磁力という考えを進化させ、救済の思想に昇華させる以前に、作品中で愛の可能性を探っていた。フリーダと出会う以前に書かれた小説は、その後のものとは異なり、いくつかの許容される思いつきがあるものの、現実を観察することから生まれている。こうしたことから、初期の小説のほとんどは「不完全な愛」を扱ったものだと言える。

一九一三年に出版された『息子と恋人』は、主人公の青年と母親、そして恋人との関係をテーマとしている。こうした三者の不適切かつ不完全な関係はよく知られていて、批評に事欠かない一方、一九一一年の『白孔雀』に見られる登場人物の相関図は不幸で理解し難く、また楽しめるものではない。洗練された炭鉱主のレズリーと農夫のジョージから愛されたレティは、レズリーと打算的な結婚をするが、完全な「愛」を拒み、夫を支配し、子供たちに充足を見出す。また、自分より劣った妻との結婚において「愛」を拒んだジョージは、社会主義運動と酒、そして馬に充足を求めるようになる。ジョージの妻メグは、夫の不適切な関心事に苛立ち、子供たちに安息を見出す。もしこの二組の不完全な結婚物語がずっと後に書かれていたならば、磁力の法則とその結果に対する侵害が示されたことだろう。こうした結婚像をロレンスは両親を見ることで得た。

思想云々ではなくとも、これは悲劇である——まさにギリシャ悲劇である——農夫のジョージは酒に溺れる男に堕落したのである。一九一二年の『侵入者』ではジークムントの物語が語られている——この人物は完全にワグナー的で、[24]不幸な女性と結婚し、子供たちのことで悩んだ末に彼女の下を去る。そして、また別のワグナー的な女性であるヘレナと海辺で週末を過ごす。しかし、ヘレナもまた彼には意味のない女性であった。そこで、自宅に戻ったジークムントは自殺をはかる。こうした悲劇と違って、同じく一九一二年の短編小説「干し草の中の恋」は牧歌的なファンタジーで、二人の農夫がお似合いの相手を見つける。一人はポーランド系ドイツ人の家庭教師と知り合い、その十年後なら、彼は彼女との磁力を得たかった、と言ったかも知れない。もう一人は、磁力を得ることが可能な女性と巡り合う。一人は干し草の上で、もう一人は下で充足を見出して物語は終わる。

フリーダとの経験は進化するロレンスの哲学に相応しいよう理屈付けされるのだが、それは後の作品において現実を美的に脚色するというよりも、愛の理論を具体的に示すものとなっている。『無意識の幻想』の序文で彼は次のように述べている。「私の小説は哲学ではなく経験に基づいていて、哲学は小説から推論されるものである」。『精神分析と無意識』にあるようにロレンスの小説が系統立った哲学的表現に先行している場合もあるが、小説も系統立った哲学的表現も同じく哲学に基づいていることに変わりはない。『無意識の幻想』で次のように認めている通りだ。「……芸術は哲学次第である。もしくは形而上学的なもの次第である、と言ってもいい。現代芸術の問題点は、今日、芸術が拠り所とすべき「信念」や「形而上学的なもの」がないということだ[25]」

ロレンスの並外れた芸術が拠り所としている彼の信念は、小説についてのエッセイで次のように述べられている。「芸術の使命は、人間と彼を取り巻く宇宙が「生き生きとした瞬間」にある時に生まれる関係を明らかにすることである」。芸術の中でも小説は、男や女、また他のすべての物との間に流れる関係を描く時に真実なものとなり、また、こうした関係を述べる最善の手段でもある。小説は哲学者や道徳家にとって一つの手段である、と言うのだ。「もし小説が真実で生き生きとした関係を描くのであれば、それは道徳的な仕事というものだ……もし小説家が関係そのものを重んじるのなら、その結果、素晴らしい作品になる[26]」

一九一五年に出版された名作『虹』では主人公一家の歴史が世代順に描かれている。この小説は完全な、また不完全な磁力を示す三世代の歴史を物語っている。当初、驚愕した一般読者は主人公一族の新たな道徳観を受け入れられず、作品の価値を理解できなかった。しかし、ロレンスが作品を書いたのは人々の意識を変えたかったからであり[27]、一九一六年に執筆され一九二〇年に出版された『恋する女たち』で道徳に関する形而上学的な試みを彼は続ける。本作品では男と女の関係、また男と男の関係にある磁力についてのさらなる研究[28]がなされ、いくつかの事例が描かれている。グドルーンとジェラルド、バーキンとハーマイオニ、そしてバーキンとジェラルドの関係において、意志や精神、支配欲、また暗黒の官能を欲することがいかにダイナミックな八重の関係を阻害するかが示されている。グドルーンとレルケの関係はどうでもよく、バーキンとアーシュラの関係は完璧なものだろう。アーシュラには必要なものがあり、また、バーキンには「二つの力にある二つの極のような神秘的な均衡が」二人の人間にはある、という正統な思想があった。バーキンはアーシュラに次のように言う。「唯一純粋で二元的な磁力があるだけだ……私が望むのは、あなたとの今までにない結び付きだ……出会い、交わるだけではない……それは均衡であり、個としての二人の人間が持つ純粋な均衡である——それは均衡を保つ二つの星のようなものである」(29)。戒め、模範を示してバーキンは、意志による支配、合体また親近を求めるアーシュラを、ついにロレンス的な愛の倫理へと改心させる。こうした究極の至福に到達する以前、アーシュラは彼女なりに愛は愛に過ぎないと思っていた。

『アーロンの杖』が出版された一九二二年頃までに、「均衡」は「男性による支配（リーダーシップ）」を意味するようになった。主人公のアーロンは意志と支配力の強い妻から逃れ、孤独の中に自らの個としての復活を求め始める。そして、リリーという女性に諭されて彼女との新たな関係に期待を寄せる。バーキンがジェラルドに惹かれるようにアーロンは彼女に惹かれるのだ。その関係において女性は男性の優位な力に服従しなければならない、ということになる(30)。一九二三年に出版された『カンガルー』の主人公サマーズは、妻のハリエットに対し敬意を持って服従するよう主張することはない一方、カンガルーと呼ばれるユダヤ人の提言を拒絶する。カンガルーは声を和らげ、優しく抱擁してサマーズを説得する。カンガルーの好意を受け入れることの問題は、カンガルーが堂々とした男性だということではなく、サマーズがハリエットを支配するように彼がサマーズを支配したがっていた、というところにある。さらにカンガルーには愛に対する間違った考えがあった。[31]彼は友好的だが観念的で身勝手、魅力的とは言い難かった。[32]一九二六年の『翼ある蛇』は「不均衡な均衡」がテーマになっている。主人公のケイトはシプリアーノを指導者と見做す。彼女の喜びは通常の愛にある喜び以上のもので、無心で非人格的で不平等なものだが、指導者であるシプリアーノとの関係はどこか均衡の取れたものだった。[33]

女性に対するこうした男性優位の立場に関するロレンスの考えは、一九二三年から二五年にかけて出版された中編小説「狐」や「大尉の人形」、また『セント・モア』でも称えられている。『セント・モア』の主人公であるルウは偽りの磁力から逃れ、密かに自らの魂を保持しつつ、より偉大で深く、また神秘的な男性を願望する。本作品及び一九二三年の「てんとう虫」など多くの小説でロレンスは、磁力を得られなかった家庭から逃れ、より理想的な関係を探したり、また家庭に留まりながらも客人との愛を求める男女をテーマとして描いている。一九二五年の「プリンセス」では、メキシコ人男性に抱かれながら、さらに多くを望む女性を侮蔑の対象として描いている。しかし、こうした磁力への追求も、主人公たちに残された可能性以上の消耗を彼らに強いていて、一九二八年の『チャタレイ夫人の恋人』に比べれば重要ではないようだ。

ロレンスの最後の長編小説である『チャタレイ夫人の恋人』の前提は、彼自身にとってさえ微妙な問題を含んでいて、タイピストの目に触れることさえ彼は恐れたが、[34]その結果、チャタレイ夫人は他の何物にも、また何人にも触れることのできない聖域となった。「断絶された夫人に狂気のような不安が襲った[35]」。どうすれば救われるのか？　彼女は森へ散歩に出かける。そこで出会った森番メラーズの口癖は「否」だったが、夫人を見るや彼は一時の孤独を捨て、一方、非人格的な官能を知った夫人はすべてのものとの関係を取り戻す。「否、否」と叫びながら「メラーズは突如、過去の接触を求める情熱で夫人を抱きしめた[36]」。森の小屋の中で磁力により二人の魂が蘇生すると、「マットの上で犬が不安なため息をついた[37]」

『恋する女たち』ではバーキンはアーシュラを救い、またジェラルドを救おうと試み、『チャタレイ夫人の恋人』ではメラーズが夫人を救ったのだが、ロレンスは磁力の小説を執筆することで自らの本分に徹した。彼が言うように、救済者の役割は他者との新たな関係を築くことであった[38]。

小説家にとってどれほど興味深く、また敏感な救済者にとってどれほど心動かされることであっても、救済者もしくは小説家によって確立される新たな人間関係は単に男と女、また男と男の関係だけではない。こうした愛は生きている宇宙、つまり太陽や月、地球、樹木や花、また自然界のすべての生き物と人間のより深い関係に迫ることに他ならない。生き物や星を通して、またこれらをダイナミックな均衡の中に据えることで、生き生きとした魅了と反発の回路が流れるのである。他者との八重の磁力は必要不可欠で都合の良いものではあるが、人間が救われ再生される究極の愛はさらに素晴らしいものである。それは鉱物、動物、植物、そして多重の磁力である。「私はこうして他者との純粋な関係……動物や樹木、花、地球、天空、太陽、星、月と私との純粋な関係を築くことで「私自身の魂を救済」するのです。無限で純粋な関係、偉大でもあり小さくもある、天空の星のような関係……」(39)

このような愛を超越した「愛」は、十九世紀の汎神論者や生気論者、超絶主義者たちの功績に負うところが多く、一方、彼らの翼を折ることになる時代が強いたその飛翔は、空高く舞い上がる資格のない他者への浮ついたものに過ぎなかった。その卓越した読書故にロレンスの飛翔が高度を増したのは確かだが、彼の愛の倫理は崇高で深淵、また強烈で、容易に説明できるものではない。例えば、ホイットマンやエマソン、またソローなどは、ロレンスの至高の愛に比べれば信頼のおけるものではないと考えられるだろう。つまり、ロレンスの愛は太陽や月、また大地の暗黒の中心へ向かうものである。彼によると太陽は宇宙の回路における陽極だそうである。男性の太陽神経叢が太陽と磁力になる時、つまり、「身ごもった女性のように太陽と一体」になる時、男性は孤独を感じることはない。生命を共有することで彼は充たされ、次のことを知る。

彼にとって至高かつ最終的な関係は、究極の太陽との関係である。また、月と闇、星で充ちた夜との関係である。至高かつ最終的に結び付いた彼は無言のままその身体を太陽に向ける……そう、実際の太陽だ！　日中に輝く太陽！　科学者はそれを燃えるガスの天体と呼ぶ――なんと多くの人間のガスがあることか……また、ギリシャ人はヘーリオス（太陽神）と呼ぶ！　太陽は生きている……完全な衣装を身に纏い、揺らめき進む精霊である……私は身体

を太陽に向けて叫ぶ、「太陽よ！　太陽よ！」そして、私たちは出会う——私はついに私自身の太陽の中に入る。(40)

うまく結び付いた人間にとって生きた太陽は陽極であり、一方、生きた地球と月は陰極である。地球に関してロレンスには語るべき多くのことがあった。例えば、エトナ山の「硫黄」の噴火や美しい磁力は彼に大きな影響を与えた。「その悪魔のような磁力の新たな流れが人間の生きている肉体を捉え、活発な細胞に満ちた穏やかな生命を変化させるのを人は感じることがある。エトナ山は人体の原形質（プラズム）を揺さぶり、新たな変化に適応させてゆく。まるで狂気のように(41)」。サルデーニャ島では、大地の生き生きとした花崗岩に彼の足が触れるのに感動した。当地では「凍った牛の糞を踏みしめて」歩くのが好きだったし、「私の足にとても馴染み、私の足は接触し……」と書いている。(42)月に関する言及は少なく、「私にはほとんど語れない。私の五臓と六腑にしみわたり、多少、気分が悪くなる」と書いている。(43)月がロレンスに影響を与えたように、彼の生命力溢れる天文学の知識はＩ・Ａ・リチャーズに影響を与えた。(44)しかし、リチャーズは唯物的な人間で、彼にとって地球や月、太陽などロレンスが傾倒した生きた対象は、単なるガスを含む鉱物に過ぎなかった。

このように鉱物に関して断定することは、ロレンスの小説『太陽』の無心な女主人公とはかけ離れたものだ。彼女はニューヨーク東四十七番地に住む実業家の夫の下を離れ、地中海の海辺へ日光浴に出掛ける。

ただの日光浴ではなく、それ以上のものだった。彼女の内奥にある何かが開き、弛緩していった。彼女は観念した。内奥にある神秘的な力、彼女の意識や意志より深淵で神秘的な力によって彼女は太陽と結び付いた。その結び付きから、また彼女の子宮から、ある流れが出始めた……彼女の肉体の深みから出たこの暗黒の流れは太陽へと向かって行った。(45)

太陽との磁力、この初めて知った最初の「関係」は、彼女にとって農夫とのさらなる磁力となる。その農夫はあらゆるものとの関係において熱い生命力で満たされていた。中編小説である『馬で去った女』の主人公は、夫の下を離れ、太陽との充足を求めて馬に乗り、最後は太陽の生贄になる。『翼ある蛇』の主人公は、太陽や月、星また地球との接触を楽しむ。だが、太陽や植物、また動物との磁力はロレンスの小説よりもエッセイによく見られるテーマである。ロレンスがあたかも発見者であるかのように、多分に通常の愛と彼が結び付けられるのは、彼のエッセイが一般に知られていないからなのだろう。ただし、こうした通常の愛はすでに知られていたし、実際に彼が賛美する以前から行われていた。男女関係を扱う小説に期待する一般読者の限界を知っていたロレンスは、エッセイや他のいくつかの小説を除いて愛を強調することを控えたのかも知れない。作家としての感性故に自制心を働かせたのかも知れない。森番とブロッコリーの関係を扱う小説は、森番と人妻を扱う小説同様に意味深いが、感動的なものではない。

植物の愛は、すでにアンドルー・マーヴェルによって述べられ、また、エラスムス・ダーウィンにも知られていたが、ロレンスは『無意識の幻想』及びその後のエッセイでさらに多くを語っている。ドイツの「黒い森」の樹々に座って彼は「結び付き」を感じ、樹木には精神はないが魂があると明言し、彼自身の魂が「結び付き」によって満たされることを知る。また、その数年後、ニューメキシコの松の木の前に座り、彼の魂の中に松の生命の鼓動を感じ、生き生きと、神秘的に地球や天空の力と自分が結び付くのを感じる。(46) ロレンスは樹木を愛したが、小さな植物にも目を向けた。花についてのエッセイから彼が草花に精通していることが窺える。(47) 幼馴染であるE・Tが言うには、幼い頃から彼は自然愛好者の雑誌に投稿していた。後年の小説には樹木や草花の言及が全くないというわけではない。『白孔雀』には植物に対する彼の愛情が多く見て取れる。本作品の一風変わった語り手は、草花の中に横たわり、また、それを食しながら恍惚に浸る。『カンガルー』の詩心のある主人公は、オーストラリアの荒野をうろつきながら「ブッシュのあらゆるものに対して感覚を」研ぎ澄ます。(48)『太陽』の女主人公は「微笑みながら、彼女のへその上にレモンの花を載せて」横たわる。(49)『セント・モア』では女主人公が自然なものすべてを忘我の境地で称賛し、最後には人間の男ではなく山々や花、樹木との磁力を知る。「松の木の向こう、そう、その向こうに魂が舞い上がる美しさがあった」(50)。「その向こう」ではなく、花に関心のある森番は、チャタレイ夫人をワスレナグサやオークの小枝、ブルーベル、キャンピオン、クルマバソウで飾り、夫人は古きイングランドの庭に、また彼はその庭師になる。このような徹底したヴォルテール的洗練は言うまでもなく、純粋な植物愛が『恋する女たち』に見られる。本作品でハーマイオニは磁力に絶望し――これは精神的な人間が陥るかも知れない状況なのだが――唯一可能な充足を暴力行為に見出す。彼女は瑠璃の文鎮でバーキンの頭を一撃しようとする。その後バーキンは、服を脱ぎ、サクラソウの上に座り、花びらや葉、茎に触れることで不自然な文鎮との接触を癒そうとする。そして、サクラソウの優しさを知った彼は、松の葉に身体を任せる。松葉は女性と同じように刺激的だったが、はるかに危険ではないようだった。「ここが自分の場所だ、結婚の場所だ」とバーキンは思う。

……素晴らしい、すべてが素晴らしい、満足できる。他にはない……血の中に入り込む植物の微妙な冷やかさ以外、他にはない。この素晴らしい、微妙で好意的な植物が待ってくれているとは、何と満ち足りて、幸せなことか！……彼は植物を愛し、間違いなく幸せだった。(51)

しばらく彼は植物に身を任せているようだった。

パーシー・シェリーやレジナルド・バンソーン、また、ルソーやワーズワスの影がバーキンの行動やロレンスの着想に窺える。こうした類似は驚くに値せず、ロレンスは彼らの自然崇拝を継承しているだけなのだ。ワーズワスは冷たい灰色の石の上に座り、春の森から受けた衝撃に身を委ねた。自然よ、我が師となれ、と。女性の信奉者たちから解き放たれた、神秘的で太ったバンソーンは、プラトン流儀に倣ってはにかみ屋の若いポテトに執着することで満足し、ヒナギクの上に横たわった。自分とは違った見せかけだけのバンソーンについてロレンスには言うべきことはなかったが、ロレンスはギルバートとサリバンのオペラについてはよく知っていた。彼はまたルソーの作品にも精通していたが、良く言うことはなかった。「ミルトンよりもはるかに美しい」と思っていたシェリーをロレンスは絶賛した。[52] また、E・Tによると、シェリーに対するのと同様の情熱でワーズワスを読んだという。ワーズワスやルソー、またシェリーは、人間と宇宙の新たな関係を築いた、と言うのである。だが、ロレンスは、自分とワーズワスとの差異化を図るのに苦労した、とニューメキシコでのエッセイで述べている。サクラソウについてのワーズワスの詩をパロディ化したエッセイ「……愛はかつて小さな少年だった」の中で、ワーズワスは余りに擬人的で、草花との一体化願望があり、「大霊」に執着し過ぎている、と異を唱えている。ロレンスは必ずしも「大霊」とか「一体化」という考えを否定していたわけではないが、自分と「大霊」やサクラソウとを切り離しておくことを好んだ。サクラソウとの「愛による調和」と彼が呼ぶもの――彼がそれを求めたのは植物に対する陰と陽の関係のことであり、昔の女性の自然愛好者的精神と混同してはいけない。[53] ロレンスの愛の倫理は、草花の独自性と彼自身の独自性を維持することのように思える。損なわないように気を配り、しがみつくべき誰かを探す一方で、伝統の一部になることを嫌悪したロレンスは、自分とワーズワスとの差異化に腐心した。しかし、プロテスタント宗派による論争同様、結局は意味のある差異化にはならなかった。

詩集『鳥と獣と花』の生きた宇宙を表すこれらの生物――鳥、獣、花――の順番は、鳥と獣が花以上に彼の愛を必要とするという意味で重要である。鳥を見て、それが食に適しているかと考える人の気持ちがロレンスには分からなかった。[54] また、天の神が藪にいる二神と同じ価値があると考える人の気持ちも分からなかった。樹木を愛したジョイス・キルマー同様、家禽に対するシェリーの超越的な愛はロレンスの性に合った。だが、彼にとって鳥や四足動物はそれ以上のもので、動物との磁力を得られる可能性があったのだ。ニューメキシコの小さな褐色のめんどり、彼が飼っていた猫、また子羊、蛇、シマリス、トラは雄鶏や雄牛同様に磁力という点で意味深いものだった。こうした動物を見ると、食の対象ではなく、精霊の声が聞こえ、精霊と結び付いているようにロレンスは感じた。[55] トラはまさに「氷のような輝きを放つ髭をもった精霊」のようだった。[56] 恐ろしい均整をしたトラやビーバーではなく、飼い猫、雄牛、雄鶏、そして馬が『虹』や『恋する女たち』、『翼ある蛇』、また『死んだ男』などの作品中で「生きた宇宙」の象徴として使われている。『カンガルー』のサマーズは叢林の中に座り、「接触を待って」止まっている大きな美しい鳥とのコミュニケーションを果たす。[57] 彼はまたシドニーの動物園でカンガルーにペパーミントを与え、「大きな、暗黒の突き出たオーストラリアの目、古き意識を持った、底知れぬほど暗黒で、古代の優しさと深い悲しみを湛える」この動物の眼差しを受け入れる。そして、この動物の血に思いを馳せながら暗黒の優しさを感じる。「彼が感じたのは愛ではなく動物の暗黒の優しさ、人間意識よりも奥深い動物の意識だった」[58]。ロレンス作品のある真面目な女主人公は象徴的な蛇について考え、また、ある主人公は人間ではなく狐で、あちこち移動しては狐の香を発散する。『太陽』の若い農夫には「野性的で動物的な能力」があった[59]。リコのような悪者だけは野性的ではなかった。『セント・モア』で動物愛を描く際――本作品が最も拘ったテーマなのだが――ロレンスは馬を選んだ[60]。一般読者向けの愛の物語では、馬は四足動物の中でおそらく最も相応しくない動物だろう。馬と馬、人間と馬、男性と女性、女性と馬といった分かり易い関係から読者はロレンスの箱舟には番《つがい》がいることを理解する。『セント・モア』の女主人公は洪水がもたらす混乱から逃れ、彼女の馬や馬丁の「暗黒から押し寄せる……黒く激しい流れ」に乗って箱舟へと辿り着く[61]。

ロレンスや彼の作品の女主人公たちがなぜ農夫やジプシー、馬丁、森番などに惹かれるのか戸惑う読者が多くいる。E・Tの知る限り、ロレンスが森番に会ったことがあるのは一度だけだったそうである。その孤独な森番は魅力的ではなく、ノッティンガム界隈の領地に侵入したこの若き詩人を捕らえ、手荒に彼の花を奪ったという。後にロレンスが森番に興味を持った理由は他にあったのかも知れないが、早急に調べる必要がある。小説の主人公として森番や馬丁を好んだのは、彼らが自然に近かったからである。ロレンスが愛読したジョルジュ・サンド[62]やワーズワス作品の農夫や自然の子供たちは、彼に自然に生きる人間の手がかりを与えたに違いない。ワーズワスが謳った太陽や雨のようなルーシー、また、彼女の胸に激しく湧き起こる生気溢れる歓喜の感情の場面は、自然と彼女との結び付きを表している。同じくより力強く男らしいロレンス作品の馬丁や森番は、太陽や雨、鳥、馬、また樹木と結び付き、自然との磁力を示している。磁力を得られなかった女主人公たちをおそらく救ったであろう救済者たちもいる。まず森番との関係を築き、彼との関係を通してその女主人公はすべての生き生きとしたものへと導かれた。『白孔雀』の農夫であり森番でもあった男には象徴的な役割があった。救済すべき女性がいなかったこのルソーの信奉者は、彼の子供たちを文明から救った。セント・モアという馬の世話人だった二人の馬丁——馬と彼らは磁力の関係にあったのだが——彼らには機会が与えられていた。象徴的な名前が付いたインディアンの馬丁フェニックスと浅黒い小柄なウェールズ人の馬丁ルイスは、ウィット夫人とルウを馬に乗せて自然へと誘う。チャタレイ夫人を救った森番メラーズはキジやワスレナグサに近い人物だが、四足動物に対する彼の興味にその成功の秘密があるようだ。チャタレイ夫人にメラーズは言う。「馬や雌牛に私は慣れている。これらの動物はとても女性的で、私の心は落ち着く。乳を搾りながら雌牛の脇に座っていると私はとても慰められる」(63)

ロレンスと雌牛スーザンの高潔な関係にある本質は今や明白である。スーザンの乳を搾ったり、また彼女の目を見ながら、ロレンスは親近感や個人的な感情を持ったのではない。彼とサクラソウの関係のように両者は個を守ったままだった。そして、スーザンの「雌牛としての望ましさ」は彼の願望を刺激した。彼女の願望、つまり、動物やものから流れ出て両者の生命となる遠心的かつ求心的なエネルギーで、彼らは結び付くのだった。ロレンスの生命は「スーザンの生命と結び付くことで広がり、深まり」[64]、スーザンが本質的に持っている生きた宇宙において彼は充足したのである。スーザンを通して彼は「目に見えぬもの」の力を受け取ったのだった。「優しい願望を持って進み、その願望の充足を知らなければ私は自らの存在さえ果たせなかっただろう。それが天空でも樹木でも雌牛スーザンであっても……」と彼は書いている。[65] 初期のエッセイで、すべての牛は悲劇にみまわれている、とも書いている。[66] もっともなことである。もし彼が喜劇やミルクだけを見たのであれば、言うべきことは何もないのである。

注

(1)『ヨーロッパ史における諸動向』の二三九頁、二四九頁。
(2)『精神分析と無意識』の一〇六頁、『不死鳥』の六〇〇頁、六三五頁、六三八頁、七〇三―五頁、七一四頁、七四〇頁、『無意識の幻想』の二〇頁、二五―二六貞など参照。
(3)『不死鳥』の一八八頁、六六九頁、六九四頁、七六一頁、『D・H・ロレンス書簡集』の二六五―六六頁。
(4)『アポカリプス』の一九九―二〇〇頁。
(5)『不死鳥』の「国民の教育」の六一五頁、六三四―三八頁参照。
(6)『D・H・ロレンス書簡集』の六六七頁、『小論集』の一五二―五三頁参照。

(7)『D・H・ロレンス書簡集』の六八五頁、『不死鳥』の三七七頁以降参照。

(8)『カンガルー』の一九二頁、一九五頁、二九一頁、三一四頁及び一一二―一五頁、二五〇頁、二五五頁、二八一頁、三二五頁、三一七頁参照。

(9)『D・H・ロレンス書簡集』の六八八頁、『小論集』の一五四頁、『恋する女たち』の六三―六四頁。

(10)『精神分析と無意識』の六八頁、『不死鳥』の一八八頁、一九〇頁、『ヤマアラシの死についての諸考察』の一六二頁、『小論集』の一〇二―四頁。

(11)『精神分析と無意識』の八三頁。

(12)『D・H・ロレンス書簡集』の二六五頁、『D・H・ロレンス作品集』の八九一頁、『アーロンの杖』の一九五頁。

(13)『古典アメリカ文学研究』の二〇頁、二六頁。

(14)『精神分析と無意識』の九四頁。

(15)『D・H・ロレンス書簡集』の九六―九七頁、一〇〇頁、二六五頁、三六一頁、六二五―二六頁、『ヤマアラシの死についての諸考察』の一七頁、二三―二八頁、九四頁、九七頁、一四一頁、『無意識の幻想』の四〇―四一頁、九九頁、『不死鳥』の五二八頁、五三五頁。

(16)『無意識の幻想』の一四頁、九七―九九頁、一〇〇頁、一一一頁。

(17)『D・H・ロレンス作品集』の八四頁、『D・H・ロレンス書簡集』の二九二頁。

(18)『イングリッシュ・レヴュー』誌の一九一八年から一九年に掲載されたアメリカ文学についての初期のエッ

セイ及び『イタリアの薄明』の陰陽の無限についての言及、五〇頁、八一頁など参照。後の「レモン園」は「王冠」の事前研究として書かれたようである。

(19)『ヤマアラシの死についての諸考察』の一三四―三五頁、一三七頁。

(20)一九〇八年、ロレンスはルドルフ・ダークス夫人訳のショーペンハウアー作『随想』の「愛の形而上学」に感銘を受けた。『アングロ＝アメリカ』誌、E・ドラヴネ作「D・H・ロレンスによるショーペンハウアーの注釈について」(一九三六年二月)の二三四―三八頁参照。

(21)『カンガルー』のサマーズとハリエットの争い、一九七頁、二六六頁及びクヌド・メリルによる口論の記述参照。

(22)『無意識の幻想』の四三―四四頁、一〇六―一一頁、一一七頁、一二六頁、『不死鳥』の六二一頁、六三二頁、六四〇頁、『D・H・ロレンス書簡集』の四五八頁など参照。「愛らしい女」の主人公はオイディポスの吸血鬼である。

(23)『無意識の幻想』の四二頁、七六頁、八七―九〇頁、九二―九三頁、九八―九九頁、一七一頁、一七三―七四頁、『ヤマアラシの死についての諸考察』の一五三―五四頁、一七一―七五頁、二一八頁、『不死鳥』の一九六頁、『D・H・ロレンス書簡集』の四五八頁、六八八頁参照。

(24)本作品の登場人物たちはワグナーを暗示している。ロレンスは彼を賛美し、一方で十八世紀の他の作曲家を嫌悪した。ロレンスには音楽の素養がなかった。

(25)『無意識の幻想』の一〇―一一頁。

(26)『不死鳥』の五二五頁、五二七―三三頁、五三四―三五頁。
(27)『D・H・ロレンス書簡集』の一二〇頁。
(28)『カンガルー』の二六五―六九頁、その他参照。
(29)『恋する女たち』の一六五―六八頁、一七二―七三頁、二二七―二八頁。
(30)『アーロンの杖』の一八五―九六頁、二八五―八八頁、三四六頁。
(31)サマーズが本作品で愛の不当を訴える時、それは通常の愛であり、ロレンスの言う「愛」ではない。ロレンスは「愛」という言葉を作品中で二つの意味で使っている。一つは通常のもの、もう一つは崇高で多様なもの。
(32)『カンガルー』の一四六―五一頁、二三三―三五頁。
(33)『翼ある蛇』の三三一頁以降、四五三頁、四五六頁。
(34)『D・H・ロレンス書簡集』の六八三頁、七〇八頁、七一〇頁。
(35)『チャタレイ夫人の恋人』の一四頁、一八―二〇頁。
(36)同、一三九頁。
(37)同、二四六頁。
(38)『ヤマアラシの死についての諸考察』の二二八―二九頁、二三八頁。
(39)『不死鳥』の五二八頁及び三一頁、二〇二頁参照、『ヤマアラシの死についての諸考察』の一四〇頁、一六一頁、一八四―八七頁、二一〇―一五頁、二二三頁参照、『無意識の幻想』の一一九頁、『精神分析と無意識』

の五二頁、一一四頁、『D・H・ロレンス書簡集』の六八八頁。

(40)『ヤマアラシの死についての諸考察』の二三六頁、一八四頁、二一一頁、二一四頁参照、『無意識の幻想』の一三八－四八頁、一六一頁参照。

(41)『海とサルデーニャ』の一三頁、一五頁。

(42)同、一五〇頁。

(43)『D・H・ロレンス書簡集』の四五五頁、『カンガルー』の三八二頁参照。サマーズは月とふれあい、「なんら介在するもののない状態で求め、応じること」を実感する。同、一七〇－七一頁参照。海とのふれあいを感じることについて。

(44)『科学と詩歌』の九一頁。

(45)『D・H・ロレンス作品集』の七四六頁。

(46)『無意識の幻想』の三七－三九頁、『不死鳥』の二四－三一頁、『ヤマアラシの死についての諸考察』の二三二－三三頁。

(47)『ヤマアラシの死についての諸考察』の二一一－一五頁、二三一頁、『不死鳥』の四五頁、六〇－六四頁、『カンガルー』の三九六－九九頁、『イタリアの薄明』など参照。

(48)『カンガルー』の八－九頁。

(49)『D・H・ロレンス作品集』の七四五頁。

(50)同、六七七頁。

(51)『恋する女たち』の一二〇―一二二頁。
(52)『D・H・ロレンス書簡集』の一六六頁。
(53)『ヤマアラシの死についての諸考察』の一六八―七五頁、一八三頁、二二九頁、『不死鳥』の二三頁。
(54)『不死鳥』の「人間は狩人である」、『ヤマアラシの死についての諸考察』の二三四頁。
(55)『ヤマアラシの死についての諸考察』の一三八―三九頁、二〇四―六頁、一三一―三二頁、一三四頁、『無意識の幻想』の五六―五七頁、一五四頁、『D・H・ロレンス書簡集』の五九一頁、『不死鳥』の三頁、四〇頁。
(56)『ヤマアラシの死についての諸考察』の二三五頁。
(57)『カンガルー』の九二―九三頁。鳥とはうまくいかなかった。同、一九八―九九頁。
(58)同、三八〇―八一頁、『D・H・ロレンス詩選集Ⅱ』の二七一頁「カンガルー」参照。
(59)『D・H・ロレンス作品集』の七五四頁。
(60)馬に関しては『アポカリプス』の九七―九八頁、『D・H・ロレンス書簡集』の五九一―九二頁、『無意識の幻想』の五六―五七頁、八一頁、一五四―五五頁参照。メイベル・ドッジ・ルーハンの『タオスのロレンツォー』によるとロレンスは彼の馬と仲がよかった、一六九頁。
(61)『奥地の少年』のジャックは馬のような馬丁に魅了され(二一三頁)、雌馬と「磁力」を得た彼の雄馬との「磁力」を享受していた。
(62)『D・H・ロレンス書簡集』の四六八頁。ロレンスは『孤児フランソワ』、『ヴィルメール侯爵』、『笛師の群れ』などを読んでいた。こうした書籍を彼はJ・ミドルトン・マリから借りていた。M・セイエールはジョルジュ・サンドの影響を調べている。

(63)『チャタレイ夫人の恋人』の三六一頁。

(64)『ヤマアラシの死についての諸考察』の二三四頁。ロレンスは彼と溶け合いたかった犬のビブルスとは完全な磁力を得られなかった(『D・H・ロレンス詩選集Ⅱ』の二七四頁「ビブルス」参照)。またこの犬は他の人間にもなついていた。クヌド・メリルは『一人の詩人と二人の画家』の一六〇―七七頁で、他の人間の膝に乗るこの犬にロレンスは嫉妬の怒りを覚えたと書いている。ロレンスは犬を追いかけ、その腹を何度も蹴った。犬の裏切りが許せなかった。ドロシー・ブレットは、フンコロガシにロレンスが残酷で、その糞を苛ついて掃除していたと書いている。

(65)『ヤマアラシの死についての諸考察』の一八六―八七頁。スーザンに関しては同、一三三頁、一六一―八七頁、二三三―三四頁、『D・H・ロレンス書簡集』の六三六―三七頁も参照。

(66)『不死鳥』の八二頁。

第4章　石器時代の教訓

農夫と森番は、結び付いた関係を求める人間に対してヨーロッパが提供しなければならない最善のものであった。そこでロレンスは、感謝をもってその提供を受け入れた。しかし、どれほど森番が好例であろうと、またどれほど樹木や雌牛について熟知していようと、ロレンスは過去のより優れた「磁力」の歴史を重んじた。こうした歴史に始まり、彼は古代人に関する書物に森番の原型を求めた。そして、こうした原型により彼は、ヨーロッパを文明から救い、ヨーロッパを過去に遡ることで前進させるより大きな希望を得た。自然に戻るには自然への回帰方法を知らなくてはならず、それは、古代人が享受した太陽や草花との交流に繋がることであった。ロレンスが好んだのはノアの大洪水以前の世界であり、次に紀元前二千年以前のエジプトやカルデア人の世界だった。[1] しかし、こうした世界に失望するや、彼はエトルリア、ヒンズー、アステカ、またメイベル・ドッジ・ルーハンのインディアンといった古代世界の栄光ある痕跡に満足することになる。こうした至福の民族の、生き生きとした祈りに満ちた世界を取り戻すことが、後年のエッセイや小説、特に『翼ある蛇』や『アポカリプス』、『エトルリア遺跡』などの作品を書く目的となった。

　既述したようにロレンスをどう呼ぶかについては様々であるが、ここでは「原始主義者」が相応しい。実際、過去二百年においてこうした名称を冠するに最も相応しい人間の一人である。原始主義というのはウェブスターやラブジョイ教授(2)による、古代の牧歌的人間が優れているという信念をもとに定義付けられている。彼らはいつの時代にも文明化した人間より自然に近かったからである。こうした自然の子が持つ純潔な美徳を尊重する風潮は、過去の歴史においてよくあったことだが、特に文明が成熟し過ぎた時期に見られる。自然で魅力的で、しかも野性味のある人間は、礼儀正しく人工的な社会において大きな魅力を持つ。野性を装うことは文化的な戯れであるが、ロレンスや他の作家の作品で今日描かれる原始主義は、現代人が文明化し過ぎていること、またおそらく退廃していることの証なのである。このような証に対する逆の資料もあることはあるのだが、いずれにせよ、こうした時世にあっては女王がミルク桶を、また詩人が感受性を雌牛の所へ運んでいくものなのだろう。

　配管は必ずしも必要な文明の産物ではないが、文明の証であり、この配管と原始主義はおそらく互いに飽き飽きするほど同時に発展してきたということは、よく知られていることである。優れた水槽と下水管の備わったミノス宮殿にはミノタウロスがいた。十二人のローマ皇帝たちは、浴室や豪華な煙突のある何階にも及ぶ住居を所有し、円形闘技場や黄金時代、またゲルマンの優れた文化を享受していた。原始主義的だった十八世紀は配管のない時代だった。当時のロココ様式の宮殿の浴室やその他の設備は言及する価値もない。だが近年再び、お決まりの文明の兆しが現れてきている。ニューメキシコの山へ向かうロレンスは、彼が目にしたアメリカのパイプや蛇口を非難している。(3)

十八世紀の原始主義は――配管のそれでないにしても――その質及び起源において現代の原始主義に類似していて、近年の不自然な原始主義の議論で語られるべきものである。ホクシー・ニール・フェアチャイルド教授によると、(4) ある種の人間にとって慰めとなっている文明が進化し過ぎた十八世紀という時代は、理想的な過去や魅惑的な現代を想像したものであり、高貴な野蛮人が現れ、その教訓や実例を挙げて人々を無垢や本能へと導く時代だったという。人間性が忘られ、人々が草花に対して無知な時代に向けて、文化的な作家たちは、ラップ族やアステカ族、黒人やアメリカインディアン、また南海の島民などを引き合いに出し、彼らを実際より高く評価し、戒めを込めた情熱で彼らを誇張した。ウィリアム・コリンズは、迷信に満ちたスコットランド高地人を称賛し、一方、ジョセフ・ワートンはオックスフォードの快適さから解放され、静かにしている彼の熱意は失せ、ジョージアの、もしくはカロライナの「荒野のサバンナにいるイノシシやトラ」狩りに安らぎを見出した。ワートンの狩りはインディアンのそれよりも驚くべきものだった。この高貴な野蛮人はモラリストが計画したり、彼の空想を満足させる以上のものではなかったが、慣習が発展するにつれて実際のワートンの蛮行は、彼を知っている人間には知られてはならないものになっていった。一七八二年に出版された『アメリカの農夫の手紙』でクレブクールが言うには、北米インディアンが彼の農場を焼き討ちにした後でも、共にいたかった白人よりもインディアンと気が合ったそうである。その後、後退する慣習は強固なものとなり、ハーマン・メルヴィルのタイピーの谷に住むインディアンは、マルケサス島民より高貴な野蛮人になったようである。十八世紀後半から十九世紀初頭にかけて、その空想力が衰え、はるか異国を彷徨う人たちにとって農夫や子供が野蛮人にとって代わり、文明を正すのに役立った。例えば一七八三年から一七八九年にかけて出版された『サンドフォードとマートンの物語』でトマス・デイは、ラップ族やインディアン、黒人やイングランドの農夫を同様の好意をもって見た。一七九二年のトマス・ホルクロフトの『セント・アイヴズのアンナ』に登場する主人公は男爵の庭師の息子で、地位や富を軽蔑し、男爵の娘を愛し、アメリカの未開人社会に引き籠って暮らすことを望んだ。こうした人たちと同様に、ワーズワスの羊飼いやヒル集め、物乞いや収穫人、また子供たちは自然の恩恵を不自然な社会に対して示した。

過去五十年間で、異色なもの、また原始的なものに対する興味は芸術一般、とりわけ音楽や絵画、彫刻などに影響を与えた。道徳主義者によれば、今日の大衆音楽はその起源や特質において黒色人種のものであるという。ストラビンスキーの『春の祭典』のような厳かな音楽でさえトムトムのビートを使い、原始人の風変わりな儀式を匂わせようとする試みである。ストラビンスキーはバレエ楽曲を作曲したが、アーサー・シモンズによるとバレエはかつて人工的であり、また原始的でもあった。二十世紀初頭に始まり、ゴーディエ＝ブルゼスカ、ブランクーシ、そしてフランス植民地博覧会で最盛期を迎えたアフリカの幾何学的彫刻の流行は、キュービズム（立体派）からシュールレアリズムにいたる抽象派や印象派絵画の特徴を多分に決定付けた。その言葉の二重の意味で原始的なセザンヌやアンリ・ルソー[5]の風景画やこうした流派の影響の下ピカソは、キュービズムや新聞の切り抜き、弱弱しいモノリスを経て浜辺の骨へと向かって行った。ダリの見た眺望は無意識的で未開人の視点によるものだと言われている。古典的ベルクソン派で、キューブ（立方体）に囲まれて思考したT・E・ヒュームは、斬新な抽象芸術を原始的で宗教的、また人間主義にとって運命的なものとして歓迎した。

文学において原始主義は比較的に地味なものであった。九十年代のウィリアム・バトラー・イェイツは、人間はホーマーの時代[6]以前から歩んできた道を再び歩む時になったと公言した。当時の無知な状況を知らないアーサー・マッケンは、ケルトの塚や斧、装飾品などに魅了され、時代の悪魔崇拝に倣ってこれらを解釈した。キプリングやロビンソン・ジェファーズ、カール・サンドバーグ、またヴァチェル・リンゼイなどの幾つかの詩、またゴーギャンやオブライエンなどの南海の書物、ガートルード・スタインの単調な散文には原始主義の痕跡が見られるか、もしくは原始主義と密接に結び付いている。イーディス・シットウェルは、子供じみていて不自然だと彼女を批判してきた人たちに、実は自分は原始主義者であり、素朴で真剣、霊的で知的な人間であり、原始の精神をもって現世にはない何かを見ようとしている、と説明している[7]。彼女の散文や詩は他の人たちにとって過去のものとなった興味を忠実に反映していて、時流に乗らず、その主張は少なくとも歴史的に意味のあるものである。文学における原始主義の痕跡がどれほど精彩を欠いたものだとしても、ロレンス文学には今日の最も顕著な原始主義者が存在し、郷愁に満ちた彼の原始の精神は文学や音楽、絵画における彼のライバルを凌ぐものであり、またその理想は十八世紀の原始主義の特質と現代のそれを結び付けるものである。

ロレンスの原始主義は、合理主義と科学の大きな発展の後に始まったという点で十八世紀の原始主義と同類のものである。ニュートンやダーウィン、また、都市や不気味で邪悪な工場を受容できなかったロレンスや十八世紀の人々は、人間の本能、感情、魂、また直観などの具現化の対象として原始的なものに目を向けた。こうしたものはみな人間にとって自然の恩恵であり、またすべての文明が破壊してしまったものであった。ある十八世紀の人物は原始的なものに忘れ去られた自然を見出し、ロレンスもまた自然と知性の相克を知り、自然の側に立ち、原始特有の攻撃用武器を手にするだろうと予見した。時代を問わず理性のある人間は、急速な物質主義や知的変容に直面し、政府の規制やより優れた下水道を提案するものなのだろう。しかし、直観的な原始主義者や、こうした変容に対するロレンス及び彼以前の人々の反応にはより感傷的な価値観があった。

しかし、ロレンスの原始主義は、自然な人間という概念に対して、それまで未知であった古代の情報に目を向けているという点で十八世紀の感傷的な人々とは異なっている。当時、熱狂した人々はホークスワースやクックの南海の話といった冒険や探検物語を読み、空想や願望の助けを借りてこうした物語に胸を高まらせ、サンドイッチ諸島の夕食で食べられていたであろう愛すべき生き物を思い描いていた。アステカ族やより原始的な部族に愛着のあったサウジーのような人間は、ベルナル・ディアスやアメリカの冒険物語や探検記を読んでいた。だがロレンスは、一八七〇年代以降に原始についての人々の概念を変え、それ以前の見解が信頼できないものとした文化人類学者たちの業績に目を向けた。ロレンスはまた、古代人の精神に別の解釈を施した精神分析学者たちの文献を活用した。十九世紀に大英帝国が拡大し、歴史家や旅行家、探検家などの丹念な記述を読んだロレンスは、自然な人間の慣習を知る絶好の機会を得た。彼はまた理論や目的、感傷の助けを借りて情報源から選りすぐる事実の精度を上げたのだが、文化人類学者により彼の原始主義思想には新たな解釈や威厳が備わることとなった。

自然な人間が自然のままでいるために調和を保たなければならない「自然」もまた、十八世紀以降変化していた。カバやシロアリは存在せず、ラッパスイセンやサクラソウの咲くワーズワスの快適なイングランドの世界は、不快で取るに足らない、また冷酷に見える世界を前にして十九世紀に崩壊した。生存のための闘争が公言される以前に、マシュー・アーノルドのような詩人は変化を察知し、自然が残酷なものであると見ていた。トマス・ハーディの世界は菌類や白カビ、また冷たい灰色の石の世界で、今日詩人たちは寄生虫を恐れてそこに腰を下ろそうとしない。

前章ではロレンスとワーズワス的自然崇拝との関係について述べたが、詩作を別にした両詩人の違いは、多様なプロテスタント会派にある違いのようなものであり、それは重要性というよりは偶有性の問題である。こうした違いは興味深いものである。自然を崇拝し、自然との関係には利するものがあると思ったという点でロレンスはワーズワス一派の伝統に属していたのであるが、彼が関係を持ちたいと望んだ自然はワーズワスのそれとは違うものであった。彼はダーウィンやベイツ、W・H・ハドソン[8]のような自然主義者、またハーディのような詩人を愛読していた。ハーディにもそう思えたように、ロレンスとワーズワスの時代には科学が介在し、自然は得体の知れないものとなったが、自然が崇拝の対象であることを知り、またワーズワス的関係を自然と結んでいたという点でロレンスはハーディよりもワーズワスに近いと言える――たとえ今日それが理解されないように思えたとしても。ロレンスの人間関係、つまり磁力には陰と陽の流れがある。陰の流れは自然に対する反感を認識することであり、陽の流れはワーズワス的な魅力を認識することである。詩人としてのロレンスはワーズワスを小さくしたような存在であり、新たな生物学によって今日まで引き継がれた自然を理解し易い手法で扱った。両者の自然に対する傾倒は同じであったが、その中身は違うものだった。

『セント・モア』の主人公ルウと自然との関係は完璧なものではあったが、彼女はニューメキシコで新たな自然と出会う。シマリスを眺めながら彼女は疎外感を覚え、それまで抱いていた普遍的な愛についての考えを放棄することを強いられる。「野生の生命、樹木や草花の生命でさえ激しく聳え立っている」。イングランドで芝生に横たわることに慣れている人間にとってサボテンは実際に脅威に思えてくる。丘は悪意に満ちているようだが、ルウが平安と「結び付き」を見出したのはこうした自然の中にあってのことだった。(9) オーストラリアのサマーズは奥地の非人間性を思い、鳥に無関心であったことを悔いるが、最後には陽と陰の均衡を得る。ある日、彼は海辺で恐ろしいタコを見るが、ワーズワスにはこうした自然を受容することから生じる問題はなかった。(10)

文化人類学や生物学は、ロレンスの言う自然な人間の本質及び彼と高貴なる野蛮人との違いを説明するものであるだろう。高貴な野蛮人の伝統を熟知していたロレンスが、こうした違いに気付いていたという彼自身の独創性に誇りを持っていたのは幸いなことだった。原始的な先人に対するロレンスの態度は、彼に類似したり彼が負うていたほとんどの人々に対する態度同様、軽蔑や反感に満ちたものだった。ロレンスは幼少期にクーパーの『レザーストッキング小説群』を読み、「チャプレン湖のクーパーズタウン」の森にいる高貴な野蛮人との出会いに夢中になった。(11) その後クレヴクールの『アメリカの農夫の書簡』やメルヴィルの『タイピー』や『オムー』、ウィーバーの『メルヴィル』(12)、またバーナディン・ド・サン・ピエール、シャトーブリアン、フランソワ・ル・バイヤン、再び誤訳されたルソーの作品などを読んだ。(13) 彼の人類学や生物学の著作を読み、また、メイベル・ドッジ・ルーハンのインディアンの夫ルーハン氏に会った後、ロレンスはクーパーやクレヴクール、メルヴィルに関するエッセイを刊行し、高貴な野蛮人に失望したことを記している。ロレンスが言うには、クーパーやクレヴクールは現実逃避し、理想的かつ知的な神話のもとに現実を隠蔽した。しばらくロレンスは無垢な自然や雄大なインディアンに欺かれていたが、やがてこうした文明化した野蛮人は、手桶を持ったマリー・アントワネットと同じで、非現実であることを知る。ロレンスが言うには、アメリカの景観は残酷で、インディアンはサボテンのように得体が知れず、人を寄せ付けず、彼にしか分からない暗黒で無心な生命に満ちている。このような野蛮人や自然とは、クレヴクールが無益にも想像したような関係を結んで生きることはできないと。だがロレンスは、自身の思想を損なう偏狭な相違を絶えず許容する一方、彼とクレヴクールが似たもの同士であることを理解できないでいた。ロレンスの野蛮人観がどれほど異質で親近感のないものであろうと、彼は教訓的な人物であったし、こうした彼なりの力量でクレヴクールの親近感のある野蛮人は有名になったのである。クレヴクールもロレンスも、自らの野蛮人と生きることを大いに望んでいたわけではない。野蛮人を手段として、また、人間の置かれた状況を改善するための模範として、野蛮人を用いる作家でいたかったのである。

「人類が野蛮人の状態に戻ることを私が望んでいる、と人々が言うことに私はうんざりしている」とロレンスは書いている。[14]『タイピー』についてのエッセイで、原始に戻りたいという願望から自らが白人であることに背信し、世界の進化にそむく教養ある白人をロレンスは裏切り者と非難した。メルヴィルもゴーギャンも素朴なポリネシア人たちに充足を見出すことはなかったし、今日の白人もしかりである、とロレンスは続けている。[15]人間は野蛮人にも過去にも戻ることはできないのだから、彼らの過去から学ぶことで現在を復活させなければならない。[16]文明は無力なものとなり、したがって私たちは自らを気力に満ちたものにし、感情を育み、「再び原点に戻って新たに始め、野生の種子を撒かなくてはならない」と彼は言う。[17] ロレンスは自らの種子を撒きながら前進し、現在を刷新し、野蛮人の過去を力にして未来へと邁進した。「あらゆる新たで豊かな動きは、半ば忘れられた古き人間意識の復活へと繋がる」[18]。ある小説の主人公は適切に続けて語っている。「……前進したい願望から私は多少後退する」[19]。進化を目指して野蛮へ戻ることにより原始主義に伴う責務から免かれる、と彼は考えたようである。ベーグやホルクロフトのような十八世紀の典型的な原始主義者たちもまた進化に夢中になっていた。ルソーがエミールを育てた方法は、この人物を野蛮にするのではなく、野蛮な方法をもって優れた文明を有した市民にするものだった。

言うまでもなく、前進するために野蛮人から学ぶべきものは、ヨーロッパ人の中でも森番や農夫だけが享受している宇宙との生き生きとした暗黒の関係である。しかし、ロレンスにとって現代の野蛮人は完全に満足できるというものではなかった。彼の知る現代人より自然に近い不愛想なインディアンは、さらに自然に近かった古代の高貴な野蛮人より堕落していた。しかし、現代の野蛮人は「大洪水の以前にまで……遡る」民族の声を保持していて、[20] より偉大な過去へ繋がる糸口としての価値を有していた。ロレンスは退化した北米インディアンを借りて現代人に磁力を説いたが、彼らの前方にメキシコやエジプト、またアトランティスなどの古代人に「暗黒」の源を見ていた。

ロレンスが古代の原始的な人々を知ったのは、ローマ人やイングランド人が席捲し、疫病が蔓延していたエジプトやインド、タヒチなどではかった。ましてやスペイン人が入植していたメキシコでもなく、人類学者、考古学者、精神分析学者、また歴史家などの著書であり、時期的には一九一三年以降、生涯に亘ってであった。フレイザーの『金枝篇』をよく読んでいて、この作品は今日の読書好きな人間以上に彼に大きな影響を与えた。[21] 一九一三年にはジェイン・ハリソンの『古代の文芸と儀式』、一九一六年にはエドワード・タイラーの『原始の文化』を読み、この二作品は彼の愛読書だった。また、一九一八年にはレオ・フロベニウスによるアトランティスのヨルバ遺跡研究書である『アフリカの声』を読んでいる。[22] M・セイエール氏が不満なのは、ロレンスが知っていると自認していたドイツ人はロレンス夫人とフロイトは勿論のことフロベニウスだけだった、ということである。しかし、急いてはロレンスが次のように言ったことをこの学者は見落としたことになるかもしれない。つまり、ロレンスが言うには、一九一八年に彼はユングを読んでいる。おそらく古代の神話と象徴についての研究書『無意識の心理学』だろう。[23] 一九一九年、ロレンスはキャサリン・マンスフィールドからプレスコットの『ペルー』を借りている。[24] また、一九一六年に古代エジプトに関する二作品を読んでいる。一冊はガストン・マスペロの『エジプト』で、これはジュリアン・ハックスリー夫人がロレンスに貸したものだと夫人が私に明かしてくれた。もう一冊はレディー・オトライン・モレルが貸した歴史書で、モレルはその書名も著者も覚えていないという。[25] カルデアやバビロニアについての言及からして、ロレンスはおそらくマスペロの長いエジプト史を知ったのだろう。本書にはこうした地域の記述が載っているのだ。

おそらく一八九八年から一九〇五年にかけて、『エジプト史』の六巻や、一九〇六年にはウィリアム・マシュー・フリンダース・ペトリ卿の短い『エジプトの宗教』を読んでいたのだろう。ロレンスはペトリ卿の著作をよく知っていた。ペトリ卿はおそらく最も権威あるイングランド人の歴史家で、『カンガルー』にも卿についての言及が散見される。[26]エジプトの物語の翻訳をロレンスが読んだという『アポカリプス』にある言及は、一八九九年にペトリ卿の『エジプトの物語』を彼が知っていたことを意味する。[27]ロレンスはまた古代ギリシャについてのギルバート・マリーの著作も読んでいて、[28]一九二〇年以降、後述するエジプトやインド、メキシコ、エトルリア、また初期鉄器時代に関する多くの文献にも目を通している。[29]

　こうした文献を読むことに彼が興味を持ったことは、『東洋史』を書き終えた一九一六年の論評からも明らかだが、私はいまだ確認できていない。「……私の心の中の何かが閃き、このような消滅した古代民族が理解できる。バビロニアやニネヴェ、アッシュールバニパルなどが、すぐに理解できる。古代世界にまで遡ることの喜びは言い尽くせない……」[30]。ロレンスは、古代エジプト人が最も幸福な民族であったという結論に至る。書簡やエッセイにはトーテム信仰や豊穣の儀式、死と再生の神々についての言及が多くある。古代の神々や象徴――オシリス、ラー、トート、エルメス、アスタロト、また雄羊、ヤドリギ、ミトラの雄牛など――は、彼の心の中で精神的に重要な意味を持っていた。[31]イースター祭ですら――彼は祝うのを止めてしまったのだが――すべての古代宗教において再生と復活の祭典であるのを知った時、意味を持ち始めた。[32]「古代の生命観に戻らなければならない。現代人には閉ざされている宗教的根源を流れ出させる必要がある。暗黒で古き未知なる調和へと続く偉大なる屈服である」と書いている。[33] 彼は古代人の崇拝を自から奪還したことを知る。この崇拝をまた別の要素として、おそらく最も重要な要素として、無心と愛で満たされた彼自身の宗教へと発展させることになる。もし、真正なイースター祭に込められた彼の崇拝が、ノッティンガムよりイースター島に相応しいものだとしても、個人的宗教の特質は個人性を持つものであるということを忘れてはならない。

ロレンスはより純粋な神聖を求めて古代へと遡ったが、この宗教的な詩人は柱頭苦行者の忍耐をもって行く手を阻む障害に立ち向かった。彼は自身の書物をほとんど所有していなかった。家のない放浪者で図書館からも遠ざかっていた彼は、友人や知人に書物を頼らざるを得なかった。しかし、彼の読書量は膨大で、そのほとんどが彼の興味の範囲内のものであった。友人には恵まれていて、彼らはこの高級な学識者が望む本を貸し与えた。大戦中は学識を吸収する時期でもあったのだが、その範囲は精神分析にはじまり人類学や考古学にまで及んだ。

科学や精神性を嫌う人間が、科学的専門書に興味を持つことは奇妙なことに思えるかも知れない。だが、借りた書物へのロレンスの接し方は学問的というよりは心情的で、無心と矛盾するというわけでもない。内面的な英知が書物を巡り、決して鼓舞されるとは思えない書物を読んでも、彼は親近感を抱いた。読後にはすでに読んだ本にも勝る信念を得た。また別の本を借りると、その本に「自分にとって新たな何か」があることを願った。[34] 一九一六年、レディー・オトライン・

モレルに次のような書簡を送っている。「ギリシャ以前の初期エジプト史の本を図書館から借りるようお願いいしたいのですが。あまり厚くない本で、足りない部分は自分の想像力で補いたいのです。専門家の見解には我慢できないところがありますから」(35)

ロレンスは誤用した想像力のない書物に対する苛立ちを敢えて隠そうとはしなかった。フロベニウスは退屈だったし、ジェイン・ハリソンは女教師のようで、フレイザーは科学的過ぎた。歴史家や人類学者は古代人への理解が足りず、彼らの著作は極めて理知的で唯物論的で価値がなく、自分のほうがフレイザー以上に金枝について分かっている、と言っていた。フレイザーにとって雄羊はマトンであり、雄牛はビーフ同然であったが、ロレンスにとっては現代人には理解できない牧師と宗教の関係のようにこれらの生き物は「神秘」そのものであった。(36) 宗教を良しとし、科学を悪とした彼は、自由かつ宗教的なやり方でこうした唯物主義者たちから得た知識を解釈せざるを得なかった。「あらゆる種類の専門書……フレイザーの『金枝篇』やフロイト、フロベニウスに至るまでの専門書からヒントや手掛かりを見つけた。とは言ってもヒントであって――その先は直観である」と彼は認めている。(37)

一九一五年以降のエッセイや小説にはフレイザーやフロベニウス、また歴史家たちからの影響が見え始める。早くも一九一二年には書簡で「原始的な感情」を賞賛する旨を明言しているが、(38) その後の読書からさらに多くのことを知るようになる。一九一五年の「王冠」にはディオニソスやモロク、エジプト人の動物崇拝についての言及がある。また、「国民の教育」(一九二〇年頃執筆）には「生命の樹」についての言及があり、一九二一年の『ヨーロッパ史における諸動向』には明らかにフレイザーの著書に基づいた長い言及があり、それらはグレートマザーや「豊穣や太陽の神々」、樹木、ヒイラギ、また「金枝」に対するドルイド教崇拝に関するものである。『無意識の幻想』には古代ギリシャ人やエトルリア人、エジプト人の恐ろしい名前が出てくる。[39] 一九二〇年に出版された『恋する女たち』の主人公バーキンは都会を嫌い、その「神秘的官能」を有するアフリカの彫刻やロシアのバレエ、ピカソの絵画を愛好する。だが、こうした現代版の原始より彼は古代エジプト人を好み、無心や生命力、磁力を具現する自らの模範とした。不思議なことに現代風とは言えないブルームズベリーのボヘミア人たちは、野蛮への回帰願望のあるバーキンを嘲笑する。「現代風でない」と言ったのは、文化人であるジェラルドでさえ人類学の書物を読むのを好んでいたからだ。[40] 一九二二年に出版された『アーロンの杖』のリリーは、ドビュッシーの音楽を聴きながらフロベニウスを読んだ。「彼の魂は瞬間から解放される力を得、より深淵な興味を求めた。太古のアフリカやアトランティス！　カビルの不思議な英知！　太古のアフリカや大洪水以前の世界！」[41]。現代文明の敵とも言えるこの人物はまたアステカ族や南洋の島民、エジプト人を愛した。「失われた民族……失われた人類の感性や英知」[42]。一九二三年の『てんとう虫』の主人公ディオニソスにはその名前以外にも原始的なものが多くあった。彼は太陽を熱烈に愛する男であり、太古の炎の崇拝者だった。彼の象徴的な「てんとう虫」はエジプトのスカラベで、下水道よりはるかに自然なローマ以前の重宝な手段だった。[43]

こうした思いを抱いた作家として放浪したロレンスは、原始の痕跡がいまだ残っている土地や文明が無傷のままでいる民族に目を向け続けた。大戦中に身を寄せたコーンウォールを彼は気に入った。この土地には他のイギリスでは感じられない過去があった。風景は「原始」そのもので、石や血の生贄、またヤドリギの崇拝、さらにキリスト教以前のすべての神秘があるようだった。精神的意識、つまり文明にいまだ侵されていない何かがあった。ドルイドの血を追い、ダーナ神族の魂を求めて彼は古代の薄明の中へ入って行った。(44) ロレンス自身とも言える『カンガルー』のサマーズがヘブリディーズの民謡を口ずさんだのはコーンウォールであり、とりわけて意味のない民謡を彼は気に入っていた。「ヴェル・ミ・ヒウ——ラヴォ・ナ・ラ・ヴォ——ヴェル・ミ・ヒウ——ラヴォ・ホヴォ・イ——」とこの民謡は続く。またコーンウォールでロレンスはジョン・トマスに出会い、彼を気に入る。トマスは農夫でありケルトでもあったのが気に入った理由である。こうした二人の親交からロレンスは(サマーズ同様に)コーンウォールから警察により追放されたが、それは一八八五年の犯罪法修正条項第十一条によるものではなく、国土防衛法によるものだった。(45)

しかし、ロレンスは落胆もせず、また農夫に対する強い興味を抱いたまま、許可が下りるやイタリアへ旅立った。イタリアは彼を「古き時代へと」誘う土地のように思えたのだった。(46) 一九一六年の『イタリアの薄明』によれば、イタリアへの最初の旅で彼は農夫を興味深く観察した。一九二一年の『海とサルデーニャ』によれば——二度目のイタリア旅行はシチリアであったが——

原始的な農夫を求める彼の願望は強迫観念にまでなった。しかし、シチリアの農夫は堕落していて、嘲りの対象だった。さらに奥地のサルデーニャの農夫のほうがましで、古き血の親交があり、また適度に無心で、「危険なほどの太腿部」を有した農夫に出会うことができた。[47] しかし、概ね落胆は大きかった。農夫は原始的であればあるほど汚れていて、彼はその汚れに期待することができなかったのだ。彼が思い描いた理想的な農夫は、気高く非文明的で、ジョルジュ・サンドの世界からそのまま抜け出てきたような人間だった。だが、実際の農夫は幻滅そのもので、彼は「堕落した原始人を呪った……」のだった。フリーダは「あの人たちをそのまま受け入れたらどうなの。人は皆それぞれよ」と言ったが、[48] 理想を抱いたまま彼は旅を続け、思いもよらない土地でも興味を追求し続けた。

一九二二年、サルデーニャの汚れをそぎ落とし、過去の自分と文明から逃れるように[49] セイロンへ発った。セイロンの方が上質な紅茶や野蛮人を見つけ易いように思われた。アメリカ人の仏教徒である友人アール・ブルースターの所に滞在し、彼の東洋に関する記述にロレンスは希望を得ていたのだ。一方、インドは汚れていて、気候は耐えがたく、人々との距離は、以前の彼と農夫との距離をはるかに上回るほど遠かった。[50] 目にしたのは「自然の子供」ではなく、象に乗って行進する英国皇太子だった。こうした落胆の一ヵ月を過ごした後の五月、オーストラリアへ発った。そこで出会ったのは原住民ではなく彼と同じヨーロッパ人だった。だが、叢林は原始のままで、エジプト世界というよりは「シダの時代」を予感させた。[51] 最悪なことに、シドニー近郊の海辺に借りた家には現代文明の器機がすべて揃っていた。そこでの生活は数ヵ月で十分だった。現実的な生活を送る人々に追われるように一九二二年の秋、アメリカへ発った。汽船はタヒチに寄港したが、出会ったのは「自然の子供」ではなくアメリカ人の映画関係者たちだった。魂の崩壊を感じつつ[52]ニューメキシコへ向かったが、それはメイベル・ドッジ・ルーハンに招かれてのことだった。彼女は『海とサルデーニャ』を読み、農夫を夢見る人間ならインディアンに耐えられるだろうと考えたのだ。メイベルはインディアンと暮らすのを好んでいた。インディアンには望みがあり、東洋や白人社会で見つけ損なった何かをタオスで見つけられるかも知れない、とロレンスは彼女に書簡を送っていた。[53] しかし、彼が「野蛮への巡礼」[54]と呼んだものは彼にとって耐えられないものとなり、ニューメキシコに着くや、『古典アメリカ文学研究』(一九二三年)で「高貴な野蛮人」に対する幻滅について言及している。ある種の新たな理想的な野蛮人を創作する動機となったのはアメリカでの経験や幻滅であり、また人類学に関する書物だった。こうした野蛮人からエジプトやアトランティスの世界を推測したのも知れない。メルヴィルについてのエッセイで、「今日では理想主義者ほど邪悪なものはいない」と述べている。さらにその数ページ後で「メルヴィルの中核は神秘であり理想主義であり、おそらく私も同じだろう」とも書いている。[55]

タオスのルーハン邸に着くとすぐに、彼の理想はよみがえり始めた。タオスという土地と原住民の敬虔なふるまいに見て取れる宗教的な雰囲気があったからである。「ニューメキシコ」と題するエッセイで次のように書いている。「宗教的なものとして私に訴える何かを探して地球上のあらゆる土地を見渡してきた」[56]。今までにコーンウォールやバヴァリア、イタリアの原始的で激しい農夫、インドの仏教徒、またセイロンの悪魔のダンスを見てきて、確かにそれらは宗教的ではあったが、ロレンスを囲い込むほどのものではなかった。オーストラリアやタヒチでは落胆していたが、ニューメキシコで、今まで求めていた宗教的なものと原始的なものとの融合についに出会った。文明器機の時代や物質主義、また現代社会の理想主義から彼は解放されたのだ。ドルイドの血の生贄は興味あるものだったが、太陽崇拝のアステカほどではなかった。「ああ、ニューメキシコでは心臓が太陽に捧げられ、人間は心を奪われた姿そのものになる。憶することのない宗教的な姿のまま」[57]。アステカの子孫にもまた「古き偉大な宗教」の痕跡がいまだ残っていた。ギリシャ、ヒンズー、またエジプトより古い宗教が。「ヒンズー教徒やシチリアのカトリック教徒、またセイロン人からは得られなかった生き生きとした宗教をアメリカインディアンから感じ取ることができるのは不思議議だ」と書いている。[58]『メキシコの朝』、『ヤマアラシの死についての諸考察』、また一九二四年のエッセイ「復活」と「宗教的であることについて」には、インディアンによって鼓舞された彼の感情が書かれている。

時としてインディアンが不愉快であったとしても、また彼らとの友好の夢が不可能だったとしても、[59]白人にとって彼らは模範だった。なぜなら、その長い黒髪を洗い、仲間の頭皮をはいだりしても、彼らはそこに秘められた驚異を感じ、その宗教によって白人は救われるかも知れないからだ。[60]インディアンたちは汎神論者のように神はすべてに宿るのではなく、すべては神であると信じていた。鉱物、太陽、また樹木は神である、すべては生きていると。彼は次のように書いている。

人間が全力で果たすべき努力は、その生命と宇宙の根源的な生命、山の生命、雲の生命、雷の生命、大気の生命、大地の生命、そして太陽の生命と直接に繋がることである。直接的な感触を持ち、エネルギー、力、また、深い喜びを得ることである。なんら介在するもののない純粋な接触を得る努力にこそ宗教の根源的な意味がある……(61)

プロテスタントが嫌悪したこうした古代の多神教は、幸いにもロレンスの生命主義と結び付き、彼が望んだ以上に初期の教訓でパターン化したいと思ったものと調和を得るものになった。しかも、野蛮人の祭典を目にし、それらに対する偏見を感じざるを得なかったとしても、これが奇妙なことだとは言えない。また、その数年前にはフレイザーやタイラーの著作に彼が知ることになる記述が記されていた。彼らの影響でロレンスは、より原始的な意味を持つ「生命主義」という言葉の使用を止めている。その代わりに生き生きとした宇宙への情熱を言い表すのにアニミズムという言葉を使い始める。「このアニミズム的宗教は唯一生きている宗教だ……」とミドルトン・マリ宛の書簡に書いている。(62)

アニミズムへの改宗はさらに儀式のダンスを知ったことでロレンスの理想に繋がった。台地

（メサ）で洋ナシに囲まれてダンスをしながら、宗教的なインディアンたちは悪意に満ちた、だが必要不可欠な自然の力からエネルギーを獲得した。柔和な鳥のように大地を踏みしめ、彼らは地球や太陽、風、雨に宿る生き生きとした力を獲得し、忍耐力や穀物の栽培、子育てに必要な活力を得ていた。鉄道や風車、ダムや貯水槽によって力を手にした白人とは違っていた。アニミズムのダンスは風車より勝っていることをロレンスは直感した。宗教は正当で、科学は間違っているからだった。「言葉にならない深淵」へと突き動かされた彼は、畏怖の念を持ってダンスをするインディアンたちに向かった。彼らは異質の生きた宇宙からエネルギーを獲得し、明らかに陰と陽の磁力のダンスを舞い、エジプト人にあったような集中力をもってすべてのものに宿る「神の鼓動」を求めていた。書簡に書き留められているように(63)、インディアンのダンスに対するロレンスの最初の反応は、好意的なものではなかった。しかし、彼の理想は覚醒し、インディアンたちの野蛮で敬虔な信仰心に対する忘れられない印象が生まれた。「ホピ・スネーク・ダンス」や「発芽のコーン・ダンス」、また「インディアンと娯楽」などのエッセイにはこうした思いが詰まっている(64)。作家によっては鑑賞するだけで終わっただろうが、夕刻に帰宅した彼はルーハン氏の叩く太鼓の音に合わせて自ら軽く鳥のステップを踏んだのだった(65)。

観察し、実行し、そして理想的な磁力の思想によりロレンスは目にしたものの意味を知った。既述したように、フレイザーやタイラーもまた大いに助けになった。例えば、彼らの著作から「発芽のコーン・ダンス」は復活した野菜を祝すイースターの儀式であることを知った(66)。しかし、主に助けとなったものは、以前に読んだある書物だった。それはジェイン・ハリソンの古代ギリシャの儀式のダンスについての研究書である『古代の芸術と儀式』だった。宗教的で娯楽ではない原始的なダンスの本質から知ったことを、彼はニューメキシコのせわしないアニミストに符丁させたのである。

また、タオスでは古代人の宇宙との穏やかな関係を楽しんだ。「アメリカのパン神」には松の木の根元に座り、原始人のようにパン神の力を得たことについて書かれている。それは機械文明が大地と天空の力を堕落させた以前に人間に満ちていた力である。樹木の鼓動は人間の魂に入り込み、人間の魂は樹木に入る、と彼はアニミストの流儀に倣って述べている。「私にあなたの力を与えよ、ああ、樹木よ！」[67]。野蛮人は生命の木である「金枝」に対して適切だった。馬に対しても同じだった。彼らが馬に対していかに適切だったか、数年後、次のように書いている。「馬だ、いつだって馬だ！　古代民族の心を馬は支配してきた……はるか昔に人間の暗黒の魂の中で馬は飛び跳ねる」[68]。ロレンスの馬がタオスの裏山を飛び跳ねるのを見たメイベルは、人間と馬の関係を知って驚愕し、馬丁は樹木を意識しているインディアンでさえ馬を忘れるほど堕落していることを悔いた[69]。

ロレンスが雌牛のスーザンに出会ったのはタオスである。オーストラリアで『カンガルー』のサマーズは牛を飼ったことがあった。カボチャを与えたが、その牛とはうまくいかなかった。原始の叢林と同じくその牛は冷たく無関心のままだった[70]。しかし、松の木やインディアンのダンスがあるタオスのほうがより快適で、ロレンスにとってスーザンは生きた宇宙を時代を超えて代弁するもの以上の存在だった。スーザンはまた古代人が崇拝した象徴的な生き物だった。彼にとって雄羊やミスラの雄牛、アステカの蛇と同様の生き物だった。彼とスーザンの関係は、エジプト人とカブトムシ、ドルイドと聖なる樫の木やヤドリギと同じだった。「偉大なる古代に人間は……雌牛やライオン、雄牛、ネコ、ワシ、カブトムシ、ヘビと生き生きとした関係を持っていた。こうしたもの以上にスイセンやアネモネ、ヤドリギ、樫の木と深い関係を持っていた……」[71]。尊敬をこめてスーザンを見るとき、ロレンスはミスラの雄牛を想起するのだった。「これは私の生命ではないのか、私の体内に流れる牛の血ではないのか」。さらによくスーザンを見て、穴居人とシカやマンモスの純粋な関係に思いを馳せた。[72]フロベニウスの読者ならこうした思いに驚くことはない。フランクフォートのコレクションでこの人類学者は、有史以前の聖なる牛を崇拝する人々の絵を公開している。[73]スーザンの乳を搾りながらロレンスの思いは、フレイザーを読んだことから、おそらく古代人のグレート・マザーに向けられていたのだろう。「この偉大なる母は人間の生命を支える優しい牛のような存在だ。厩のイエスの母にさえ安らぎと豊穣の牛がいたのだ……」[74]。こうした思いは人類学者の熱烈な読者にとっては自然である。それは同様の奇想が十八世紀の原始主義者や旅物語の読者に対して自然だったのと同じである。彼らは自然を賛美しつつジョンソン博士から、哀れみの笑顔ではなく嘲りの文章を引き出した。「いいですか、このような愚の骨頂を信じてはいけません。悲しい酷いことです。牛に言葉があったら叫ぶかもしれません――ここに牛や草と一緒にいる、これ以上の至福を享受できるものがいるだろうか?」と。[75] ある種の文明器機に頑なに敵意をいだいていたジョンソン博士は、スーザンがクレタ島の木製の牛同様に文明の想像力が創り出した生き物であることが分からなかったのだろう。この木製の牛は製作者を満足させ、女性を喜ばせ、おそらくミノス王とパシファエ妃の娘の理解をより深いものにしたのである。

雌牛や松の木、太鼓やダンスは素晴らしいものだったが、ニューメキシコや一九二三年に訪れたメキシコは彼の理想とは程遠かった。現実のインディアンは堕落していた。ロレンスは人間を生命力あるものに回帰させる野蛮な民族を求めていたが、それが失敗に終わったことを知る。[76] しかし、原始的な土地への手掛かりは発見していた。もしこの手掛かりをたぐれば、こうした土地に「ヘビのように賢い」選ばれた少数の人間を住まわせることができる――たとえばミドルトン・マリやコテリアンスキー、カーズウェル夫人、ドロシー・ブレットのような人たちである――スーザンを囲んで彼らにダンスをするように言うことは何と楽しいことか。かつてフロリダやアンデス山中に宗教的な共同体をつくる提案をしたことがあった。[77] さらに同年末(一九二三年一二月)にイングランドへ帰った際、タオスかメキシコに原始的な共同体をつくる提案をした。かつてコールリッジは次のように書いている。

政府や国家に期待するものはなく、希望は宗教や選ばれた少数による社会だ。贅沢で害のない、サスケハナの土手に人間の完璧を目指す試みをしてみる。そこで我々の小さな社会が……純粋な家父長制の時代とヨーロッパ文化の洗練された知恵とを結合することになる……[78]

同様の理想的平等社会が実現したとしても、ロレンスは意に介することなく軽蔑した。[79] 彼の計画は夢想ではなかった。避難先はサスケハナではなくメキシコだった。太鼓の音に合わせて、彼は追従者をコールリッジが夢想だにしなかった世界へ導くことだろう。正真のエジプト的暗黒の世界である。ドロシー・ブレット以外の賛同を得られなかったが、彼は作品中で想像上の社会を創り出す。一九二六年の『翼ある蛇』にはそれまで否定されていた原始的で宗教的なユートピアが描かれている。この長編小説を書き終えるや、次のように記している。「……人間はその人の特質や、創造したり、記録した経験により情熱的に生きることができる。それ自身が生命であり、人々が生命と呼ぶ低俗なものより優れたものである……[80]」

現代における原始主義の見事な例であり、彼の最高の小説である『翼ある蛇』で、自らのメッセージを伝えるためにロレンスはアステカの神話を利用した。「合州国よ、さらば」というエッセイにあるように、メキシコやその神々に対する彼の当初の反応は良いものではなかったが、彼はすぐに知ることになる。アステカ族がどれほど嫌悪感をもよおすものであっても、彼らは崇高な過去を守り、また彼らのケツァルコアトル(「翼ある蛇」)は彼らの過去を物語り、現在でも有用であるということを。こうした思いから、彼はフリーダにアステカの刺繍を刺すように言う。

さらに『翼ある蛇』では、コロンビア大学出身のドン・シプリアーノとオックスフォード大学出身のドン・ラモンが（両者ともロレンス的なアニミストなのだが）、アステカ以前のケツァルコアトル神を崇拝する宗教を復活させる。太鼓やダンス、訓話、象徴、崩壊した社会主義者、カトリック教徒、また技術者などを利用して、メキシコ国教としての原始的な自然信仰を創設する。アニミズム、磁力、タオスのダンスは[81]、ケツァルコアトル教団をよく物語っている。しかも、ロレンスはアステカ神話をよく知っていて、自らの理解力でそれらを熟成させている。フレイザーやタイラー、ハリソンにはロレンスの知識の説明はできないし、また、こうしたメキシコに関する知識の出所は不明である。

ロレンスの作品及びメイベル・ルーハン、ウィッター・ビナー、またフリーダ宛の書簡から、次のことが明らかになっている。ニューメキシコとメキシコ滞在中かそれ以前に、プレスコットの『メキシコ征服』やトマス・ベルトの『ニカラグアの自然主義者』、アドルフ・バンデリアの『メッキの神像』、バーナル・ディアスの『メキシコ征服』、フンボルトの『アンデス山脈の眺望』また『国立メキシコ博物館記録』の数編を彼は読んでいる。[82] これらの新世界における古代の遺物に関する著作から、彼の過去に対する興味と読書の特質が明らかになるが、ケツァルコアトルについての知識はフレイザーやタイラーの著書に負うところが大きい。メキシコ市のアステカ博物館やテオティワカンのピラミッドを訪れたことは明らかに重要だった。[83] しかし、私はアメリカ自然史博物館のメキシコ考古学学芸員であったジョージ・ヴァイラント博士に会い、初めてロレンスの主たる情報源を知った。博士によれば、いまだに著書として公開されていないのだが、ロレンスは考古学者の故ゼリア・ナットルのところに一時滞在していた。ゼリアの家はメキシコ市の近くで、メキシコに関する文献がすべて揃っていたという。ここでロレンスの想像力は採るべき文献と放棄する文献を分別することになる。ゼリアへの感謝として、『翼ある蛇』で風変わりなノリス夫人としてゼリアを登場させている。[84] ありのままの姿でゼリアを描くことは彼女の体面を傷付けることになるだろうが、そうでもしない限りロレンスの作品構成は難しかった。なぜなら、ゼリアは科学者であり、ロレンスは科学者を受け入れることができなかったからである。しかも、彼が友人や知人を作品中で不滅にすることはよくあることだった。[85] 確かにノリス夫人のモデルはゼリアであり、ロレンスの多くの知識は彼女の蔵書のおかげであったが、二人の関係の詳細は不詳であり、書簡によれば一九二四年十月にゼリアにドアの取っ手を買っているという奇妙だが貴重な記録だけが残っている。[86]

恩義は蔵書を借りたというだけではなく、フリーダによれば、ロレンスは一九〇一年にゼリアの『新旧世界の文明の基本原理』を読んだという。原始メキシコに関する広範で不正確な知識のほとんどを得たのは、この素晴らしい著書からだった。ゼリアの専門はウイツィロポチトリとテスカトリポカというふたつの神、天空と地上を司る古代宗教の研究だった。ケツァルコアトルは生命を与える結合体を象徴する聖なる双子であり、地上の支配者、生きた神々を表すものである。半鳥（ケツァル）と半蛇（コアトル）の生き物であるケツァルコアトルは双子で二元を表す。天空では鳥、地上では蛇で、ともに結合を表す双子である。この生き物はまた風、雨、火、土を結ぶ豊穣の神でもある。これはアニミズムや太陽と大地の磁力を想起させることから、ロレンスはゼリアの説が気に入った。そして、ロレンスは『翼ある蛇』でこのふたつの神を、この世を表す手立てとして使った。テスカトリポカは表に出さず、ウイツィロポチトリを土、火と地上の神に変えることにした。ただし、ケツァルコアトルを風、雨と天空の神に、また同時に雨と土が結合した最高の神のままとした。おそらくフレイザーの説にもより、(87)「水の襲来」と「雨の襲来」の二章は、天空と地上の結合の時期としたゼリアの雨季説が採用されたのだろう。これは豊穣と魂の再生の時期でもある。雨の中のドン・シプリアーノとケイトの結婚式は、この水と土の結合を象徴的に表したものである。

付随する多くの象徴は本作品の読者を惑わすものになっているが――車輪や目、八つの光を放つ黒い太陽、基本四方位と神々の色などは――ロレンスの不注意もあるのだが、ゼリアの情報が出所になっているのかも知れない。もうひとつの二元の象徴である「明けの明星」はアステカ伝説のケツァルコアトルと関係があり、ゼリアの情報に基づいているが、北極星ほど重要ではない。(88)

ロレンスはメキシコの神々に関する知識のすべてをゼリアの書物から得たというわけではない。彼女は女神イッパパロツルについて言及していない。この女神は作品中の女主人公と同一視されている。ただし、作品の半ばでロレンスはその狙いを忘れ、別の名前を付けている。ゼリアはまた、ロレンスが『メキシコの朝』で語った土を食べる女神、黒曜石の母については触れていない。(89)

である。

おそらく、彼は一九二三年にルイス・スペンサーの『メキシコの神々』を読んだのだろう。本書ではこうした神々が適切に扱われていて、こうした扱いはスペンサーのアステカの賛歌についての著書でより拡大される。これは『翼ある蛇』により近く、ロレンスが利用しようと考えたようである。

『翼ある蛇』執筆当時、ロレンスはゼリアの蔵書から離れていた。彼が不確かな記憶で書いたことは、本作品のある女神から説明が付く。この女神はアステカ神殿にはいないマリンチで、プレスコットの言う二神をロレンスが合体して創り上げたものだろう。つまり、月のメッツリとコルテスの女マリンチェである。

アステカ神殿のさらなる解釈と同様に、スーザンを謎のままにしておくことはできない。ケツァルコアトルの原始的なユートピアでさえ、現実を目にしたロレンスの嫌悪感を鎮めることはできなかった。一九二五年の秋、ヨーロッパへ戻る途中、小説「飛魚」を書き始めるが、この作品は未完成だった。ここでは魚の古代の象徴が使われていて、それは卓越した原始的能力を失い、回帰への希望をなくした人間の堕落を表している。古代の偉大なる時代に海から魚は飛び上がったが、今やそれは白人の堕落した世界に向かっていて、自然の法則もその堕落を約束しているというものである。この象徴的な魚のように、アステカ族やマヤ族、サポテク族はかつて海中で戯れていた。卑劣なスペイン人に海中深くから引き揚げられたが、魚のようなインディアンは、そのうろこや血に立派なしずくを守り続けた。このしずくが衰弱した白人を再生させることが、一九二七年の「自伝風のスケッチ」（タイトルは誤っているが）というユートピア的作品で描かれている。この作品でロレンスはH・G・ウェルズの領域に入った。一九二七年の恍惚状態から目覚めた彼は、ノッティンガムで夢見た原始社会を知る。炭鉱、車輪、干し草の山、たまった鉱滓は消え、その代わりにインディアンのダンスを舞う菜食主義者がいた。こうした幸福で本能的な人間はエジプト人に似ていて、ロレンスは気に入った。(90)

再びイタリアへ戻ると——ロレンスには時間が迫り、ニューメキシコではスーザンが草を食《は》んでいたのだが——彼は再度過去に目を向けた。今回は今までそれほど知られていなかったエトルリア人で、したがって彼の想像力は事実により妨げられることはなかった。科学的知識によって知ることができるものから遠ざかり、彼が読んだ書物はモムセンの歴史書、一八四八年に出版されたジョージ・デニスの『エトルリアの都市と墓地』、一九二一年のフリッツ・ウィージーの『エトルリアの絵画』、また数冊のイタリア人による研究書などである。一九二六年から一九二七年にかけてフィレンツェのエトルリア博物館や墳墓を訪ねている。友人のアール・ブルースターと一緒だった。(91) それ以前にフロベニウスの『アフリカの声』に書かれているエトルリアとアトランティスの交易については読んでいた。すでに一九二一年にエトルリア人に興味をもっていたのだ。(92) 彼が思うには、この遥か離れたふたつの民族は、ケツァルコアトルの象徴である自然との磁力を知っていたようだ。一九二七年に書かれた『エトルリア遺跡』は旅行紀というより旅の評論とも言えるものである。連載物で、思想が含まれている。ロレンスの意図は、羊や牛の崇拝、ダンスに関するこのエッセイはエトルリア人の現代社会に対する模範を示している、というものである。彼らの壺や壁画、象徴に教訓を見たのである。そして、水路橋や下水道によって古代の美徳の形跡を取り去ってしまったローマ人を非難した。

一九二七年の春、ローマ人を非難する一方で、イエスの物語である「死んだ男」を書いた(93)。この作品でロレンスは奇想を働かせ、それはサミュエル・バトラーやジョージ・ムーアの心を奪った。彼の描くイエスも十字架での死を免れたが、以前のイエスではない。このイエスとオシリスを混同するイシスの巫女により、ロレンスのイエスは磁力の原理に改宗し、自由ではなくなった彼は異端にとことん拘った。

次にロレンスはイエスから離れて「ヨハネの黙示録」に関心を寄せた。本書には表面的なキリスト教の裏に、自然崇拝の痕跡があった。星、龍、馬、色、数字などは初期のギリシャ人、エトルリア人、カルデア人、エジプト人またヒンズー人に共通の象徴だった。これらの直観的な民族は、唯物的な理想をもった後のギリシャ人やローマ人、またキリスト教徒が人間と自然の間に介在するまで、太陽や獣、樹木と親密で宗教的な生き方をしていた。ロレンスはその象徴を追い、「女性」がグレート・マザーであり、「証人」が聖なる双子であり、また「獣」とその数字が磁力であることを知り、古代世界への郷愁を吐露し、人間が新たなスタートへ向かう源へと誘う美しき、青き龍に祈った(94)。

古代世界に関する他の著書と同じく、『アポカリプス』はロレンスの読書から生まれた作品である。彼がエジプト人やメキシコ人、またエトルリア人の放浪について書いた著書の出典についてはすでに記した。次の章では『アポカリプス』の主たる出典について記したい。ここでは精神分析とギリシャ人についての出典について論じる。

第一次大戦後、ロレンスはユングの『無意識の心理学』を読んだようである。[95] 本書の主旨は、現代人の無意識には神話と原始人の象徴が宿っている、というものである。これは人間に内在する象徴を通して過去へ回帰する方法を示す考えとしてロレンスに訴えたようである。メキシコについての記述で、「我々現代人に内在する古き、遥かな経験の記憶[96]」や、精神的意識によって無視されているが人間の魂に留められた原始の象徴について言及している。このような考えは、彼が興味をもった神話やケツァルコアトルの象徴と関係があるのは明白である。『アポカリプス』は明らかに人間の無意識に蓄積した原始的な考えの研究である。人間の内奥に今でも住む龍、また、いまだ「魂の暗黒の牧場を歩き回る」馬についての研究である。[97] こうした、聖ジョンによって都合よく反駁された内面的痕跡にある栄光は、ロレンスにエトルリアのすべての壺以上に復活の希望を与えた。

エトルリア人と同様に善良で、ケツァルコアトルのように磁力を好んだ初期のギリシャ人について、ロレンスには『アポカリプス』で書くべき多くのことがあった。アナクシマンドロスやエンペドクレス、ピタゴラス、クセノパネス、アナクシメネスについて、また彼らの四元素の理論について、さらにヘラクレイトスについて専門的に言及している。私が彼の情報源としてジョン・バーネットの『初期ギリシャ哲学』を特定できたのは、こうした言及からである。[98] 現存するヘラクレイトスのバーネット訳を、ロレンスは断章の三十を引用し（それぞれ引用符を付して）、また、断章の二十二と三十二の一部を（引用符なしで）引用している。これらの断章を統合し、彼は独自のものにしている。[99] バーネットの注釈を書き換え、いくつかの不用意な解釈を除き、正確また不正確な箇所に重点を置いてバーネットを辿っている。[100] 本書を書く際にこの著作を手元に置いていたのは明らかである。さらに、『アポカリプス』を書くに際して大いに役立ったバーネットの著作もまたロレンスにとって初期ギリシャ人の情報源であり、磁力の理論の中心的な資料でもあった可能性がある。[101]

『アポカリプス』[102]を書くにあたってギルバート・マレーの『ギリシャ宗教の七時期』も読んだが、ヘレニズム以前の『愚かな原始』や、すでに知っている雄牛、雌牛、ヘビ崇拝に関する箇所を除いて、本書には大きな意味はなかったようである。ロバート・ヘンリー・チャールズ師の「黙示録」に関する見解を読み、異論を持ち、[103] ヘスティングズの『宗教と倫理学百科全書』を使用し、[104] 多くの有益な知識を得た。

象徴の馬のようにロレンスの空想が過去の森をさまよっている一方、彼の身体はイタリアの農夫に満足せざるを得なくなった。今や彼ら農夫に期待するものはほとんどなかったが、彼の慰みはイタリア農夫の生命力溢れる存在だった。[105] 彼らの牧歌的な声や足音を聞いていると、今でもミノア文明に焦がれる彼の思いはアメリカへ戻るのだった。「黒色のスーザンは寝るために木立の中のねぐらへ戻ったのか。牛は夜、草を食《は》まないが、スーザンはまだ月夜にさまよっているのか」と確かめに外へ出る夢を彼は見るのだった[106]。

注

（1）『不死鳥』の二九八頁、七六九頁、『アポカリプス』の七三－七四頁。

（2）ロイス・ホイットニーの『原始主義と進歩思想』（ボルティモア、ジョン・ホプキンズ大学、一九三四年）の序文。

（3）『古典アメリカ文学研究』の八頁。『処女とジプシー』の主人公は「室内の下水設備と……浴室」を嫌悪し、原始的なジプシーのもとへ逃げる。象徴的な洪水は牧師館や浴室などすべてを飲み込む。『D・H・ロレンス作品集』の一〇五〇頁。

（4）『高貴なる野蛮人』（ニューヨーク、コロンビア大学出版会、一九二八年）でフェアチャイルド博士に一八世紀の挿絵に対してお世話になった。

（5）ロレンスはルソーのライオンとアラブのプリント絵画を所有していた。「D・H・ロレンスのマックス・モーア宛未公開書簡集」、『月刊天下（テンシャ）』第一号（一九三五年八月）、二二二頁。近年の絵画における原始主義についてはロバート・J・ゴールドウォーターの『現代絵画の原始主義』（ニューヨーク、ハーパー、一九三八年）参照。
（6）『随筆』の「身体の秋」（ニューヨーク、マクミラン、一九二四年）。
（7）『ロンドン・マーキュリー』誌第三一巻の「自身の詩についてのノート」（一九三五年三月）。T・S・エリオットは『荒地』で原始に関する資料を使用しているが、たとえ人類学に対する当時の興味を示すものであっても、勿論、それは原始的なものとは言えない。
（8）『古典アメリカ文学研究』の四〇頁。
（9）『D・H・ロレンス作品集』の「セント・モア」の六八〇―八三頁、『D・H・ロレンス作品集』の七〇四頁、七一一頁、七一四―五頁参照。
（10）『カンガルー』の一九九頁、三七三頁、三八三頁、三八九頁。サマーズは死んだウサギにうじ虫を見る。「生命よ、のたうち回れ、と彼は言っているようだった――そして、もはやそのおぞましさを見ることはなかった」。同、二六七頁、『海とサルデーニャ』の八三頁参照。漁師はタコの愛を利用する。
（11）『古典アメリカ文学研究』の五四頁、七二―七三頁、七九頁。
（12）私の学生の一人であるルイス・ケーゲル宛のミドルトン・マリの未公開書簡によると、マリはロレンスに、大戦の初めにクレヴクールの書籍を贈っている。『女の息子』の二〇六頁。
（13）『古典アメリカ文学研究』の三六頁。ル・バイヤンは『アフリカ内陸への旅』を書いている、一七九〇年。
（14）『不死鳥』の二〇四―五頁、『小論集』の二〇四―五頁、『メキシコの朝』の一〇四―五頁参照。
（15）『古典アメリカ文学研究』の七四頁、一九六―二〇四頁、『カンガルー』の三九〇頁参照。サマーズは文明の敵ではないと言う人もいるが、文明にある邪悪や機械、精神の敵ではあった。同、二三一頁参照。サマーズは知性の反逆者だと非難されている。
(16) 『不死鳥』の三一頁、九九頁、『D・H・ロレンス書簡集』の六〇五頁、アール・ブルースターの『D・H・ロレンス——追想と書簡』の二一三頁。
(17) 『不死鳥』の七五八頁、『アポカリプス』の一七三頁参照。
(18) 『アポカリプス』の五〇頁、『D・H・ロレンス書簡集』の三六二頁、『古典アメリカ文学研究』の二〇四頁参照。
(19) 『D・H・ロレンス作品集』の八七六頁。
(20) 『不死鳥』の一四五－四六頁。
(21) 『無意識の幻想』の七－八頁、一〇頁、『アポカリプス』の一八四頁。
(22) 『D・H・ロレンス書簡集』の一四九頁、一六四－六五頁、三四四頁、四三九頁。
(23) 同、四五八頁。
(24) 同、四六八頁。ミドルトン・マリのルイス・ケーゲル宛の未公開書簡。
(25) 『D・H・ロレンス書簡集』の三一四頁、三一八頁、三二二頁。
(26) 『カンガルー』の四九頁。
(27) 『アポカリプス』の八五頁。
(28) 『D・H・ロレンス書簡集』の三四四頁。

(29) 同、七〇四頁、ブルースターの『D・H・ロレンス――追想と書簡』の一六三頁、フリーダ・ロレンスの『私ではなく、風が…』の二〇八頁。

(30) 『D・H・ロレンス書簡集』の三一八頁。

(31) 『無意識の幻想』の一〇頁、五八頁、一〇〇頁、『ヤマアラシの死についての諸考察』の八三頁、一二〇頁、一三九―四〇頁、『不死鳥』の二八九頁、『D・H・ロレンス書簡集』の四一二頁、五五八頁、七〇二―三頁、『アポカリプス』の九三頁、一六三頁、ブルースターの『D・H・ロレンス――追想と書簡』の二二七頁。

(32) 『不死鳥』の二八八―八九頁。

(33) 『D・H・ロレンス書簡集』の六〇五頁。

(34) 同、七〇四頁。

(35) 同、三一八頁。

(36) 『アポカリプス』の八五頁、一八四頁、『無意識の幻想』の一〇頁、『メキシコの朝』の一〇三頁、『D・H・ロレンス書簡集』の一六四―六五頁、三一八頁、四三九頁、六一九頁、『ヤマアラシの死についての諸考察』の二三二―三三頁、『カンガルー』の三三一頁、『不死鳥』の二九頁、ブルースターの『D・H・ロレンス――追想と書簡』の二二七頁、ルーハンの『タオスのロレンツォー』の一三八―四〇頁、一五〇頁、三一〇頁、フレデリック・カーターの『D・H・ロレンスと神秘的な肉体』の一七頁、六一頁、E・Tの『回想録』の一一三頁、一二二頁。

(37) 『無意識の幻想』の七―八頁。

(38)『D・H・ロレンス書簡集』の七一頁。
(39)『ヤマアラシの死についての諸考察』の七四頁、八三頁、『不死鳥』の六一〇頁、『ヨーロッパ史における諸動向』の五九－六〇頁、九二頁、『無意識の幻想』の七七頁、一〇〇頁。
(40)『恋する女たち』の八二－八三頁、八八頁、一〇二－三頁、二六五頁、二八八－八九頁、二九一頁、三六三－六五頁、四三七頁以降、五一一頁。
(41)『アーロンの杖』の二二八－二九頁。
(42)同、一一三頁、三〇九－一〇頁、三三四頁、三四五頁。
(43)『D・H・ロレンス作品集』の三七〇頁、四〇六頁。ドロシー・ブレットは回想録で、ロレンスがふんころがしに興味があったと記している。
(44)『カンガルー』でロレンスは「コーンウォールは人間を霊的にする土地である」(原文のまま)と書いている。二五四頁。
(45)『カンガルー』の二五三－五四頁、二六六－六七頁、二七五頁。コーンウォールの農夫についてのルーハンの『タオスのロレンツォー』の五一頁参照。
(46)『海とサルデーニャ』の二一六頁。
(47)同、一一三頁、一一六頁、一六〇頁、二五〇頁、三五五頁、モーリス・マグナスの『外国軍の追想』のロレンスの序文、三九頁及び『ロストガール』の三二一－七二頁参照。主人公の無心な農夫である夫は彼女に「原始的な」感覚を与え、過去への郷愁で満たした。

(48)『海とサルデーニャ』の一七六―七七頁、一六一―六二頁、一七一―七三頁、一九六頁参照。
(49)『D・H・ロレンス書簡集』の五四三頁、五五六頁、『カンガルー』の八頁、一六八頁。
(50)ブルースターの『追想と書簡』の四八頁、ルーハンの『タオスのロレンツォー』の一八頁、『海とサルデーニャ』の一六一―六二頁、一九六頁。
(51)『カンガルー』の一九八―二〇一頁及び八頁、一六九頁参照、『D・H・ロレンス書簡集』の五四七頁、五四九頁。
(52)『古典アメリカ文学研究』の一九六頁、二〇三―四頁、二〇六頁。
(53)ルーハンの『タオスのロレンツォー』の六頁、二三頁。
(54)『D・H・ロレンス書簡集』の五六二頁。
(55)『古典アメリカ文学研究』の二一〇頁、二一二頁。
(56)『不死鳥』の一四三頁。
(57)同。
(58)同、一四二―四五頁。
(59)同、一四七頁、『メキシコの朝』の一〇四―五頁。
(60)『小論集』の六七頁。
(61)『不死鳥』の一四六―四七頁。
(62)『D・H・ロレンス書簡集』の六〇四頁、六一〇頁参照。『メキシコの朝』の一四七頁、一七七―七八頁も参

(63)照。

(64)『D・H・ロレンス書簡集』の六〇七－一〇頁。

『メキシコの朝』の全編。とくに一三一頁、一三五頁、一三八頁、一四七－四八頁、一五九頁、一七二－七三頁、一七七頁参照。『不死鳥』の一四五－四七頁参照。農夫のダンスについては『イタリアの薄明』の「ダンス」、一七五頁以降参照。

(65)『D・H・ロレンス書簡集』の六〇四頁。

(66)『メキシコの朝』の一二七頁。

(67)『不死鳥』の二四－二六頁。ロレンスの初期のドルイドの樹木崇拝については『無意識の幻想』の三七頁及び『ヨーロッパ史における諸動向』の九二頁参照。

(68)『アポカリプス』の九七頁、『D・H・ロレンス書簡集』の五九〇－九三頁参照。

(69)ルーハンの『タオスのロレンツォー』の一六九頁、『不死鳥』の一四七頁。

(70)『カンガルー』の二一〇頁。

(71)『ヤマアラシの死についての諸考察』の二三一頁。

(72)同、八三頁、一四〇－四一頁、二三一－三四頁。ノーマン・ダグラスの牛、とくに復活した牛キャサリンに対する態度は不遜だった。『古代カラブリア』（ニューヨーク、近代図書館、一九二八年）。これからロレンスとダグラスがなぜ不仲だったのかが分かる。マグナスの『外国軍隊の追想』のロレンスの序文及びダグラスの『D・H・ロレンスとモーリス・マグナス』参照。

(73) これらの写真は一九三七年にニューヨークの近代美術館で公開された。おおよそ紀元前九〇〇〇年頃の絵画の画像には牛を囲んでダンスをする男たちがいる。今日でも牛はアフリカのある部族によって崇拝されている。

(74) 『ヨーロッパ史における諸動向』の六〇頁。

(75) フェアチャイルドの『高貴な野蛮人』からの引用、三三四頁。

(76) 『無意識の幻想』の一六三頁。

(77) 『D・H・ロレンス書簡集』の二一五頁、二二〇－二二一頁、二七八頁、二九八頁、三七五頁、四二〇頁。

(78) フェアチャイルドの『高貴な野蛮人』の「友人」からの引用、一九六頁。

(79) 『古典アメリカ文学研究』の三三頁。

(80) 『D・H・ロレンス書簡集』の六三八頁。

(81) メイベルは『タオスのロレンツォー』で『翼ある蛇』のダンスと太鼓はメキシコではなくニューメキシコが出所だと指摘している。メキシコにはダンスがないという。また、「馬で去った女」の生贄の洞窟はタオス近くの実際の洞窟だと指摘している(二〇九－一〇頁、二一三－一四頁、二五二頁)。

(82) 『不死鳥』の三三六頁、三五五頁、三五七頁、三五九頁、『メキシコの朝』の九三頁、一〇三頁、『無意識の幻想』の八頁、『翼ある蛇』の一四四頁、三四三－四四頁。

(83) 『D・H・ロレンス書簡集』の五六五頁、七三五頁、フリーダ・ロレンスの『私ではなく、風が…』の一三八頁、一四〇頁、『翼ある蛇』の三八－三九頁、六二頁、八四－八五頁。

(84)『翼ある蛇』の三四頁、四一頁。
(85)例えば著名なインディアンの将軍と有名で急進的なハーバードの寡婦はヴァイラント博士によるとドン・シプリアーノとケイトのようである。
(86)『D・H・ロレンス書簡集』の六一九—二〇頁。
(87)ケツァルコアトルは部分的にではあるが明らかにフレイザーの復活した神をモデルにしている。『翼ある蛇』の六二一—六三三頁、『アポカリプス』の復活した神々を参照。
(88)北極星については『不死鳥』の七二七頁参照。「明けの明星」の二元性については『アポカリプス』の一六三頁参照。
(89)五三一—五五頁。
(90)『不死鳥』の八二五—三二頁。
(91)『エトルリア遺跡』の一二三頁、一二八頁、フリーダ・ロレンスの『私ではなく、風が…』の二〇八頁、二二五頁、エイダ・ロレンスとG・S・ゲルダーの『若き日のロレンス』の一〇八頁、ブルースターの『追想と書簡』の九九頁、一一七頁、一二三頁、一二八頁、一三七頁、『D・H・ロレンス書簡集』の六五九頁、六八〇頁、六八二頁。モーアは一九二九年一一月、ロレンスにエトルリアに関する本を贈っている。「ロレンスのマックス・モーア宛書簡集」、『月刊天下（テンシャ）』第一号（一九三五年九月）、一七五頁。
(92)『D・H・ロレンス書簡集』の五二七頁。一九二八年、ロレンスはデイヴィド・ランダル＝マックイヴァーの『イタリアの鉄器時代』を書店に注文し、また、H・J・マッシンガムの『ダウンランド・マン』を読んだ。彼は鳥やシェリー、ローマ以前のイギリスについて書いている。『D・H・ロレンス書簡集』の七〇四頁。ロレンスの『詩選集』第二巻の「糸杉」ではエトルリア人を賛美している、一四七頁。その他の原始についての詩「アーモンドの花」や「シチリアのシクラメン」参照。同、一五九頁、一六六頁。

(93) ブルースターの『追想と書簡』の一二八頁。

(94) 『アポカリプス』の四〇－四一頁、五〇頁、一四三頁、一五二頁、一五九－六〇頁、一六二頁、一七三頁、一八二頁、二〇〇頁。

(95) 同、九八頁参照。

(96) 『不死鳥』の九九頁、二九六頁、三〇一頁、七五九頁。

(97) 『アポカリプス』の九七頁、一〇〇頁、一二六頁、一四二頁、一四四頁、一七三頁。

(98) 一八九二年に出版。一九〇八年と一九二〇年に再版。本書では一九二〇年度版を使用（ロンドン、ブラック）。本書はアナクシマンドロス、アナクシメネス、ピタゴラス、クセノパネス、ヘラクレイトス、エンペドクレス、アナクサゴラスに関する英語による最も有益な書籍である。

(99) バーネットはヘラクレイトスの断章を翻訳している。『アポカリプス』の一六〇－六一頁、バーネットの九七頁、一三五頁。

(100) 『アポカリプス』の五六－五七頁、七六頁、一五九－六一頁、一六七－六八頁、バーネットの八－九頁、五三－五四頁、五七頁、六六－六八頁、七三頁、八一頁、一〇九頁、一二一－一二三頁、一三七頁、一四三頁、一四五頁、一五三頁、一六三頁、一六六頁、一九七頁、二〇九頁、二二八頁、二三二頁、二三八頁、二九六―九七頁、『最後の詩集』の三六頁、四一頁参照。

(101) 既述したように磁力の理論は二元、均衡、相反する要素にある均衡と反発の古代ギリシャ的思想に部分的に基づいている。バーネットが最も考えられる情報源だろう。

(102) ブルースターの『追想と書簡』の三〇五頁。

(103) 『アポカリプス』の五八頁、六一頁、六九頁。『聖ジョンの啓示に関する批評』(エディンバラ、クラーク、一九二〇年)の他にチャールズ博士は聖書の本章について言及し、一九二〇年に著書を出版している。

(104) 『アポカリプス』の七〇頁。

(105) 『小論集』の一五三頁。

(106) 『メキシコの朝』の一八六―八七頁。

第5章　ヴェールを脱いだスーザン

雌牛スーザンは月光の中を散策するだろう、あるいは通常牛がするように月光を飛び越えようとするかもしれない。しかし、子供と達人《アデプト》以外は誰もその行動の意味を理解できないだろう。後者には、とりわけ神智学者には、牛と月そしてそれらの表現し難い関係が分かるのである。アトランティスから引き継がれ、ヒンドゥー教徒、カルデア人、エジプト人そしてブラヴァツキー夫人によって保護されてきた東洋の知恵が、神智学の眼を、真実を知覚するあの第三の眼である松果腺眼を開いたのである。この眼を通してウィリアム・バトラー・イェイツは猫と月の二八の相をじっと見つめたのであった。東洋に視線を向けたアンナ・キングスフォード博士は高い窓の前に立ち、満月の月を迎えたのであった。D・H・ロレンスは狂気を誘う夜、スーザンをはっきり見たのであった。彼の思考の散策は、無意識の領域《ザ・マインドレス》とか太古に対する憧れから発しているだけでなく、東洋やオカルトへの憧れからも発しているのであろう。ロレンスは彼が深化させた宗教の構成要素に、神智学とヨーガと占星術を更に付け加えたのであった。

ロレンスの時代より前の二百年間、西洋の情緒を重んずる者たちは、文明の退屈に耐え切れず、また、現状に不満を持ち、東洋に眼を向けたのであった。十八世紀において、ある者たちは確かに東洋と向き合ったのである。なぜなら彼らは、多くの点で彼らの文明よりもすぐれた文明である証と愚行を修正する工夫を、孔子の中に、あるいは、架空のエチオピア人やペルシャ人、あるいは、中国の哲学者の中に見出したのである。ヴォルテール、ゴールドスミス、そしてドクター・ジョンソンはこういった人たちであった。この時代の多くの人々は、東洋の中により合理的な生き方を発見したのではなく、異国の珍しさや神秘そして遠く隔たった世界を見出したのであった。そのような者たちにとって、東洋の思想は、西洋の高貴な凶暴さとゴシック建築の教会が彼らの同時代の人々にもたらした理性と秩序から遠ざかる、ひと時の安堵をもたらしたのであった。ジョゼフ・ウォートンがアメリカで空想の森を散策していた時、また、ウォルポールがストロベリー・ヒルの建設を楽しんでいた時、イギリスの庭師たちは整然としすぎたヴェルサイユ宮殿を和ませるために中国風の庭園を設計していた。極めて落ち着かないロココ調の家具を不適切だと感じた家具職人たちは中国風の飾り棚や椅子を作った。プラトン主義者であったトーマス・テイラーは、エレウシス（Eleusis）の秘儀やカルデアやヘルメス・トリスメギストス（Hermes Trismegistus）の秘儀を熟考するために、山羊といった生贄の血を奥の客間に塗ったと言われている。ウィリアム・ブレイクはベーメやスウェーデンボルグと同様に『バガヴァッド・ギーター』（the *Bhagavadgita*）に魅了された。東洋的な様式や一風変わった物が流行していたので、それらは、西洋文明に反発を抱いていなかった多くの者たちをも感動させたのであった。世界で最も優雅な作曲家でさえもトルコの楽曲を作曲した。

十九世紀、イギリスの詩人たちは、サナドゥ(Xanadu)やケハマ(Kehama)、『アジアの光』やイスラム教スーフィー派(Sufis)に心の安らぎを感じたのであった。しかし、東洋が訴えてくる力は、アメリカの超越主義においては更に明白であった。エマソンとソローは十八世紀の合理主義を拒否する一方で、逆にキリスト教がどんなに不合理な様相を呈しても、キリスト教に我慢できなかった。彼らは、ヒンドゥー教や仏教そして東洋の他の体系に、彼らが欲しているものを見出した。エマソンの大霊《オウヴァー・ソウル》は、ドイツ形而上哲学よりはむしろ『ヴェーダ』(the *Vedas*)や『ウパニシャッド』(the *Upanishads*)や『バガヴァッド・ギーター』にその恩恵を受けており、孔子からも恩恵を受けていた。孔子はどんなに理性的であろうとも場所と時において遠く隔たっているという利点があった。ソローは自身をヨーガ行者と呼んでいる。ヒンドゥー教に関する彼の知識と彼の性格そしてウォールデンの気候を照し合せてみると、彼はヨーガ行者である。コンコードの東洋主義者たちは、彼らの目的に合うと認めたものを東洋から取り入れ、それを彼らが持っているものと混ぜ合わせたのである。故に、アーサー・クリスティ博士が述べているように[1]、彼らは東洋的要素とドイツ的要素そしてアメリカ的要素を折衷し、合成物を生み出したのであった。教義に厳しいヒンドゥー教徒は、他国の事柄を混ぜ合わせたものに文句を言うかもしれないが、エマソンとソローの考えは、あら捜しをする者は別としてそれ以外の全ての者を満足させるほど十分に東洋的であり、彼らが必要とする気晴らしを彼らに与えられたのであった。二百年前、ベーコンの信奉者であったトーマス・ブラウン卿は、彼が理解している事柄と不可解な事柄を混同させ、新たな理解を生み出した。「私は謎において迷い、海抜ゼロの地点まで私の理性を追い込むのが好きだ」と彼は述べた。物質と道理の時代は終わった。十九世紀半ばには既にエマソンがトーマス卿の気晴らしを必要としていたのであった。

ダーウィンの後の唯物主義の広がりは、精神的な尺度を求める声を高まらせた。それに呼応し、ブラヴァツキー夫人が神智学協会を設立するために出現したのであった。彼女は一八七五年にチベットからニューヨークにやって来たと語った。H・S・オルコット大佐の支援を受け、東洋哲学に関する情報を広めたりオカルトの力を喚起することにより、また、自然は盲目ではなく機械のように規則的に動いているのだという繊細な事柄を確信することにより、精神の根源を進展させたのであった。西洋の唯物主義者たちに向けて、彼女は伝道者として、一八七七年に『ヴェールを取ったイシス』を出版し、一八八八年には長期にわたって無秩序に編集された『シークレット・ドクトリン』を出版した。また、神智学の初心者に向けて、東洋とオカルトの知恵を集めた冗長な書籍を出版した。それらは聖典として彼女の支持者たちの役に立った。神智学はキリスト教が負えなかった役割を担い、上品な者たち、弱い者たち、無知な者たちに取って代わり、指導者として、精神性を求める熱望と唯物論との間の巨大な戦いの中で、今や前進を開始したのだとブラヴァツキー夫人は語った。彼女は即座に、ハックスリー、ティンダル、スペンサー、コント、ファラデー、そしてローマ教皇の名を乱用した。その結果多くの乱用に苦しむこととなった。彼女は心が穏やかな時、「中傷に対して、無言の軽蔑で微笑みかける」と述べた。

ダーウィンや都市や工場によって感情が枯渇させられ、ダーウィン以降子供時代に抱いていた信仰に戻れなくなってしまった人々の魂を、ブラヴァツキー夫人は神秘な知恵で成り立つ協会で解放したのであった。彼女はその知恵を東洋の達人（聖人《マハトマ》）たちの手助けと、彼女自身がオカルト信仰や東洋の信仰そして古代の信仰を統合することによって取り戻すことができたのであった。過去の全ての宗教組織は古代の一つの真実を示しており、それらはその真実から発生したのだと彼女は述べた。この古代の知恵の中心要素、あるいは、神智学の中心要素は、輪廻である。神智学は、今よく知られているように、他のオカルトの教義を全て内包し、それらを解説している時その力量を超えるのである。業《カルマ》の法則のもとで、七つの惑星の鎖の周囲で、七つの次元で、七回霊から物質へそして再び霊へと戻る進化を遂げるのである。七つの惑星の中で、この次元のこの地球だけが眼に見えるのである。この地球上の現在の周期において、太古の男は現代の科学者よりも魂が豊かであった。現代の科学者は最も低い物質発達段階にあり、理性に限られており、直観と本能によって真実を捉えることができない。太古の男やブラヴァツキー夫人が楽しんだこの役に立つ能力を持たないハックスリーは、例えば、妖精や火トカゲや吸血鬼といった霊の様々な秩序に関して熟考したり、太陽、月、牛、蛇、蓮の意味や、錬金術、占星術、ヨーガ、数占いの神秘に関して考えたり、あるいはブラヴァツキー夫人がヴェールを取り除いたイシスの美しさを瞑想したりすることにおいて、彼らを見習うことは不可能であると分かった。

イシスはノアの洪水以前は衣服を身にまとっていなかった。この平安の時代には、アトランティスの男たちは、ダーウィンよりずっと成熟した科学を直観的に持っていたのであり、彼らより知ったかぶりをしていた司祭たちを支えていた。そしてイシスを看る特権を与えられていた。しかし、人間は堕落した。後に彼らの子孫は物質主義に落ち、まず最初にヴェールが損われた。そして全てがまさに隠され、イシスの美しさも隠された。ダーウィン主義者たちは進化論に関しては正しいが、彼らが類人猿から人間が進化したと捉えている事柄は、ある意味で、アトランティスの完璧さから、人間が類人猿や穴居人や科学者の状態に退化したということを表しているとブラヴァツキー夫人は述べた。しかしながら、アトランティスが消え去り人間が退化した後も、古代の知恵は頽廃し拡散され不完全に理解されたが、エジプト人、ヒンドゥー教徒、カルデア人、ドルイド僧、アズテック人のような古代の人々によって、また、ヘルメス・トリスメギストス、ピタゴラス、ヘラクレイトス、パラケルスス、カバラ主義者、薔薇十字会員、チベットのマハトマ、ブラヴァツキー夫人のような決して知ったかぶりをしない人々によって引き継がれてきたのだった。時代の状態や自由になる施設に応じて、これらの蛇のように賢い男たちは、エレウシスの秘儀や神智学協会のニューヨーク支部において真理を祝したのだった。彼らと彼らの門弟たちは、例えば、聖書や『ヴェーダ』の中に、あるいは、アズテックやエジプトの遺跡に残された碑文の中に、偉大なる宗教の象徴のもとでヴェールをかぶされた神秘の教義を発見できたのであった。これらの象徴的な遺跡は、どんなに断片的であろうとも、また、様々な宗教組織や考古学者によってどんなに誤解されようとも、全てが記録されている世界霊魂《アニマムンディ》に記された真理に呼応するのである。そのような象徴は神智学者がアトランティスの門を開け、真相と面と向かい合う際の鍵である。

精神性や遠く離れた異郷性や奥深さを探していた人々にそれらを約束する教義は、多くのアメリカ人やさらに多くのイギリス人を喜ばせた。一八八〇年代、アンナ・キングスフォードとA・P・シネットは、ブラヴァツキー夫人の教典と比べると神秘性に欠けはするがそれでも神秘的な経典をロンドン支部で作成した。一八八七年にブラヴァツキー夫人がイギリスに到着した時には既に、彼女のイギリス人の門弟たちは、ハックスリーの名前に意気消沈していた何百人もの人々に安らぎを与えていたのだった。門弟たちの著書の人気は、ブラヴァツキー夫人の著書の人気に匹敵するものであった。アニー・ベサントがこれらの門弟の中で最も際立っていた。夫と家庭と宗教を捨てたこの並外れた夫人は、無神論者、進化論者、社会主義者となり、そしてバーナード・ショーの友人の一人となった。さらに悪いことに、新マルクス主義者であった。しかし、ブラッドローやハックスリー、シドニー・ウェッブなどを支えにして過ごした年月は、彼女を精神的な満足を得られない状態に置き去りにしたのであった。フェビアン協会の街頭演説者たちと何年もの間分かち合ったハイド・パークの街頭演説台を降り、彼女は自分を顧みて立ち止まり、その窮地について思いを馳せた。

この落ち着きのない、常に何かを熱望している世代に関して言えば、彼らは、ぼんやりと見えるがまだ理解できていない力に周囲を取り囲まれ、古い理想に不満を持ちつつ、新しいものを半ば恐れ、科学によってもたらされる知識の具体的な成果を貪欲に求め、その一方で、魂に関して言えば、不可知論の疑いの目で見つめ、迷信を恐れるが、無神論をさらにずっと恐れている。大きくなり過ぎて、脱ぎ捨てた殻に背を向けているが、魂の理想を求める絶望的な飢餓に陥っている……(2)

この危機の時期に、唯物論の雑誌の評論家の立場で、彼女はシネットとブラヴァツキー夫人の作品に偶然出会い、唯物論から救われて、ブラヴァツキー夫人の門下に入った。そしてブラヴァツキー夫人の死後、彼女の後継者となったのであった。ベサント夫人は、唯物主義の修辞法や論法を直ちに捨てることができないまま多くの書物を書き、ブラヴァツキー夫人の書物においてかつて述べられた曖昧な部分を明確にした。

ベサント夫人と同様に時代を容認できず、ベサント夫人よりも才能に恵まれた文学者たちも神智学に避難場所を見出した。ウィリアム・バトラー・イェイツは次のように語っている――イェイツが述べたことを繰り返しても害にはならないだろう。なぜならばそれは重要であるから――「私はとても信心深いが、私が憎悪しているハックスリーやティンダルによって、私の子供の頃の素朴な宗教を奪われてしまった。私は……新しい信仰を、詩の伝統によって、絶対に誤りのない教会を作ったのである……」(3)。詩の伝統という言葉によって、彼はそれだけでなく、神智学をも意味していた。A・P・シネットを見つけたことにより、魂の荒地から救われ、イェイツと彼の友達チャールズ・ジョンストンとA・Eは一八八五年に錬金術を学ぶ学生の家を設立した。これは一八八六年に神智学協会のダブリン支部として認可された。ここで彼らは『ウパニシャッド』やブラヴァツキー夫人の作品を読み、儀式の魔術を実験し、パタンジャリ(Patanjali)の箴言を繰り返し、オルコット大佐やベサント夫人やヒンドゥー教徒の客員講師たちの講義を聞いた。そして宗教的に野菜を食した。一八八九年にイェイツはロンドンに滞在しているブラヴァツキー夫人を訪ね、霊香を嗅ぎ、星のベルを聞くことを許された。これは安らぎを与えるものであったが、一人の詩人にとって、神話や象徴やブラヴァツキー夫人の思想ほど重要ではなかった。彼はブラヴァツキー夫人の著書から、象徴が物質と世界霊魂との間の溝にオカルト的呼応によって橋を架ける力を持っていることを知った。そのような神秘的な方策を研究し、イェイツはベーメ、スウェーデンボルグ、ブレイク、リドル・マグレガー・メイザースそしてカバラ主義者たちの著書を研究した。彼は、ブラヴァツキー夫人が飽きずに何度も語っていたこと、つまり、すべての土地の神話や象徴は、同一の真実在への扉を開ける鍵となるということを知った。カバラ主義の体験をいくつか経験した後、イェイツは母国の最も便利な象徴や伝説に戻った。アイルランドの猟犬、木々、魚、鹿や彼の初期の詩の薔薇そして詩そのものは神秘的重要性を持っている。この魂の詩人はブラヴァツキー夫人から、アイルランドの詩はオカルト的道具であり、アイルランドの詩人は魔術師であることを学んだ。月日がイェイツに感性を与え、彼の詩を改善させたが、彼はなおオカルトや媒体や月の相に興味を持ち続けた。イェイツにとってオカルトはただ単に彼の魂が求めているものというだけでなく、彼の芸術がオカルトを求めていたのだった。一八九〇年代のある者たちが、彼ら以前の詩人たちがより品のある伝統に見出していた興奮を、アルコールや派手な罪悪に感じていたように、イェイツは敬虔な信仰に傾きながらも、奥深さや遠く隔たったものに刺激を感じたのであった。

イェイツは自分が何をしているのか分かっていたが、A・Eは詩人というより神秘主義者であり、天真爛漫な神智学者であった。理性の干渉なしに奥義の伝授を受け入れ、東洋的忘我の状態に身を任せ、魂が命ずるままに詩を書いた。結果がもっとよいものであったならば、ブラヴァツキー夫人に寄せる彼の信頼はそれほど間違っているようには見えなかったであろう。しかし、彼女のおかげで彼の人生はつまらないものでなくなり、十九世紀後半の歴史家たちにも、価値において欠けているようには思われないのである。A・Eは時代の傾向を表す顕著な例であった。その例はイギリス諸島におけるのと同様にフランスにおいても多く存在した。『彼方』(*La-bas*)においてユイスマンスが、また、『神秘の薔薇』においてイェイツがその時代の傾向を説明している。『神秘の薔薇』は、魂の浄化を求める者たちの間で行われる秘密酒神祭や、錬金術で使われる床で行われる四大精霊との儀式や、魂の錬金術やその他多くの事柄に関して、旋律を奏でるような散文で語っており、ある世代を表す象徴的な歴史である。イギリスにおいては、アーサー・マッケンが悪魔的でさえある奥義の神秘に精通している。黒ミサやキリスト教カバラがゾラやパスツールから安堵感を得ていたフランスでは、いわゆる象徴主義の動きが、多くの人々を言葉では表現不可能な領域へつながる境界線に、時には境界線を越えて、いざなっていた。エリファス・レヴィの読者であったアルチュール・ランボーはオカルトに手を出した。ヴィリエ＝ド＝リラダン (Villiers de l'Isle-Adam) は神秘的な象徴に夢中になり、メーテルリンクは東洋の神秘に少しの疑いも抱かなかった。イェイツがエリファス・レヴィとスタニスラス・ド・ガイタに会うため、また、カバラ数秘学の実験をより適切な環境で行うために一八九〇年にフランスを訪れた時、彼はストリンドベリが自己陶酔に落ち込んでいるのを見つけた。

ロレンスの時代には既に、唯物主義に対するオカルト的また東洋的反応は、その後も同じような精神的気質を持つ人々が同類の衝撃に襲われることにより、固定したものになっていた。ロレンスはエマソン、ソロー、ブレイク、メーテルリンクの作品に親しんでおり、また、イェイツとA・Eに対する無視がどんなに大きなものであったとしても、彼の気質は彼らの気質ととても似たものであった。そのような気質の者にはその時代の拡大する唯物主義は同意できないものであった。彼らの反応と同様にロレンスの反応は、反理知主義、科学への嫌悪、古代主義、直観力への信頼という形をとった。ロレンスがブラヴァツキー夫人の著書に出会った時、時代に対する彼女の反応は、多くの点で、ロレンスの時代に対する反応に先んじたものであり、ロレンスもブラヴァツキー夫人に同じ気質を見出していたのだった。彼女の支えを喜び、彼女が学び取った事柄に啓蒙され、ロレンスは彼がそれまで感じ取ってきたことの正しさを確信し、東洋的なものやオカルト的なものを取り入れ、それを彼自身の個人の宗教に付け加えた。

ロレンスは、明らかに精神的に悩んでいる友人に宛てた一九一九年の手紙の中で、ブラヴァツキー夫人の『ヴェールを取ったイシス』を読むように勧めている。正確な書名は、当時ロレンスは忘れてしまったようだが、彼は、『シークレット・ドクトリン』をとりわけ勧めている。(4) 彼は、これらの高価な大作を持っていなかったと語っているが、友人から借りて読んでいた。ロレンスは癖で、役に立つと思ったものを褒める時に称賛の度合いを弱める。ブラヴァツキー夫人の著書は良いが、とても良いというわけではないと語っている。しかしロレンス夫人は彼女の夫はブラヴァツキー夫人の著書を読み楽しんでいたし、その著書を読んだ時、「宇宙の卵」によくほほ笑んでいたと私に語った。ブラヴァツキー夫人もロレンスも、彼らの作品の中で彼らが「宇宙の卵」の引喩を使っている回数から判断すると、彼らは「宇宙の卵」というオカルト的物体に飽きることはなかった。(5) ロレンスの作品の中に出てくるこれらの引喩の最初のものは、一九一五年に出版された「王冠」に出てくるが、この引喩は彼が初めてその秘密の教義に出会った時期の一九一二年から一九一五年の間を示している。(6) ロレンスもまた、アニー・ベサントのことを暗にほのめかして数回述べている。一度は、残された二、三人のリーダーの一人として語り、時々好意的でない口ぶりで語った。(7) ロレンス夫人は、ロレンスがドイツの神智主義者であるルドルフ・シュタイナーの数冊の著書とともに、ベサント夫人の著書をも多く読んだことを私に語った。(8)

ロレンスは、一九一七年にコーンウォールで会った、「薬草を食べるオカルト主義者たち」を見て冷ややかに笑った。[9] 同じ年には、「深いテーマ」以外のものには興味を抱かなかったと白状したが、その翌年には、魔術と占星術を取り扱っている「オカルト主義に関する別の本」を読んだことを認めている。魔術や占星術は、彼にとって「とても面白く重要であるが反感を抱いてしまう」ものであった。「確かに魔術は真理であり、バーティ・ラッセルが述べているような無意味なものなどではない」と彼は付け加えている。[10] オカルトがロレンスにとってどんなに反感を抱かせるものであっても、彼は『オカルト・レヴュー』誌の読者でもあった。[11] 彼は精神的に苦しんでいる友人に、ブラヴァツキー夫人の著書とともにこの本も読むように勧めた。この月刊誌は、ライダー社で出版されていたが、彼は、この店を、超自然文学を入手できる他よりすぐれた店として勧めていた。[12] すべての神智主義者たちが知っているように、ライダー社は今なお出版事業をしており、例えばアトランティスやインドに関して、そして第三の眼に関わる本を出版している。

ロレンスのエッセイ全般にわたって出てくる引喩は、彼が神智学の用語や幻想に親しんでいたことを示している。例えば象徴的な蓮《ロータス》や睡蓮《リリー》に関するロレンスの論考は、ブラヴァツキー夫人の論考を反映している。[13] 彼のエッセイの「口に尻尾をくわえた蛇」という題名は、神智学が永遠や輪廻や他の事柄を暗示するのに用いる、尻尾を噛んでいる蛇の象徴に由来している。[14] ブラヴァツキー夫人が『シークレット・ドクトリン』の中で大いに注目し熱心に論じている、極めて偉大なるヘルメス、「神秘のオウム（Om）」、「プラシャ（Purusha、普遍的霊魂）」、プラダナ（Pradhana、世界を創造する根源)、カーラ(Kala、死の神)[15]というサンスクリット語が内蔵している歓び」に関するロレンスの言及は、日常通りのなにげなさを感じさせるものであり、彼が神智学に長く親しんでいたことを示すものである。

一九二五年以前にロレンスが書いた短編小説も長編小説も、彼のオカルトへの興味をほとんど示してはいないが、一九二三年に出版された『てんとう虫』の闇の古代主義者・サネック伯爵はこの欠落を埋めている。この淡々として無心《マインドレス》なチェコスロヴァキア人の男は、古代の神智学的社会で「奥義を授けられた者」として描かれており、真の太陽の本質、月と海の間の親密性、エジプトとイシス、そして錬金術の金について「偉大な神秘の知恵」を持っていた。彼の象徴的な甲虫は七つの点で飾られ、象徴的な指ぬきの土台も七つの点で装飾され蛇が巻きついていた。明らかに伯爵は、神智学協会の中央ヨーロッパ支部の会員である。[16]一九二五年に出版された『セント・モア』において、女性主人公は『シークレット・ドクトリン』を参考にしたと見受けられる占星術と錬金術の教師カートライトに指導を受け、彼女の第三の眼が開いていると感ずるのである。[17]『カンガルー』の男性主人公はヘルメス・トリスメギストスを知っているが、もし知らなければ、彼は一人の神智学者に興味を抱かせることはできなかっただろう。

ロレンスのオカルトに関する言及のすべてが好意的であるわけではなく、また、ロレンスが直接神智学に関して述べる時、彼の口調は幾度か横柄な様子がないわけではなかった。「神智学でさえ、蓮が宇宙の真直中《アブドゥメン》で開花していることを理解していないのだ」とロレンスは述べた。[18]この明らかに片寄った発言は、ロレンスの本質が分かってくると明確になる事柄を示している。この発言から、他のテーマと同様に、この事柄に関しても彼の知識は不完全なままであり、また、彼を正統的な神智主義者と呼ぶのは不適切であることが明らかになるのである。ロレンスは東洋思想の最も良いものは永遠であると語っているが、彼は東洋思想を「大量に安易に」受け入れるようなことはしないとも付け加えている。(19) エマソンと同様に、ロレンスは東洋から役に立つと思うものを取り入れ、残りは無視するか拒絶した。例えば、彼は科学の進化論に対してある一定の非難をしつつ、ブラヴァツキー夫人と同様に、生命は循環の中で花開くという考えを保持し、また、この世に現れ脱皮する神の化神アヴァターや以前の自己を取り戻すことについてそれとなく語っている。しかし、霊魂の再生が正統的神智学者にとってどんなに重要であろうとも、霊魂の再生という事柄はロレンスの興味を捕らえなかったようである。(20) 異例なことだが、ロレンスは世界霊魂（Anima Mundi）を抽象概念であるとして、非難した。(21) ブラヴァツキー夫人は仏教を是認していたし、ロレンスの友人のアール・ブルースターは、ニューイングランドの仏教徒であったが、ロレンスは、大霊（the Oversoul）、業（Karma）、涅槃(22)（Nirvana）や仏教の他の考えに、同じ理由で異議を唱えた。そのような考えはあまりにも観念的で、利己的であり、現世に密着しており、平和主義的であり、ロレンスは彼の哲学には合わないと思った。

ロレンスの作家活動の後期に書かれた「家財」とよばれる短編小説の中で、彼らの国の唯物論からブッダ（仏陀・Budda）やベサント夫人の思想に逃れた二人のニューイングランドの理想主義者を風刺して描いている。これらの卑劣な逃亡者たちは、ブルースター夫妻の肖像として、彼らの友ロレンスによっておそらく創作されたのであろう。ロレンスはブルースター夫妻に多くの恩義を受けており、彼らの思想と行動は、ロレンスの思想と行動にとって、彼が装うほど異質なものではなかった。イギリスの唯物主義から逃れ、ブルースター氏の魔力のもとにいる間、ロレンスは仏教に対する敵意を一時止め、ある希望を抱いてセイロンの一本の菩提樹の世話をした。しかし、ある程度期待を抱いてなされた東洋への訪問であったが、それはロレンスを西洋へのあこがれを抱いたままにさせたのであった。後に彼は、ブルースター氏が研究していた東洋と西洋の間の折衷を欲したが、この時は彼はセイロンに幻滅し、仏教以前のものを東洋の混乱を引き起こす要素とした[23]。

　仏陀に関するロレンスの通常の発言から推測すると、ロレンスがエマソンやソローそしてホイットマンの大霊を、同じように機械的で理想主義的であるとして拒むのは当然である。彼らの「統一体である宇宙の卵」は個《インディヴィジュアル》と対立するものであると彼には思えたのであり、また別の時には、それは、あまりにも個人主義的であるように思えたのである[24]。ロレンスはエマソンとソローから多くのことを学んだが、思想上の違いが師弟の間に生じたのであった。しかしながら、これらの違いは、ロレンスの拒絶の激しさを説明してはいない。その激しさはむしろ、独自の世界を造り上げている彼の思慮分別を害すると思われる先人や対抗者たちを否定する鋭敏さによってもたらされている。ロレンスは、自身の紋章に不死鳥を選んだ。よく知られているように、不死鳥には父親や叔父がいない。しかしながら、全ての人が知っているわけではないが、『シークレット・ドクトリン』[25]の中のブラヴァツキー夫人の発言によれば、孤独な、自ら己の父親となった不死鳥は、神智学教義の伝授と再生の象徴である。この孤独な鳥に関するブラヴァツキー夫人の論説は、ロレンスの不死鳥には、母親かあるいは少なくとも叔母がいた可能性を示唆するものである。

普遍的霊魂、蓮、サネック伯爵の奥義の伝授、ヘルメスの開眼、蛇、七という数、存在しうる不死鳥、これらは折衷主義の神智学者さえも神秘の教義から持ち去りかねない些細な略奪品のように見えるし、実際そうである。これらのことは飾りであり、オカルト的興味の印として意義があるが、他の点では重要ではない。しかし、ブラヴァツキー夫人の教義は、ロレンスに、仏陀、世界霊魂、霊魂の再生、そしてその他の生命に関する事柄を受け入れさせることはできなかったが、二つの重要な考えをロレンスに与えた。すなわち、古代を理解し戻る方法として、古代宗教の理想郷に関する想念と古代の神話と象徴に関する想念を与えた。それらはロレンスの後期の数篇の作品に影響を与えたのだった。

ロレンスは海の象徴的意味を忘れ[26]、海を「アトランティスの輝かしい失われた世界が埋没している」[27]醜い、灰色の墓場としてみなした。ブラヴァツキー夫人と同様に、彼は「紀元前二千年以前に、偉大な時代、偉大な世紀があったのだと私は信じている」と語った。[28]ロレンスは、穴居人はこの理想郷時代の退化した生き残りであったとするブラヴァツキー夫人の意見[29]や、アメリカ・

インディオは「キリスト誕生よりずっと以前、ピラミッドよりも以前であり、モーゼより以前にさかのぼる生き生きとした伝統」を、その儀式の中に保持しているというブラヴァツキー夫人の考えに共感していた。「かつて地球を揺り動かした古の巨大な宗教は、ニューメキシコにおいて、そこで引き継がれている風習の中に今もなお細々と生きながらえている」(30)とロレンスは語った。部族の伝統を暗唱するインディオの声の中に、ロレンスとブラヴァツキー夫人の双方が、「はるか昔、ノアの洪水以前の時代」から反響して来る木霊《こだま》を聞いた。(31)ノアの洪水以前の時代の人々を追跡研究する神智学者の姿勢は、ロレンスが北米インディオに多大な興味を抱いたことだけでなく、彼が、エジプト人、カルデア人、エトラスカ人、そしてその他の古代人に多くの興味を抱いた理由を説明するのである。ブラヴァツキー夫人もまたこれらの民族の中により良い日々の痕跡を探し求めたのであった。

　前の章で、アステカ族やエジプト人の世界に関するロレンスの興味は、古代主義的なものとして語られた。今や彼の古代主義は、その起源においても、また、性格においても、少なくとも一部は神智学のものである。過去に対する彼の興味は、一般的な古代主義者のものというよりは、むしろ、ブラヴァツキー夫人の興味により近い。彼も彼女も、知識を得るために考古学者や人類学者の著書を読み、二人とも、知識の提供を受けた科学者たちを軽蔑した。考古学者たちが盲目的に土を掘り、過去の遺跡を我慢強く発掘しているのにもかかわらず、その唯物主義のために、考古学者が理解できなかった事柄を、ブラヴァツキー夫人は、直観とマハトマ(Mahatmas)たちの教えを通して理解できたのであった。ロレンスは、直観と彼女の教えを通して、考古学者たちよりもっと多くのことを知ったのであった。ロレンスは、あらゆる種類の専門書の中に鍵となる事柄を見つけたと語り、また、彼の魂は、科学者たちによって発掘された遺跡に刺激を受けたが、彼は己の直観力によって闇の未知の世界を突き進んだのだと語る時、その奥に計り知れない力を持つこの夫人が潜んでいるのである。(32)

十字架、木、輪、蛇、牡牛というような古代の象徴に関するロレンスの発言が、彼がブラヴァツキー夫人と同じ手引を使っていることを明らかにしている。ブラヴァツキー夫人の場合と同様にロレンスにとっても、アステカ族やエジプト人特有の象徴は、それらの宗教的過去を知るうえでの鍵であった。ロレンスが『メキシコの朝』の中で、(33)エジプト人とアステカ族を比較し、蛇と太陽の象徴について書き記す時、彼は彼の精神的指導者の言葉をオウム返しに繰り返していた。彼の魂は、環状の蛇とともに、『シークレット・ドクトリン』の表紙の模様であるエジプト十字の思想に、その鼓動を高鳴らせたのだった。聖書の象徴もまた、彼をカルデアやさらにその彼方へ導いたのであった。ロレンスは、古の宗教的文書の象徴に埋め込まれた奥深い真実は、教義を授かった者を「何世紀もの時を通じて周期的に生ずる偉大なる急襲《スウープ》の中に」導くのであると語っている。(34)ブラヴァツキー夫人もロレンスが語る以前に同じことを語っている。

そのような周期的に生ずる急襲によって興味を掻き立てられたロレンスは、一九一八年から一九一九年にわたって、進歩的な雑誌『イングリッシュ・レヴュー』誌に寄稿したアメリカ古典文学に関する一連のエッセイを執筆したのであった。ロレンスが一冊の本の中でこれらのエッセイを出版するようになった時、彼の慎重さからか、あるいは、出版社の助言によってなのか、彼は、古代の数占い、エレウシスの秘儀、一人の秘儀を行う司祭がかつて楽しんだ宗教と科学の融合、アトランティスの秘儀を授かった者たちや達人たちがエジプト十字や循環や薔薇十字を理解していたノアの洪水以前の時代などに関する言及を取り除いたのであった。[35]

過去を読み解く鍵となる象徴は、最も正統的な神智学者によって故意に探求されることはなかった。[36] しかしながら、様々なところで述べられている、象徴に関するロレンスの発言は、彼の神智学的地位という点においてよりも、一九二二年に出版された『無意識の幻想』の序文にとって、より重要な意義を持つものである。『無意識の幻想』は、「忘れかけた知識の最初の言葉を、言葉を詰まらせながら語る」試みとして、ロレンスによって執筆された。この序文はおそらく彼の後期の作品を理解するために最も重要な文章であるが、この序文は、ブラヴァツキー夫人によって書かれたと言えるかもしれない。

エジプトとギリシャが最後の生きた言葉であった。偉大な異教の世界は、我々の時代よりも先んじていた偉大な世界であったのであり、独自の広大な、おそらく完璧な科学を持っていた。その科学は、生命という視点で物事を見つめる科学であった。我々の時代において、この科学はばらばらに砕け、魔術やペテン行為になり下がってしまった。知恵さえもばらばらに砕けてしまっている。

我々の時代に先立ち、我々の科学とはその構造も本質も全く異なるこの偉大な科学は、宇宙的であり、その時の地球全体で確立されていた。科学は奥義であり、多くの聖職者にゆだねられていたと私は信ずる。数学や機械学そして医学が、今日中国やボリヴィアそしてロンドンやモスクワの大学において、同じ方法で定義され、詳細に解説されているように、我々の時代よりも前の時代においても、偉大な科学や宇宙論は、地球上のすべての国において、アジア、ポリネシア、アメリカ、アトランティスそしてヨーロッパにおいて、奥義として教えられていたと私には思えるのである。この以前の世界の地理的本質に関するベルトの示唆[37]は、私はとても面白いと思う。地質学者が氷河期と呼んでいる時期に、地表の海水は地球の高い場所に大量に集まったにちがいない。そして広大な氷の世界ができたのである。今日の海底は比較的乾燥していたにちがいない。アトランティス平原は今は大西洋の波が洗っているのであるが、当時アゾレス諸島はアトランティスの平原から山々を聳《そび》え立たせていた。イースター島とマルケサス諸島そして残りの島々は太平洋という素晴らしい、広大な大陸から聳え立っていた。

その世界で人類は生き、教え、知り、地球上全体で人類はひとつの完全な調和の中にあった。現在人々がヨーロッパからアメリカへ船で渡るように、人々は、アトランティスとポリネシア大陸の間を行き来していた。交流は完璧であり知識や科学は地球上どこでも共通であり今日のように国際的であった。
それから氷河が溶け、世界を洪水が襲った。水に飲み込まれた大陸から避難民がアメリカ、ヨーロッパ、アジア、そして太平洋諸島の高地へ逃れて来た。そしてある者は自然に退化し、居穴人や新石器時代の人間や、旧石器時代の人間になった。ある者たちは、南太平洋の住民たちのように、彼らのすばらしい内的美しさや充足した生命の成熟さを保持していた。ある者たちはアフリカの野蛮な荒野をさまよった。そしてまた、ドルイドやエトラスカ人そしてカルデア人やアメリカ先住民たちや中国人たちのように、忘却することを拒否し、古の知恵を教えた者たちもいた。彼らはまさに半分忘れた状態で、象徴を使って教えたのであった。知識としては多かれ少なかれ忘れてしまったが、儀式や仕草や神話として記憶していたのであった。

従って象徴が持つ強力な力は、少なくとも一部には記憶することにある。故に、我々の歴史が最初に始まった時に世界を支配していた偉大なる象徴と神話は、すべての国家そしてすべての民族においてほとんど同じであるので、偉大なる神話はすべて互いに関係しあっているのである。科学的に理解する我々の意欲はほとんど消耗しつくされているので、これらの神話が今や我々を魅了し始めたのである。神話の他に我々は今や、数学の数字や、すべての国の土着の人々の間に残っている宇宙の図や、真の宇宙的あるいは科学的意義を失ってしまったが、今でも霊を呪文で呼び出したりあるいは占う目的で使われている神秘的な形象や記号を見出すのである。

このようなことをたわごとでありわけが分からないと読者が思うのならば、それも結構である。

これはまさに神智学である。ロレンスは余りにも折衷主義的であり、また、余りにも個人主義的なので、常にずっと一人の指導者に従って行くことはできなかった。彼はブラヴァツキー夫人から、古代文明の痕跡である象徴を鍵とする神智学の知恵と共に過去の宗教的ユートピアに関する想念を得たのであったが、彼はこの知恵の本質に関する彼女の思想を受け入れることはなかった。ブラヴァツキー夫人のアトランティス人は、霊魂の再生を信じたが、その信仰はロレンスに興味を抱かせるものではなかった。イギリス国教会の教義のある点に不満を抱き、非国教徒となった彼の先祖たちのように、彼は直観の助けとさらに多くの本を読むことによってその正統的な教義を拒絶した。ロレンスのアトランティス人は太鼓に合わせて踊った。かつて世界を活気づけ、彼が描いたエジプトやメキシコにおいて象徴として生き残った宗教は、古代アニミズムであった。ブラヴァツキー夫人にその起源を発している彼のユートピアはフレイザーやタイラーそしてハリソンからその特徴を受け継いでいる。彼のアトランティスはフロベニウス、ナットルそしてベルトの仕事の恩恵を受けていた。これらの唯物主義者たちは神智学によって修正され、ロレンスの宗教的性質に受け入れられるものになっていた。神智学は人類学によって最新の学問に育まれ、彼の知性が受け入れられるものになっていた。

和解させるためでないとしたならば、少なくとも混乱のうえにさらに混乱を引き起こす要素を抑えるために、ロレンスは、決して結び合うことがなかったものをなんとか結合させようとした。しかし、アニミズムと神智学の混同が一見どんなに奇妙に見えようとも、それらは不適切に組み合わされているわけではない。前者は太古的であり、後者は古代主義者的である。どちらを信ずるかは、多かれ少なかれ人類学者が発見した事柄いかんによる。両者とも魂に適切な解放感を与え、唯物主義者たちの修正を認めた。それらの衝突は、世界霊、世界霊魂、そして循環する霊魂の生まれ変わりに関係するものであった。この衝突がロレンスをアニミストの側に立たせた。ロレンスの哲学において神智学的でない部分が、彼にこの選択をさせたのであろう。仏教的一体感や世界霊魂に対するロレンスの拒絶や、霊魂の再生に対するロレンスの全般的な無関心は、彼がアニミズムの多神教を選び、また同時に抽象観念や他者の理想主義を明確に嫌悪することを示している。

ロレンスのアニミズムを最も表している小説『翼ある蛇』は、彼の作品の中で最も神智学的な作品でもある。その主題はブラヴァツキー夫人の『シークレット・ドクトリン』の主題である。すなわち、神話と象徴という手段によって、失われたアトランティスを回復するという主題である。しかしながら、ロレンスはブラヴァツキー夫人よりももっと実践的であり、古代ユートピアについて単に語るだけでは満足していない。ドン・ラモンは、概ねブラヴァツキー夫人の説に従い、それに現在の改良点を加え、過去のユートピアを現在に役立てようとする。その目的と手段はブラヴァツキー夫人のものであり、改良点はフレイザーのものであった。

ドン・ラモンのユートピアはアニミズムの要素が強いが、それは、奪い返されたアトランティスであった。ラモンの計画が熟した時ケイトは「はるか遠く古のノアの洪水以前の静寂の中へ、静かな流れに乗ってすっと入った……」と感ずる。ラモンの計画が成功した時、ケイトは氷河が溶ける以前の、そして聖人《アデプト》が全身を水に浸す洗礼を受ける前の、「古のあのノアの洪水以前の世界」の男たちに、同族である親近感を感じた。「アトランティスや水没したポリネシアの大陸のように、大平原が現在の大海原まで広がっていた時、その世界の柔和な黒い瞳の人々は地球上を歩き回ることができた。その時、独自の不思議な文明を持つ、神秘的な、熱い血が流れる、柔らかい足の人類がいた(38)」。ケイトはメキシコに土着のものとして存在しているものが、このノアの大洪水以前の世界に属していることを知っている。彼女はアイルランド人なので、ノアの洪水以前の人間を理解できる立場にあった。ロレンスはアトランティスの記憶が、メキシコ人の内部におけるのと同様に、ケルトの魂にも微かに燃えていることに気づいていた。ケイトには、ドン・ラモンが科学的なヨーロッパと、海底に今横たわっている生命の世界を融合しようとしていることが分かっている。彼女のそのような思いは、彼女がロレンスの『無意識の幻想』の序文を明らかに読んでいたことを示している。丁度、科学とアトランティスの融合を望むドン・ラモンの願いが、彼のユートピアにおける人類学と神智学の混乱を説明しているように。

ドン・ラモンは「私は地球の奥義を授かった者の一人でありたい」と語った。ブラヴァツキー夫人も同じことを述べている。[39] ラモンが真実を理解しているということは、彼は彼が成りたいと思っているものに成っていることを示している。彼は一つの中心となる真実があるということ、そして、すべての宗教はその真実に辿り着くための道であり、仏陀、モハメッド、キリストそしてケツァルコアトル（Quetzalcoatl）のような預言者たちは、意識的あるいは無意識的に、その古代の英知を目指していたのである。この神秘に包まれた真理に辿り着く方法は、古代の神話と象徴を通じてであると気付いて、ロレンスは、地方の祭儀や神々の復活、トール（Thor）、ヘルメス・トリスメギストス、アシュタロース（Ashtaroth）、ミスラ（Mithras）、ブラフマー（Brahma）の復活、そして、ヤドリギ、宇宙樹（Igdrasil）、牡牛座、龍座というような彼らの象徴的な付属物の復活を企てた。ロレンスは、「神秘に包まれた真理は一つであるが、人はそれを様々に見るのである」と語る。[40] アイルランド人であるイェイツが、中心にある真理に辿り着く方法としてアイルランドの民話や象徴を選んだように、メキシコ人であるドン・ラモンは、アトランティスへ辿り着く方法としてケツァルコアトルの神話と象徴を選ぶ。ドン・ラモンにとって、ケツァルコアトルは太古の真実を表す象徴である。そしてイェイツが象徴の中に神秘な力を見出したように、ドン・ラモンはメキシコの神々の名を見出した。神々は「神秘的な力にあふれ、未知の魔力にあふれている。ウィツィロポチトリ（Huitzilopochtli）！　なんと素晴らしいのだろう！」とラモンは叫んだ。「そしてトラロック（Tlaloc）！　ああ！　私は彼が好きだ！　チベットで人々がマニ・ペメ・オム（Mani

Padme Om）と叫ぶように、何度も彼らに向かって叫ぼう」[41]。チベット人の信仰心に匹敵するほどの信仰心を集めるケツァルコアトルの、神秘の力を秘めた名は、アステカ族の恐怖に戻るということを意味しているのではない。ケツァルコアトルはアステカ族の時代より以前のものを呼び戻すのである。アトランティスの英知から退化してしまったこれらの人々は、彼らが守ってきた象徴の意味を忘れてしまったのである[42]。

ケツァルコアトルへの崇拝の中で、ドン・ラモンによって付随的に使われた象徴主義は、神智学的興味がなければあり得なかった。その多くは、ゼリア・ナットル（Zelia Nuttall）から得たものであったが、彼女は考古学者であり、アステカ族と同様には理解できなかった。ロレンスが彼女の北極星の代わりに金星を使った時、彼は明らかに二重の象徴としてのこの惑星の便利さだけでなく、金星とエジプト十字の意味を明らかにしたブラヴァツキー夫人の発表に感動していたのである。ケツァルコアトルが気に入っている、尻尾をくわえている蛇は、「メキシコの紋章から奇妙に逸脱している」として、ケイトによって表現されている[43]。しかしながら、メキシコの紋章から神智学が好む象徴へと移行したこの逸脱は、ケイトがのんびりとした口調で述べたほど奇妙ではない。ケツァルコアトルの象徴を完成させる七つの三角形もまた同じ位い神智学的であることも彼女は気づくべきであった。かつてケイトも読んだと思われる『無意識の幻想』の序文において、ロレンスは数学の数字とそれらの神智学上の意味について述べている。七はブラヴァツキー夫人の体系にとって鍵となる数字である[44]。

ロレンスのケツァルコアトルの「大いなる息」[45]は、ブラヴァツキー夫人によって吐き出されたものである。『翼ある蛇』の全体を通して祈りをささげられている、太陽の背後にある隠れた太陽[46]は、ブラヴァツキー夫人の中央に存在する太陽であり、すべてのものの魂である。その太陽の、明らかに見える太陽は、単なる象徴である。[47]ロレンスは他の所では、霊魂の再生ということにほとんど興味を持っていなかったように思えるが、『翼ある蛇』には、種族の循環を伴う発展や、業の法則のもとに死後霊魂が生まれ変わることに関して、数か所で述べている。[48]しかしながら、全ての中で最も神智学的なものは、ドン・ラモンの讃美歌集の讃美歌四番である。この狂詩曲はただ単に象徴的な龍に関係しているだけでなく、地球を取り巻く様々な精霊やブラヴァツキー夫人が四大の霊と呼んでいる、例えば火の精である火トカゲや水の妖精といったものに関係している。実際に、ドン・シプリアーノ自身が火トカゲの何かである。[49]

『翼ある蛇』とほぼ同時期に書かれた、この小説に関するエッセイの中で、ロレンスは次のように語っている。

> 神智学者であるならば、次のように叫ぶであろう。出ていけ！濃い赤い霊気を出しているものよ！遠ざかれ!!!——ああ、来たれ！青白い霊気を放っているものよ、あるいは、サクラソウの霊気を放っているものよ、来たれ！

神智学者ならば、こう叫ぶであろう。小説の中で神智学者を登場させれば、その者は心行くまで、立ち去れ！　と叫ぶであろう。

　しかし、神智学者は、トランペットが軍の連隊バンドの楽器になれないように、小説家にはなれないだろう。神智学者、あるいは、キリスト教徒、あるいは、礼拝中に熱狂的に興奮するペンテコステ派の信者ならば、一人の小説家を成り立たせている中身として存在することは、あり得るかもしれない。(50)


この一節には、ロレンスが恩を受けていた人々を取り扱う不公平さに加えて、批評家に興味を抱かせる事柄が多くある。『翼ある蛇』を読んだ後、その本に反感を抱いている批評家は、ロレンスが神智学者は小説家にはなりえないと述べていることは正しいと言うかもしれない。優しい批評家は、『翼ある蛇』を書いた神智学者は小説家に含まれると主張するかもしれない。

　この小説には、他にもオカルト的事柄があるが、それらについて考察する前に、インドに関するロレンスの知識に戻らなければならない。ロレンスは仏教を嫌っていたが、ヒンドゥー教には共感していた。ヒンドゥー教もまた、神智学に含まれるものである。多神教的自然崇拝の要素を持つ『リグ・ヴェーダ』(*Rigveda*) の宗教性はアニミズムと類似しており、ロレンスの心をつかんだ。確かに、彼は他のすべてのものに対するのと同様にヒンドゥー教に対して、時々敵意を表したが、アール・ブルースターにしばしば語っていたように、ロレンスは概してヒンドゥー教に共感を感じていた。ロレンスはアール・ブルースターからインドに関して多くのことを学んだ。「私はいつもシヴァ神を崇拝してきた。私を魅了するものはヒンドゥー教であり、ブラフマン(Brahman)である。――あの不思議な流動性とあれらの生き生きとした蹴る足である。すなわち、仏陀以前のものが私を魅了するのだ」とロレンスは語った。[51] ブルースター氏を通してロレンスは、ダン・ゴウポール・ムーカジ(Dhan Gopal Mukerji)やその他のヒンドゥー教徒と出会った。そしてブルースターの仏教関係の友達から、ロレンスは、クマーラスワーミー(Coomaraswamy)の『シヴァ神の踊り』(Dance of Shiva)やJ・C・チャータージー(Chatterji)の『カシミール・シャイバイズム』(Kashimir Shaivaism)を借りた。[52] ブルースターへ宛てた数通の手紙の中で彼はヒンドゥー教の聖典の中に見出した面白さについて語っている。これらの手紙の中で語られたなにげない言及から、ロレンスが少なくとも『ヴェーダ』や『ウパニシャッド』の一部を読んでいたことが明らかになる。[53] 彼のヒンドゥー教に対する作家としての興味が『チャタレイ夫人の恋人』の、奥深い魂を持つ森番が、わずかな本しか入っていない彼の本棚に、インドに関する三冊の本を置いていた理由を説明している。[54]

ヒンドゥー教を構成する部門の中で、ロレンスはソローと同じように、とりわけヨーガに魅了された。ヨーガのヒンドゥー教に対する関係は、聖イグナティウス・ロヨラの魂の礼拝がキリスト教に対する時の関係と同じである。ヨーガはその終盤に、精神的光明と神秘的な経験を供なった、肉体と精神を訓練する機構と言えるであろう。苦行の姿勢や、深い呼吸、意識の集中や金言の単調な繰り返しによって、そしてまた、クーエ(Coué)によって親しみやすくされた方法で、ヨーガは行者の精神を純化する。達人は、ヨーガの実践と意識の集中によって、クンダリニーを目覚ます。クンダリニーは、脊柱の最下部で脊柱に沿って蛇のようにとぐろを巻き眠っている潜在力である。達人はその潜在力を背柱に沿って、七つの中枢を通して、言い換えれば、チャクラを通して、頭天に突き上げ、そして、そこから神へと突き上げるのである。ヨーガが成功すると、平安と輪廻の循環からの解放と器具の補助なしに浣腸する能力を得る。[55]

『無意識の幻想』の中で、ロレンスが、フレイザー、フロベニウスそして直観の恩恵を受けていると告白するとき、彼は、ヨーガも参考になっていることを認めた。[56] 彼は友達からヒンドゥー教の修養法を学んでいることを隠さなかった。彼らの最初の修養会の時、ロレンスは中枢部あるいはチャクラに関してブルースター氏と討論した。また、ロレンスはルーハン婦人に、彼女の中枢部を目覚ませ、クンダリニーを開けるための役に立つ助言を行っている。[57] しかし神智学者ならば誰でもこれらの事柄でルーハン夫人を手助けできるであろう。ヨーガもまた、神智学によって採用されているからである。ブラヴァツキー夫人は、『シークレット・ドクトリン』の中で、ヨーガについて多くのことを語っている。また、ベサント夫人は、その主題で本を書いているし、『ウパニシャッド』はチャクラに関して多くの知識を与えてくれる。ロレンスは彼の英知のいくらかを、これらの何かに、あるいはすべてに負うてきたのであろうが、彼はブルースターの質問に答えて、『ヴェールを取った「黙示録」』を読むことを通して、ヨーガについて初めて知ったのだと語った。その本の著者の名前を彼は思い出すことができなかった。[58] 彼が題名を『ヴェールを取ったイシス』と混同しているこの本は、ジェイムズ・M・プライスによって一九一〇年に書かれた『開封された「黙示録」』である。題名に関する彼の混同は愉快な間違いであった。なぜならば、プライスは、ブラヴァツキー夫人にとって近い人であり、ベサント夫人と共に、彼は、ブラヴァツキー夫人のロンドン支部の十二人の同居人の一人であることを許可されていた。プライスはブラヴァツキー夫人の死後、ダブリンについての情報を得ると、ダブリンへ行き、イェイツ、ジョンストン、そしてA・Eと共に彼らの支部に同居した。A・Eは、儀式の魔術や奥義伝授の神秘性を彼に初めて教えたのは、プライスであったと語っている。[59] プライスはそれでもなお満足せずに、ロサンジェルスへ移った。しかし、プライスは、イギリス文学に足跡を残したのであった。彼のオカルト的英知が、A・Eを啓発していた時、ヨーガに関する彼の本はロレンスを高揚させていたのである。他の作家たちに関するロレンスの言及から判断すると、[60] ロレンスはヨーガという主題に関して一冊以上の本を読んでいるが、プライスは深い永続的な影響をロレンスにもたらしている。ロレンスが一九二〇年以降に書いた本のほとんどにその影響を追跡できる人物である。

プライスはヨーガに関して語っていないが、彼の本は、蛇によって象徴され、『ウパニシャッド』では、クンダリニーとして知られている生命の電気的力や、交感神経にある脊柱に沿った七つの主要な中枢、あるいはチャクラについて取り扱っている。腰のチャクラからへそや心臓のチャクラを通り、頭のチャクラ、体内の陽極と陰極、体内の太陽極と月極へとクンダリニーの力は上昇し、それらの力が月によって象徴される偉大なる息吹になるまで上昇する。神秘に到達する奥義を伝授される時、魂の再生を願う志願者は、クンダリニーを調整し、チャクラを通して脳の松果体中枢に送ることを学ぶ。志願者の第三の眼が開き、彼はただちに魂の真理の中で生きることになる。この重要な本に関してロレンスは、「その本は重要ではない。しかし、私に第一の手がかりを与えてくれた」と語った。(61)

ロレンスは、『精神分析と無意識』の中でこの手がかりを、いつもの折衷的方法で展開した。この本がヘラクレイトスに多くの恩義を負うていることは本書で語られてきたが、本書の前半の章では、ロレンスの根源に関する疑問は充分に解明されていなかった。プライスの本がその疑問を完璧に解明するのである。ロレンスが直観によって得たとしている、無意識とその中枢に関する知識は、プライスから得たのである。「無意識を探求しはじめると、我々は古の奥義を使うために、中枢から中枢へ、チャクラからチャクラへ行かなければならないことが分かるのだ」とロレンスは『精神分析と無意識』の中で語っている。(62) ロレンスはプライスの七つのチャクラのうち四つを採用した。彼はプライスがこれらの中枢と交感神経叢を同一視していることや、これらの中枢を陽と陰の電流が通り抜けそれらを覚醒させているというプライスの考えに従った。しかし、彼はプライスの生命力の、あるいは、クンダリニーの流れを、上方に向かう流れから外に出る流れに変え、そして、その力に極という概念を付け加えた。プライスは極について述べていない。極という言葉は、私が示唆したように、ロレンスはエマソンの中に見つけたのかもしれない。

しかし、もっと有り得そうな出所は、プライスの師匠であるブラヴァツキー夫人である。彼女は、『シークレット・ドクトリン』の中で、電気的生命の力であるフォハット(Fohat)の陽と陰の極について論じている。ロレンスはプライス、ブラヴァツキー夫人そしてギリシャ人たちから彼が得たいと欲していたものを取り、それらを宇宙とのアニミズム的つながりというロレンスの理想に適用したのであった。ロレンスの無意識に関する理論は、彼が作り出した機構の他のすべてのものと同様に、奇妙な要素の混合体である。しかし、それはプライスに非常に多くの恩義を受けたものであり、それは、修正されたヨーガと呼べるかもしれない。この恩義をもう一度明らかにするかたちで、ロレンスは、チャクラに関する彼の扱い方は不完全であったことを彼の本の終わりで認めた。

無意識の領域の他の大いなる中枢は未だ明らかにされないままである。我々は四つの中枢を知っている。すなわち、二対の中枢である。全部で七つの段階の中枢である。つまり、自発的極性を持つ、六つの対をなす中枢と最後の一つである。その上層と下層の意識については、たった今語られたばかりであり、さらなる高さと深さを持つ意識については、示唆することさえ許されないだろう。(63)

しかしながら、ロレンスは『無意識の幻想』の中であえて語っている。彼は二つのより上層の中枢と二つのより下層の中枢を付け加え、もう一つの中枢の存在を示唆した。この最後の中枢は、松果眼の座席に位置し、頭に位置する。ロレンスは第三の眼を他の箇所で受け入れていたが、ここでは、この本が促進しようと企てた無意識《マインドレスネス》の理論に合わせるために、ヴェーダーンタ哲学の真理（Vedantic truth）を犠牲にし、首から上のすべてを排除すべきだと感じた。(64) しかしながら、このさらなる歪曲は、神経叢における月と太陽のつながりに関するプライスの論理によって、補正されている。ロレンスはこの論理を受け入れ、ブラヴァツキー夫人の思想の助けにより、精気を放つ太陽と月に関して述べることができた。「腹の底から神秘のオームを唱え前進しよう……」とロレンスはふざけて述べ、珍しく率直に「私はオームとしか言わない！」と付け加えた。(65)

　ロレンスの友人の数人は、『精神分析と無意識』をあるがままに認めた。ブルースター氏は、ロレンスの本を受け取った時直ちに、それが、チャクラに関する古代ヒンドゥー教の思想が「天才によって」解釈されたものであるということが分かった。(66) ブルースター氏はロレンスの想念の正確な源が分からなかったが、フレデリック・カーター氏は、ロレンスがヴェーダーンタ哲学に関する、アメリカで出版された本の中に七つの中枢を見つけたのだと推測した。(67) アメリカでルーハン夫人は『精神分析と無意識』を読み、彼女の中枢が目覚めていないことに気付き、イギリスのヨーガ行者を自宅に招いた。(68)

　ルーハン夫人が予見したように、アメリカはロレンスにヨーガ情報を広める機会を与えた。『アーロンの杖』の中で、ロレンスは脊柱の土台にある力について述べた。そして『恋する女たち』のバーキンは、脊柱に沿ってこの不思議な神秘的な力を持つということが何なのかを、エジプトの彫像が知っているように理解していた。[69] しかし、ロレンスが彼のエッセイの一つ中で語っているように、太陽叢はメキシコにおいて良い機会を得た。[70]『翼ある蛇』の中で、彼はこの機会をとらえ最大限に活かした。

ドン・ラモンが自室の暗闇の中で行った魂のヨーガ行は、ヨーガ行者の行によって霊感を吹込まれる。この奥義を伝授されるものは、自室の闇の中で精神を満たし、無の状態《マインドレスリー》で意識を集中する。ドン・ラモンは、豊かな内部の流れが、心臓や腹を洗い流すのを感ずる。それによって心臓と腹は復活し、体内の張りつめた力が彼の魂の矢を放つ。その矢は、より偉大な闇の精神の中へと飛び去り溶解する。「私の腹は、力の渦である。その流れは脊柱の水門まで流れ下っていく」とそのドンは語る。[71] これらのヨーガ行はドン・ラモンに、親友のドン・シプリアーノに奥義を授け神秘へと導く力と英知を与える。プライスとブラヴァツキー夫人によって書き表された奥義の伝授をおおよそ模倣したこの儀式で、一方のドンは他方のドンを身動きができなくなるまで縛る。そして手を、他方のドンの胸、肩、心臓、臍、脊、腰に置き、恍惚状態を生じさせる。シプリアーノはその中で、すべてのものの源と交信する。[72] その新たに奥義を授かった者は、長老のように、「人々の腹の中で、眠ったりあるいは目覚めたりしている蛇」を、今や統制することができるのである。彼は脊柱の不思議な古の力を楽しむ。[73] 彼は生まれ変わったのである。

プライスによれば、奥義の伝授は、脊柱の土台でとぐろを巻く蛇であるクンダリニーの統制に関係している。幸運にもアステカ族のケツァルコアトルは羽毛が生えた蛇である。ロレンスはもちろん、フレイザー、フロベニウス、ナットルといった文化人類学者たちが蛇の象徴に関して述べていることを知っていた。しかしながら、ロレンスのケツァルコアトルは、文化人類学者たちやアステカ族によって誤解された神でもなく、またたとえロレンスがケツァルコアトルから何を受け継いでいたとしても、ケツァルコアトルは生命力を象徴する都合の良い単なる象徴などではなく、ケツァルコアトルは口に尻尾をくわえて生まれ変わり、プライスのクンダリニーになったのである。ロレンスの改善された神は、「肉体の中の蛇が頭を上げた時、注意せよ！　それは、あなたの中で立ち上がったケツァルコアトルである私だ。立ち上がりそして輝く陽の彼方、はるか彼方にある闇の太陽に到着するのだ。そこが結局あなたの本来の住処である。……私の蛇があなたの腹でとぐろを巻き休息するまでは、私はあなたと共にいることはない」と言う(74)。正統のアステカ族はケツァルコアトルが実際クンダリニーであることを知って驚くであろう。神智学者は、ヒンドゥー教徒やアステカ族が一つの古代の信仰を持っていることを知ってはいるが、ロレンスの発見に喜ばざるを得ないであろう。

既に、ロレンスの『アポカリプス』が神智学の小冊子であることは明らかである。「黙示録」に出てくる象徴を通して古代の真実を探ろうとしていたロレンスの探求は、『シークレット・ドクトリン』の中で彼に先だってブラヴァツキー夫人が追跡していた探求である。それらの象徴の意味は、キリスト教の腐敗のもとで、深遠を見通す奥義の眼以外のすべての眼から隠されていたのであった。ブラヴァツキー夫人が発見した事柄を詳細に調べ、『開封された「黙示録」』の中でプライスは、『ウパニシャッド』の言葉におけるのと同様に、「黙示録」の言葉には、クンダリニーや、七つのチャクラを含む一般的な神秘の理論や、ヒンドゥー教の奥義を伝授された者と同様にギリシャ人にも知られている論理が存在していると語った。彼は続けて、「黙示録」は聖ヨハネがこの英知を悟る秘儀の伝授を受けていたことを伝えていると述べている。「黙示録」の七つの印はチャクラであり、龍はクンダリニーであり、馬、星々、数は容易にオカルトの様式に分類される。ロレンスの『アポカリプス』は、ジョン・バーネットの『ギリシャ初期の哲学』に多くの恩恵を受けているが、特にプライスとブラヴァツキー夫人を色濃く適用したものである。彼らの本の中にロレンスは、数の三、四、七について、また、七つの印について、四頭の野獣、人、ライオン、牡牛、そして鷲について、また、奥義について、彼が語らなければならない事柄を見出したのであった。それらは数篇の詩をロレンスに生み出させた。そしてロレンスはプライスにならって、奥義を『アポカリプス』の主な主題にしたのだった。[75] 奥義の伝授に魅せられ、ロレンスは聖ヨハネのクンダリニーの出現を描いた。聖ヨハネの六つの中枢の眼覚めと共に、七番目の封印の開封、聖ヨハネの復活、第三の眼の開眼、そして神《ディ インフィニット》との交信を描いた。ロレンスがプライスに依存していたことを考えると、ドン・シプリアーノの奥義の伝授が、聖ヨハネのものと似ていたとしてもおかしくない。また、「黙示録」の龍がケツァルコアトルと似ていても驚きではない。この龍を解放することが、良き古の時代の一番扱いにくい事柄であったが、ロレンスもこの龍が中国の龍と一致することを見出し、また、「ヒンドゥー教による、人の脊柱の土台で静かにとぐろを巻き、時々脊柱に沿ってのたうち、ヨーガ行者がまさに抑制された動きの中に置こうとする龍」とも一致することを見出した。[76]

このように豊かにされた『アポカリプス』は、占星術によって、プライスを超えてさらに豊かになった。『精神分析と無意識』において、ロレンスは小宇宙である人間と大宇宙との占星術的交信について述べている。また、『無意識の幻想』において、彼は占星術は無意味だという論説を否定している。[77] しかしながら、直観力を欠く神智学者でさえもこのことはよく分かるであろう。神智学はもちろん占星術を中に含んでいるからである。しかし、ロレンスは星への思いでブラヴァツキー夫人に頼る必要はなかった。一九二三年神智学者ではなく、占星術師であったフレデリック・カーターが彼の『錬金術師たちの龍』の原稿をロレンスに送った。ロレンスは、それは曖昧であるが故に魂の安らぎを与えてくれ、想像力を羽ばたかせてくれると語った。彼がここに見出したカルデアの生き生きとした宇宙は、天文学の死んだ宇宙よりもはるかにずっと胸をわくわくさせるものであった。[78] 一九二四年の初頭にイギリスへ戻ったロレンスは数日間シュロプシャー州でカーターと共に滞在した。この訪問は、『セント・モア』の中で祝福されている。この小説の中でカーターは、第三の眼で牧神が見えるオカルトの達人、カートライトとして登場する。[79] この訪問の中で、ロレンスとカーターは、錬金術、龍、象徴、星々そして魂について討論した。[80] そのような想念に鼓舞され、ロレンスは「宗教的であること」というエッセイを書いた。その本は春分点歳差に関連している。この二人の奥義を授かった者たちは、「黙示録」の中の占星術の象徴に関して合同で執筆する計画を立てた。ロレンスが序文を書き、カーターが残った部分を書くことになった。ロレンスは短い序文を書いた。これはロレンスの死後、『ロンドン・マーキュリー』と『不死鳥』に掲載された。しかし、彼はもっと野心的な本にするためにこの序文を捨てた。野心作は一冊の本になった。一九二九年、ロレンスが最後の病床に就いている間、カーターは南フランスに共同執筆者を訪ね、[81]共同作品について討論した。その占星術師は、デピュイの黙示録的理論を説明し、ロレンスにエノクの本を紹介した。しかし、ロレンスは「黙示録」に関して様々に熟考したので、カーターの『「黙示録」の龍』のための序文は多大になり、ますます占星術正統説から離れていった。ロレンスが真面目な学徒のようにその学問を修めようとしなかったこと、また、修められなかったことにカーターは落胆し、ヴェーダーンタ哲学の要素やアトランティスの探求が、星に関するロレンスの洞察力を損ってしまったと不満を述べた。[82]死が、不幸にも分岐する彼らの仕事を中断した。カーターはロレンスの序文を載せずに彼の本を出版した。そして、ロレンスの遺言管理者は、カーターに伝えることなしに、かつて序文として書かれた『アポカリプス』を出版した。しかしながら、カーターに伝える必要はほとんどなかった。というのは、カーターの著書の序文として始まったものは、プライスの著書の続編と結局なったのであった。黄道十二宮や小宇宙に関するカーターの想念は『アポカリプス』に時々現れるが、[83]ロレンスはそれを神智学の目的のために使った。そしてカーターの花形スターである龍は、クンダリニーの素晴らしさを増大させるために単に役立っただけである。クンダリニーによって龍は見えなくなってしまった。偏狭な占星術を経験することによって、ロレンスは折衷的神智学者のままであり続けた。(84)

最もなおざりな神智学者でさえも知っているように、雌牛は、エジプト人、バビロニア人そして初期のヒンドゥー教徒にとって、宗教的な対象であった。『シークレット・ドクトリン』の中で、ブラヴァツキー夫人はとてもオカルト的な象徴として雌牛のことを語っている。第四の奥義の伝授まで十分に理解することはできないが、雌牛は世界中で崇拝されている。ヒンドゥー教徒にとって、自然界の女性の原則は、「美しい鳴き声の雌牛」、ヴァッシュ（Vach）に代表され、表されているとブラヴァツキー夫人は述べている。また、続けて、イシスの雌牛の角は、イシスとヴァッシュを一つの存在として重ね合わせるとブラヴァツキー夫人は述べている。故に、イシスは、「肉体ではあるが、すべての魔術の手段と魔術の性質を持つ神秘が備わった自然」である。さらに、「（今、雌牛によって象徴されている）最も神聖な場所を通り抜けるという儀式は……魂が抱く想念を意味し……個人の再生を意味する」(85)。イシスのヴェールを取りはずしたブラヴァツキー夫人にとって、イシスあるいは自然それ自体が雌牛によって象徴されており、月や明けの明星や不死鳥や蛇のように、雌牛も、オカルト的再生と奥義の伝授あるいは魂と物体の合体を意味することは明らかである。ブラヴァツキー夫人の蛇やおそらく彼女の不死鳥や明けの明星を受け入れ、また、彼女と彼女の弟子たちが再生と奥義の伝授に関して述べた時それらに魅了されたロレンスが、ブラヴァツキー夫人の雌牛に関する発表を拒否すると考えることは、道理に合わないことであろう。実際、ブラヴァツキー夫人の発表は、ロレンスの経験で裏付けられたのであった。胸と腹の神経中枢を通して、ロレンスはエジプト人や子供のように「雌牛の形をした生物の恐ろしく、そして驚きに満ちた要素」を感じとったのであった。「ダイナミックな魂は、それらの要素を完璧に感じとる」のである。[86] ロレンスのダイナミックな魂の面前で、「ヒンドゥー教の黒い像のように」[87] 悠然と横たわっているスーザンは、原始の重要性はもちろん、ひとつの奥義を抱いていた。ブラヴァツキー夫人がイシスのヴェールを取りはずした時、[88] 彼女はロレンスのために、牧場に放たれたイシスの象徴のヴェールも取りはずしたのであった。このことにより、イシスとイシスの彼方に横たわっているものに、近づくことができるであろう。あの唯一存在するアラビアの木に止まっている最も西洋的な鳥だけが、我々の不死鳥の山鳩が雌牛であったことに不満をもらした。

注

(1) 『アメリカ超絶論における東洋』(*The Orient in American Transcendentalism*、ニューヨーク、コロンビア大学出版会、一九三二年)。私は同僚であるクリスティ博士との対談に多くの恩を受けている。クリスティ博士は東洋と西洋の関係を専門とする分野の主要な研究者の一人である。

(2) アニー・ベサントの『自叙伝』(*An Autobiography*、フィラデルフィア、アルテムス、一八九三年)の序文。
(3) ウィリアム・バトラー・イェイツの『自叙伝』(*Autobiographies*、ニューヨーク、マクミラン、一九二七年)の一四二頁。
(4) 『D・H・ロレンス書簡集』の四七六頁。
(5) 例えば、『ヤマアラシの死についての諸考察』の一三四–五頁及び『不死鳥』の七四三頁。
(6) 『ヤマアラシの死についての諸考察』の六二–三頁。ロレンスの詩「ドンファン」(一九一四年一二月に『詩集』の中で発表された)には、イシスの神秘と最愛の数七の隠喩がある。そして、一九一二年頃の初期に書かれた詩、「全世界の薔薇」では「偉大なる息吹」について述べている。
(7) 『D・H・ロレンス書簡集』の七〇五頁。『無意識の幻想』の一六頁。『ヤマアラシの死についての諸考察』の一二〇頁。『D・H・ロレンス短編集』の一〇一六頁。
(8) ロレンスに関する研究書において、M・セイエールは明らかな証拠なしに、ロレンスがシュタイナーの作品を知っていたと憶測しているが、神智学に関して無知であることが、不適切な推測から正しい結論を出すことを阻んでいる。
(9) 『D・H・ロレンス書簡集』の四一五頁。
(10) 『D・H・ロレンス書簡集』の四四〇頁。
(11) ルイス・スペンスがこの雑誌に投稿している。アステカ族の神々に関する彼の本をロレンスはおそらく読んでいるであろう。

(12)『D・H・ロレンス書簡集』の四七六頁。
(13)『不死鳥』の六一－四頁、二二八－九頁。『ヤマアラシの死についての諸考察』の七五－六頁。『恋する女たち』の一〇〇頁。
(14)「王冠」における、永遠という神智学的象徴に関するロレンスの初期の言及、『ヤマアラシの死についての諸考察』の二八頁を参照。
(15)『ヤマアラシの死についての諸考察』の一二七頁、一三〇頁。『無意識の幻想』の一六頁。
(16)『D・H・ロレンス短編集』の三七〇頁、三七二頁、三七四頁、三七八－九頁、三八二頁、三九〇頁。
(17)『D・H・ロレンス短編集』の五九八頁、六〇〇－一頁。
(18)『精神分析と無意識』の九二頁。『ヤマアラシの死についての諸考察』の一二〇頁及び『D・H・ロレンス短編集』の一〇一八頁も参照。
(19)アール・ブルースター及びアクサ・ブルースターの著書『D・H・ロレンス——回想録と書簡』(*D.H.Lawrence, Reminiscences and Correspondence*、ロンドン、セッカー、一九三四年)の一〇四－五頁。
(20)『無意識の幻想』の一〇頁。『D・H・ロレンス書簡集』の四一二頁、四九八頁。『ヤマアラシの死についての諸考察』の二一六頁、二三九頁。『メキシコの朝』の九－一四頁。『小論集』の四六－八頁。『D・H・ロレンス短編集』の八七九頁。『アポカリプス』の一四八頁。
(21)『不死鳥』の七〇八頁。
(22)しかし、『最後の詩集』の六八－七五頁における涅槃(Nirvana)に関するロレンスの受け入れに注意すべきである。

(23) ブルースター夫妻の著書『D・H・ロレンス——回想録と書簡』の二〇頁、四三頁、四五頁、九六頁、九八頁、一〇八頁。メイベル・ドッジ・ルーハンの著書『タオスにおけるロレンツォ』(*Lorenzo in Taos*、ニューヨーク、クナプフ、一九三二年)の一五頁、一八−九頁、一五一頁。『D・H・ロレンス書簡集』の五三四頁、五四二頁、五四三頁、五四六頁。『アポカリプス』の七四頁。『精神分析と無意識』の三六頁。『メキシコの朝』の一〇一頁。『ヤマアラシの死についての諸考察』の一八五頁。『不死鳥』の二〇四頁以下、六六二頁。『アーロンの杖』の一二二頁。

(24) 『不死鳥』の二四頁、一八八頁、一九〇頁、七〇五頁、七一三頁、七四〇頁、七四一−四頁、七六三頁。

(25) 『シークレット・ドクトリン』第二巻(*The Secret Doctrine*、ロサンジェルス、神智学協会、一九二五年)の六一七頁。

(26) 『不死鳥』に掲載された未完の小説「飛魚」において、ロレンスは海を霊的世界の象徴としている。そして魚を霊的人間の象徴として神智学的に使っている。

(27) 『不死鳥』の七九七頁。

(28) 『不死鳥』の七六九頁。『アポカリプス』の七三−四も参照。

(29) 『D・H・ロレンス短編集』の五九六頁。『不死鳥』の二九八−九頁。

(30) 『不死鳥』の一四五頁。

(31) 『不死鳥』の一四六頁。

(32)『無意識の幻想』の七頁、一〇頁。
(33)本書202－203頁、204－205頁、208－209頁を参照。ロレンスの詩「亀の甲羅」(『詩集』第二巻の二二四頁を参照。この詩の中でロレンスは爬虫類の甲羅の模様に十字形や古代の数の象徴を感じ取っている。
(34)『アポカリプス』の一二六頁。同書の四二頁、五二頁、六一頁、一一三頁、一八四－五頁、そして、『無意識の幻想』の六八頁、『不死鳥』の二九五－六頁、三〇三頁、七三八頁、『精神分析と無意識』の一一三頁も参照。
(35)例えば、「地霊」、『イングリッシュ・レヴュー』誌第二七号(*The English Review*、ロンドン、オースティン・ハリソン、一九一八年一一月)の三二一頁。同誌第二十八号(ロンドン、オースティン・ハリソン、一九一九年二月)の八九頁、同誌第二十八号(ロンドン、オースティン・ハリソン、一九一九年六月)の四七七－九頁、四八四－五頁も参照。
(36)ロレンスの詩「葡萄」(『詩集』第二巻、一三三頁)において、葡萄の木の果実さえも象徴として、褐色の原始のアトランティス人たちが歩き回っているノアの洪水以前の世界へロレンスを連れていく。
(37)彼はトマス・ベルトの『ニカラグアの自然主義者』(*The Naturalist in Nicaragua*)一四章に関して述べている。
(38)『翼ある蛇』の四四三－四頁。同書の三〇八頁も参照。
(39)『翼ある蛇』の二六五頁。
(40)『翼ある蛇』の二六五－六頁。同書の二八三頁も参照。
(41)『翼ある蛇』の六六頁。同書の六二一－三頁も参照。

(42) 『翼ある蛇』の六六頁、一三二頁。
(43) 『翼ある蛇』の一二七頁。同書の一八六頁も参照。
(44) ドン・ラモンの儀式で、七人の男たちが象徴的に卵を抱く。
(45) 『翼ある蛇』の一一七頁。
(46) 例えば、『翼ある蛇』の三八八頁。
(47) ロレンスの『無意識の幻想』における、太陽に関する科学理論の拒否もまた神智学協会の会長の言葉の繰り返しである。「王冠」、『ヤマアラシの死についての諸考察』の九九ー一〇〇頁。
(48) 『翼ある蛇』の八三頁、一五七頁、四〇六頁、四〇九頁。
(49) 『翼ある蛇』の二七六ー七頁、三四二頁。『最後の詩集』の中の言葉「大地に縛り付けられた魂」、六三ー五頁、三〇四ー五頁も参照。
(50) 『ヤマアラシの死についての諸考察』の一二〇ー一頁。
(51) ブルースター夫妻の著書『D・H・ロレンス――回想録と書簡』の一〇八頁、一一二頁。同書の四九頁、九九頁、一二一頁、二一三頁及び『D・H・ロレンス書簡集』の三五〇頁、五四三頁、六五二頁も参照。
(52) ブルースター夫妻の著書『D・H・ロレンス――回想録と書簡』の一七五頁。一九一五年にロレンスはヒンドゥー教に初めて接した。『D・H・ロレンス書簡集』の二八四頁。
(53) ロレンスがヴェーダーンタ哲学に関する本を読んだことに関しては、ブルースター夫妻の著書『D・H・ロレンス――回想録と書簡』の八六頁、一七五頁及びフレデリック・カーターの著書『D・H・ロレンスと神秘的な肉体』(*D.H.Lawrence and the Body Mystical*、ロンドン、アーチャー、一九三二年)の一七頁。ロレンスがマヌッチ(Manucci)のインドの歴史に関する本を一九一六年に読んだことについては、『D・H・ロレンス書簡集』の三五〇頁。

(54)『チャタレイ夫人の恋人』の二五五頁。

(55)アーサー・アヴァロンの著書『蛇の力』(*The Serpent Power*、ロンドン、ルーザック、一九一九年)を参照。

(56)『無意識の幻想』の八頁。

(57)ブルースター夫妻の著書『D・H・ロレンス——回想録と書簡』の一八頁。メイベル・ドッジ・ルーハンの著書『タオスにおけるロレンツォ』の六一頁、六三頁。ブルースター氏はロレンスが初めて彼にヨーガについて話した頃よりも一九二九年にはもっとヨーガに親しんでいたようだ。一九二九年に、ブルースター氏が「頭がぼーっとするまで息を止める」ヨーガ体操をするのを見て、ロレンスは冷笑した。「マックス・モーアへのロレンスの書簡」『月刊天下(テンシャ)』誌第一号(*T'ien Hsia Monthly*、一九三五年九月)の一七五頁。

(58)ブルースター夫妻の著書『D・H・ロレンス——回想録と書簡』の一四一—二頁。『開封された「黙示録」』(*The Apocalypse Unsealed*)の著者を特定する際に、エリオット・ドビー博士の助力を仰いだ。

(59)アニー・ベサントの著書『自叙伝』の三六一頁。『カナダの神智学者』第一六巻(*The Canadian Theosophist*、一九三五年八月)の一六六頁に掲載されたA・Eからの書簡。同書から引用する際に、私のかつての教え子であり、A・Eの研究者であるエリザベス・ジョーズィック嬢の助力を得た。

(60) ブルースター夫妻の著書『D・H・ロレンス――回想録と書簡』の一四一―二頁。ロレンスは、プライスが述べたことはヨーガに関して執筆している他の著者にも引用されていると語っている。そのような言及がもう一つ、アヴァロンの『蛇の力』に関してもなされている。ロレンス夫人は、ロレンスは『蛇の力』を読んでいないと私に語ったが、彼女は「ロレンスは『蛇の力』をもし読んだとしたら、その本を好きになっただろう」と付け加えた。

(61) ブルースター夫妻の著書『D・H・ロレンス――回想録と書簡』の一四一―二頁。

(62) 本書127頁。

(63) 『精神分析と無意識』の一二七―八頁。

(64) ブルースター夫妻の著書『D・H・ロレンス――回想録と書簡』の一八頁。ロレンスとブルースターが初めてあった時、ロレンスは彼に、眼の間のこの中枢によってではなく、むしろ太陽叢に統括されるべきだと忠告した。

(65) 『無意識の幻想』の一六頁。ロレンスがヨーガに関して明らかに無知であることさえ、J・ミドルトン・マリが『無意識の幻想』がロレンスの作品の中で最も英知があふれ、最も奥深い、最良の作品であると考えることを阻止できなかった。『女性の息子』(*Son of Woman*、ニューヨーク、ケイプ・アンド・スミス、一九三一年)の一五二―七九頁。同書の一頁、一二三頁、一七七頁も参照。

(66) ブルースター夫妻の著書『D・H・ロレンス――回想録と書簡』の二七頁。

(67) フレデリック・カーターの著書『D・H・ロレンスと神秘的な肉体』の二五頁。

(68) メイベル・ドッジ・ルーハンの著書『タオスにおけるロレンツォ』の一一一二頁。
(69) 『アーロンの杖』の九四頁。『恋する女たち』の八一頁、三六三―五頁。『ヤマアラシの死についての諸考察』の一三三頁、一五二頁及び『メキシコの朝』の一四八頁及び『D・H・ロレンス書簡集』の五五八頁も参照。
(70) 『不死鳥』の一〇四頁。
(71) 『翼ある蛇』の一九三頁。
(72) 『翼ある蛇』の一八一―二頁、二〇七頁、三九二―五頁。
(73) 『翼ある蛇』の四〇一頁、四二八頁。
(74) 『翼ある蛇』の一三二頁、三六八頁。同書の一八九頁、二四四頁、三九一頁、四〇一頁も参照。
(75) 『アポカリプス』の四二頁、五四頁、六二―三頁、九二頁、九六頁、九七頁、一〇二頁、一〇四頁、一〇八―一〇頁、一五八頁、一六四頁、一六六頁、一七一頁。ロレンスがプライスの書物を一九一九年以前に読んだということは、『イングリッシュ・レヴュー』誌第二八号（ロンドン、オースティン・ハリソン、一九一九年二月）の八九―九〇頁において、ロレンスがフェニモー・クーパーに関するエッセイの初版の中で無意識の中枢について述べていることによって明らかである。ここでロレンスは、中枢に関する知識は奥義を伝える聖職者によって所有され、エレウシスの秘儀を伝授することにおいて教えられ、聖ヨハネの「黙示録」の象徴の中に隠されたと語り、プライスの説に従っている。アメリカ文学に関する、一九一八年から一九一九年に書かれたこれらのエッセイは、『無意識の幻想』や『アポカリプス』の最初の草稿である。『イングリッシュ・レヴュー』誌第二八号（ロンドン、オースティン・ハリソン、一九一九年六月）の四八八頁を参照。「……そして、腰には偉大な生き生きとした神経叢がある。そこでは深淵が深淵に応答する」
(76)『アポカリプス』の一四六頁。同書の一四二頁、一四四頁、一四五頁、一四九頁も参照。
(77)『精神分析と無意識』の五一頁。『無意識の幻想』の一四六頁。クヌド・メリルの著書『一人の詩人と二人の画家』(*A Poet and Two Painters*、ロンドン、ラウトリッジ、一九三八年)の三一一頁。
(78)『不死鳥』の二九二頁以下を参照。
(79)『D・H・ロレンス短編集』の五九八―六〇一頁。
(80)フレデリック・カーターの著書『D・H・ロレンスと神秘的な肉体』の五頁、三四頁。
(81)フレデリック・カーターの著書『D・H・ロレンスと神秘的な肉体』の四三頁、五三頁、六〇―一頁。
(82)『D・H・ロレンス書簡集』の八四〇頁。
フレデリック・カーターの著書『D・H・ロレンスと神秘的な肉体』の一九―二〇頁、五三―四頁、六一頁。
(83)『アポカリプス』の四三頁、四五頁、五七頁、九〇頁。『最後の詩集』における占星術的言及、一八頁、一三〇頁。
(84)フレデリック・カーターの側を自ずと重視した、ロレンスとカーターの複雑な関係に関する話は、フレデリック・カーターの著書『D・H・ロレンスと神秘的な肉体』やフレデリック・カーターの著書『「黙示録」の龍』(*The Dragon of Revelation*、ロンドン、ハームズワース、一九三二年)の中の「編集者覚書」に載っている。また、『不死鳥』に掲載されたエドワード・D・マクドナルドによって書かれた序文、一八―九頁及び「マックス・モーア宛のロレンスの書簡」『月刊天下』誌第一号の一七五頁も参照。

(85)『シークレット・ドクトリン』第一巻の四三四頁。同書第二巻の四七〇頁。雌牛関するブラヴァツキー夫人の言及に関しては、同書第一巻の六七頁、一三七頁、三九〇頁及び同書第二巻の三一頁及び『ヴェールを取ったイシス』第一巻（*Isis Unveiled* ニューヨーク、J・W・ボールトン、一八九一年）の一四七頁、二六二―三頁を参照。

(86)『無意識の幻想』の八一頁。同書の五八頁も参照。

(87)『ヤマアラシの死についての諸考察』の一六四頁。同書の一八七頁も参照。

(88) ロレンスの「死んだ男」におけるイエスは、イシスに仕える巫女によって真実に改宗する（『D・H・ロレンス短編集』の一一一八頁、一一二〇頁）。ロレンスはイシスの巫女に関して、フレイザーと同様にブラヴァツキー夫人からも多くの影響を受けている。後にイエスは生まれ変わり、「泳いでいる金色の蛇が、私の木の根元で眠るために、再びとぐろを巻こうとしている」と言う（一一三八頁）。イシスはクンダリニーを目覚めさせたのである。

第6章　ファシストたちの中のロレンス

ロレンスは中流階級の文明が雌牛崇拝に、病んだかたちで無秩序に適応していることに気付いた。政治家として、ロレンスは混乱に秩序をもたらすことを願った。彼は福音伝道者として彼の信念を他の者たちと分け合いたかったし、実際に彼の信念を他者に押しつけたかった。これらの目的のためにロレンスは、神智学やアニミズムや太鼓に合わせた踊りが快く受け入れられ、スーザンが正しく評価される社会を提案した。これは十分に無害であるように思えるが、しかし、ロレンスが世の中のために処方した社会的、政治的、経済的救済策は、ナチスにロレンスを彼らの仲間の一人として認めさせ、また、数人のマルクス主義者やジョン・ストレイチー、ニュートン・アーヴィン、エルンスト・セイエールといった自由主義批評家に、ロレンスのことを、ファシストあるいは原初のファシストと呼ばせた。[1] しかし、多くの共産主義者たちは、ロレンスを共感できる人物とみなした。陳腐な過去を生き生きとさせた功績でドイツ人がロレンスを敬愛したのと同じ程度に、スティーブン・スペンダーとセシル・デイ・ルイスは、新鮮さを失った過去から彼らと同世代の者たちを開放するのに役立ったことに対してロレンスに敬服しているようだ。[2]

私の知人のトロツキー派のある人物にとってさえも、ロレンスはほとんど共産主義の同調者に見えるようだ。このようにロレンスに対するさまざまな評価があるが、これは党派的な熱気度によるものではなく、また、ゆるい判断基準によるものでもなく、驚くことではない。というのは、ロレンスはしばしば政治に関して一貫性がなく、彼の政治的立場は何なのかを見極めることは容易ではない。現代社会を非難するロレンスの姿勢や真面目くさった口調や情熱、それらはすべて批評家からの孤立を致命的に招きそうであるが、それらはあらゆる読者に、彼らが抱く政治的心情や反感の責任をロレンスの責任にすることを可能にさせてきた。批評家の数人は的の近くに来るのであるが、誰も正確にその的を射てはいない。

社会に関するロレンスの想念は戦時中に形成された。その戦争中、資本主義と科学が死の無秩序な踊りの中で互いに抱き合ったのであった。戦争が他の多くの者たちに確信させたように、ロレンスにも現在の社会機構が死を運命づけられていることを確信させた。彼は金銭と所有権を破壊の手先であり象徴であるとみていた。金銭と所有権は資本主義それ自体の手先であり象徴であるだけでなく、人間性の手先であり象徴でもあるとみていた。ロレンスは経済学には無知であったが、人間が生き残るためには、何か社会的かつ経済的変化が必要であることは分かっていた。ロレンスは最後のエッセイの一つで、以前の猛烈さは失せてはいるが、ある熱烈さでこの確信を言い表している。

大きな変化が起ころうとしている。必ず起こるであろう。金銭の配置全体が変化するだろう。どうなるのかは、私には分からないが。産業機構全体が変化するだろう。仕事が変化し、階級が変わるであろう。……私には変化が起きつつあることが分かる――そして金銭の価値観ではなく、生命の価値観に基づいた、より寛大なより人間的な機構を我々は持たなければならないことが、私には分かる。(3)

ロレンスは小説家として、「個人の内面の変化」が彼の真の関心事であると付け加えているが、H・G・ウェルズや我々の時代の多くの他の作家たちのように、ロレンスも、世界の経済的社会的無秩序によって、小説家の分野から立ち上がり、社会体制の打破を指図するように強いられていたことは明らかである。

ロレンス自身の経済的状況は現代社会に対する苦い思いを述べるほど悪かった。彼の両親はとても貧しかった。若いロレンスは、坑夫か事務員かどちらかになる二者選一に直面した。ロレンスは後者を選び、外科器具を作る工場で働き、週十三シリング受け取っていた。しかし、行政機関の奨学金を受け取ることになり、医療用鉗子からついに自由になった。教員を養成する大学を卒業するとすぐにクロイドンで薄給の教員になった。ロレンスが一九一二年教員を辞めてフリーダと駆け落ちした時、『侵入者』からの収入である約五〇ポンドをポケットの中に持っていた。ロレンスは書くことによって生活することを提案した。しかしながら、何年もの間、本やエッセイを書くことによって得る金銭や友達から受け取る金銭は、最小限の生活必需品を補うのにも不十分であった。ロレンスの作品のいくつかは発売を禁止されたり、あるいは、出版を拒否され、彼のアメリカの出版社は倒産した。しかし、戦後ロレンスの作品は徐々に成功を収め、彼は比較的裕福になり、世界中を旅しただけでなく、一九二九年の株式市場に投資して損失を出した。しかし、裕福になっても、金銭や個人所有に対する憎悪が減ることはなかった。かつては、貧しさや戦争がその憎悪を高め、反物質主義心情がその憎悪を保持するのに手を貸したのであったが、ロレンスは小説や手紙の中で両替商人に破滅の予言を行い続けたり、彼らを礼拝堂から追い払う革命が起こることを願い続けた。

ロレンスの経済的独立はまた、坑夫や事務員や教員といった、資本主義体制の中の単調な退屈な仕事の記憶を消すことはなかった。彼はその単調な仕事から逃げたのであった。『最後の詩集』の中で、ロレンスは、むさ苦しい小さな家の中で不十分な給料で暮し、さらに悪いことに、町では機械の奴隷となり、映画中毒に陥ってしまう「産業に従事する何百万人の人々」や「大衆に属する人々」のことを、恐怖と絶望を抱いて思った。(4) 彼は自分を無法者と呼んでいたが、その無法者は、花の中にすわり、町の不幸な者たちのことを考えると、みじめな気分になるのだった。彼はロンドンの陰鬱な群衆のことを思った。また、彼は西五〇丁通りや西百丁通りそしてウェストチェスターのビジネスマンのことを思うと身震いした。「ニューヨークなど糞くらえ！　ニュージャージーからはほとんど何も得られない」とロレンスは叫んだ。(5)

ロレンスはそれらの明快なアングロ・サクソンの言葉を、富裕層に向けた彼が好きな発言として用意していた。彼は、富裕層は町や工場や貧しい人々の苦悩に責任があると思っていた[6]。資本家の社会とそのすべての方策に対する軽蔑を表す一つの仕草として、彼は上流社会の友達から受け取った手紙で時々鼻をかんだ。その友達はロレンスの便宜を図ってとても柔らかな紙で彼に手紙を書いたのであった。ロレンスのこの仕草を評価して、多くのマルクス主義者たちが彼の「破壊的」態度に拍手した。

そのような拍手は、ロレンスの小説の悪役を上流階級に置き、英雄を下層階級に置くロレンスの習性によって、さらに正当化されるであろう。上流階級出身のハーマイオニや、その身体的麻痺が社会が抱える麻痺をも想起させるチャタレイ卿のような、生命力が欠け、古色蒼然とした知識人である登場人物たちは、バーキンやメラーズのような生き生きした平民の引き立て役である。森番のメラーズは優雅な女性主人公を当惑させてしまう下層階級の方言を故意に使っている。ロレンスは準貴族を代表する人々に出会う以前にも、『白孔雀』の中で、富豪の鉱山所有者を、ラテン語を引用する中毒にかかった不愉快な知識人として描いた。ロレンスは森番や小作農が好きだった。彼らがラテン語を引用をすることはなく、自然に密着しているという理由のためだけではなく、彼らは身分が低い階級であり、身分が高く称号を持つ女性主人公の魂を彼女の階級の不利な状況から救い出す力を彼らが完璧に持っているという理由からであった。坑夫たちも同じような行為ができた。『アーロンの杖』に登場する不満を抱えていた炭鉱夫であるアーロンは、ロレンスが彼に先立って行ったように、彼の階級を捨て貴族と付き合った。しかし、彼は、彼が出会った人々の階級が高くなればなるほど、また、彼らの富が多くなればなるほど、彼らはますます機械的になり、また、ますます瀕死の状態を呈していることに気付いた。「牧師の娘」の中の牧師は、彼が「命令を発する上流階級に確実に属している」ことを誇りにしていた。そして、人々の中にあって、自分自身に立場を与えるために、社会的地位に頼っていた。このとんでもない男は、坑夫と駆け落ちした娘から、生命が階級よりもっと重要であることを学んだ。『セント・モア』に登場する馬丁のルイスは単なる使用人であるが、ロレンスが女性相続人を救うこの平民の男に関して述べているように、このような真の力と卓越性は我々の人工的な社会ではめったに見出されない。「てんとう虫」のダフニ夫人を救う、浅黒い小柄な救済者であるサネック伯爵さえ、一見貴族に見えるが、貴族ではない。というのは、彼は有史以前に奴隷であった民族の出身である。この小柄な男により、おそらく彼の称号によって身にまとっていた武装を解かれるまで、ダフニ夫人は階級の隔たりのために彼女が魅了された森番たちに屈することを阻まれていた。しかしながら、彼女の心は、より低い階級の人々あるいは言い換えると「無意識《アンコンシャス》の階級」の人々は、上の階級の人々と異なり血で考えていると常に思っていた。(7)

この種の社会的寓話は、男爵令嬢を教え導き、救いそして結婚した坑夫の息子に当然予測できる階級意識を反映している。ロレンスの男性の主人公たちは彼と同じ階級意識をしばしば持っている。例えば、「陽気な幽霊」の主人公は、彼と彼の貴族の友人たちとの間に深くて広い裂け目があることを決して忘れることがない。ロレンスは、どんなに彼の出身階級を意識していようとも、また、どんなに身分制度の寓話に触れようとも、自分自身を、彼の出身母体である労働者の中に位置づけることはなかった。感傷的になっている時には、労働者を、「私の肉体を生み出している肉体」と呼んだりするのであるが。『カンガルー』の主人公であるソマーズのようにロレンスは、彼の才能の助けによって、どの階級にも属さない人々とくつろげる、社会的曖昧さが存在する所にまで上ったのであった。彼は、中産階級の金銭と機械の管理を嫌っており、当然中産階級は彼には合わなかった。また、彼が決して忘れることも受け入れることもできなかった労働者階級の人々の中にいる時よりも、彼が共に生きることを好んだ準貴族の人々の中にいる時の方が、彼がより安らぎを感じるということはなかった。「自伝風スケッチ」の中で、ロレンスは自らの苦境について語っている。「階級は大きな溝を作っている。それを渡ろうとすると、最も良い人間的な流れが失われてしまう……労働者階級出身者として、私は、私が中産階級の人々と共にいると、彼らは私の生き生きとした生命の鼓動をいくらか切ってしまうと感ずるのだ。……それではなぜ私は労働者と共に生きないのか。なぜならば……労働者階級は、物事に対する見解が狭いからである……人は断固としてどの階級にも属さないでいられるものだ(8)」。ロレンスは、自分は低い階級から中産階級へ上ったバリーやウェルズの後を追うような者ではないとさらに述べている。彼はどの階級にも属さず、根無し草であり、孤独であり続けたのであった。

中産階級と低い階級によって好まれる統治形態である民主主義は、ロレンスにとっては、階級制度と同じ位に受け入れ難かった。ロレンスの社会的そして経済的問題や戦争が、彼に民主主義の失敗を確信させたのであった。ロレンスは、自由や平等は死んだ観念であり、結局無秩序に陥るのであり、奇妙に思えるかもしれないが、個人主義を破壊するものであると公言した。彼の魂は、民主主義の暴徒の重圧のもとでは、発展できなかった。(9)

ロレンスには社会主義は民主主義の悪い点をすべて持っているように思えた。若いころのロレンスは、フェビアン支持者たちや労働党に魅せられ、クロイドンの社会主義者たちの前で演説した。しかし、一九一〇年には既に、社会主義者たちが愚かで精気がなく単調であると思っていた。(10)後に、彼は彼らを唯物主義であり機械的であると考え始めた。一九二〇年代に、ロレンスは、イタリアとメキシコで、好戦的な社会主義者たちを不安な思いで見つめていた。彼は、社会理想主義者たちによってストライキが労働者に強いられるのを嫌った。社会理想主義者たちは、そのやり方において、資本主義者と同じ位に悪かった。(11)社会主義者たちのもとで、また、同様に資本主義者たちのもとで、労働者階級の男たちが、蟻や蜂のように魂のない恐ろしい生物になっていくのをロレンスは見た。

ああ、私は私の出身階級である
労働者階級をずっと愛してきた、
そして生き、そして彼らが多量の魚卵のように機械ロボットの中に生まれ出るのを見た。(12)

落胆した詩人は、革命を求め祈った。しかし、もし革命が無能な「ロボット状態の大衆」と彼らの指導者を統治することであるならば、ロレンスは中産階級の手の中にいることを望んだ。なぜならば、中産階級は、そのような革命ほど彼を悩ませないからである。共産主義のロシアは、民主主義の世界と同じように、所有と土地や機械の管理に基づいているように彼には思えたのだった。ロレンスはマルクスを資本主義者たちよりもっと資本主義的であると考えた。『アポカリプス』において、ロレンスは、妬み深い大衆を非難し、彼らが個人に敵意を抱いていることに気付いている。そして、ロレンスはレーニンを邪悪と呼んだ。(13) ロレンスが欲したのは、人間の新しい世界であって、ロボットたちの新しい世界ではなかった。現在の社会と同じ種類の別の世界ではなかった。彼はロボットや財産や機械からの救済を欲していた。

ああ！　誰か革命を起こせ！
労働者階級を仕事に任ずるためではなく、
労働者階級を永遠に撤廃し、
人間の世界を持つために。(14)

社会を救済し、社会をロレンスの宗教の実践に適合させるために、彼が望んだ政治形態は、今やよく知られているように明らかなものであった。民主主義の混乱とある一定の失敗に鋭敏に気付いていた同時代の人々の多くと同様に、ロレンスも独裁者の治療を提案した。しかしながら、大衆による独裁ではなくて、一人の英雄による独裁である。一九一五年にロレンスは、大衆は彼ら自身が統治するのに適していなく、また、統治者を選ぶことにも適していないことを自ら明らかにしていると述べた。大実業家たちは、指導者に期待されている名誉や栄光や責任を明らかに示すことができなかった。独裁者は秩序を社会にもたらし、栄光を人々に取り戻す。人々は独裁者と対極をなす磁極となり、古代人の流儀にならって、血の知恵のみによって生きるようになるであろう。人々は無意識に必要なものを認識するのである。人々にこのことを気付かせるのがロレンスの役割であった。「指導者……これは人類が切望しているものである」とロレンスは宣言した。[15]

英雄や超人を求める、この時代の流れに乗った嗜好は、一連の書物と音楽によって養われたように思えるが、これらはバーナード・ショーにおいても同じような傾向を高めた。まだロレンスは若かったが、民主主義に英雄という解毒剤を提案した十九世紀の予言者たちにロレンスは興味をそそられた。カーライルやニーチェに対するロレンスの初期の頃の情熱に関して、E・Tが彼女の回想録の中で語っている。[16] ワーグナーについて言えば、ロレンスのワーグナー風小説である『侵入者』の証言を信ずるならば、イエス・キリストにワーグナーほど献身的に忠実な者はいなかった。浄化されたザルツブルグに領土を拡大したヒトラー総統さえも、ワーグナーほど忠実ではなかった。しかし、ワーグナーのジークフリートと違って、ロレンスの独裁者は、生き生きと生命に溢れ、ワーズワスのルーシーのように、太陽やにわか雨に親しんでいた。というのは、十九世紀の自然愛好家や生命主義者や神智学者がロレンスの独裁者の先祖の中に入っているからであり、その独裁者の広い胸の中では、高貴な未開人の心臓が鼓動していた。この卓越した個人は、自然が選んだものである。彼は、ヘンリー・フォードやレーニンの誤った物質的な観念的な力ではなく、自然によって、生きている太陽の真の精神力と栄光に満たされていた。自然が彼に真の力を与えたので、自然はその力を発揮する場を彼に与えるのである。金銭と所有は姿を消すであろう。プロレタリアや資本家や懐疑的な人々というような、民主主義と社会主義の中で生み出された古い階級は、統治者たちと統治される者たちの自然な社会機構により受け継がれるべきであった。『ヤマアラシの死についての諸考察』の中のエッセイで、ロレンスは、ある者は統治するために生まれ、他の者は従うために生まれてきたのだと語っている。生きている太陽から力が注がれている天性の貴族たちは、指導者の命令を実行する。『セント・モア』の馬丁であるルイスもこれらの天性の貴族たちの一人である。「彼は自己のまさにど真ん中、宿命からやって来たものを受け入れた。それは彼に永遠という本質を与えた。……彼自身の奇妙な形で彼は貴族であり、彼の貴族社会の中で近寄り難い存在であった。しかし、それは眼に見えない力からなる貴族社会であり、より偉大な影響力を持ち、人間社会とは関係なかった(17)」。その貴族たちの後に、自然が同じ技量ではその力を授けなかった者たちや、ロレンスが『無意識の幻想』の中で語っているような、講習会や養成所で地味な慎ましい仕事のために訓練された、より劣った人々がやって来た。思想はこれらの人々から隠されなければならないし、また、行動が思想に取って代わられなければならない。現在のすべての階級から引き出されたこれらの天性のプロレタリアは、指導者に従うことに幸福を見出すのであった。ユダヤ人はそのような指導者に、シーッと非難の言葉を浴びせるだろうし、無信仰者たちは、そのような指導者を憎悪するかもしれない(18)。

最初ロレンスは、男性、女性、花々そして牛に対する平等の愛を夢見ていた。愛を求める愛は、社会に世界的な革命を引き起こすことになった。結婚がロレンスに家庭内の独裁の徳を教えたので、資本主義と民主主義の誤りは、ロレンスに、彼の家庭の中と同じように、愛が社会の内部において勝利する前に力と栄光が必要であることを示した。ロレンスの戦後の小説は、ロレンスによって強調される箇所が平等から英雄的力に代わったことを明らかにしている。彼は女性の場所は家庭にあり、女性にふさわしい関心事は、乳母車と食料雑貨類であり、投票や政治ではないと述べた(19)。彼の英雄たちは、今やついに彼らの女性たちより威厳を持ち、女性たちだけでなく男性たちの上にも力を持つことを望み始める。

『アーロンの杖』(一九二二年)の主人公であるリリーは、もし社会が社会主義と民主主義の「蜂病」から救済されなければならないのなら、大衆と資本家たちは管理されなければならないと信じている。リリーは、愛と平等の形態は今や消耗しつくされ、男たちは指導者に従いたいと願っていると言う。この能力が自分にあることを知って、リリーは一人の追随者と共に控えめに仕事を始める。しかしながら、一人の追随者は、「てんとう虫」（一九二三年）のサネック伯爵の役割を担う以上のことをする。「てんとう虫」のこの英雄は、力や従順さや信頼の尊さについて説得するように語り、また、最も偉大な魂を持つ男に、情熱と歓びを抱いて従う大衆を、心の中で想像して楽しむのである。この偉大な魂のチェコスロヴァキア人は、批評よりも従順さに寛大であるが、しかし、彼の私的生活の中で彼はどちらも受け入れないので、それはほとんど重要ではない。『カンガルー』（一九二三年）では、男たちの指導者が、孤独の中から立ち現れ、彼の運命に立ち向かう。イギリスの民主主義に落胆したサマーズはオーストラリアの社会主義を調べ、それを拒否した。そしてサマーズは、ユダヤ人の扇動家である、カンガルーの組織に魅せられた。カンガルーは、私設の軍隊に命令し、その軍隊を用いて、「蟻男たち」や民主主義者や共産主義者に、彼らを破壊する前に、英知と力と権威を例証したかった。彼の追随者たちは、彼を父とみなし、彼の政策を教会とみなした。彼の副官の一人は、彼に指揮されることは、国際的共産主義者や国際的なユダヤ人金融組織によって指揮されるよりよいと語る。[20]

しかしながら、カンガルーの権威は、『翼ある蛇』（一九二六年）のドン・ラモンの権威と比較すると不完全である。別の猫がカナリアを食べているのを見ている一匹の猫の同情心を抱いてメキシコ人を見つめながら、ラモンは人々が、社会主義者やカトリック信者そして世界の資本家によって威圧されていることに気付く。沈黙する大衆の真只中でラモンは、権威や栄光そして真の宗教を求める大衆の叫びを聞き取った。ラモンは人々を満足させる準備ができていた。「物質を持っている者に対する、物質を持っていない者の憎しみ」を表した社会主義者は、肉体を救おうとした。ラモンは、カトリック教徒が魂を救おうとする方法ではなく、もっと良い方法で魂を救うであろう（というのは、カトリック教徒はそのようなことを理解していないからである）。国際的なカトリックに代わって、ラモンは、それぞれの国の国家の宗教を提案した。メキシコ人には、ケツァルコアトルへの崇拝を、ドイツ人にはワーグナー神殿への崇拝を、ラモンは、『虫』(*Das Wurm*) にはジークフリートへの崇拝を提案する。地方の司教としてラモンは、激しい非難や説教、古代の象徴、メキシコがもっと緑地帯が多い国ならば村の公の草地のような所で行われるであろう古代の踊りによって、彼の国家への忠誠をメキシコに拡大する。ラモンは民主的なメキシコ人の闘牛に代わって、雄牛や他の象徴的な獣への崇拝を用いる。ラモンは雌牛崇拝により世界を安全にした。これらの改革のためのラモンの最も有力な主張は、太陽の背後に存在する生きている太陽の、天性の貴族たちから構成されるラモン自身の軍を持つことである。この軍は司令官が現れると、敬礼の姿勢で、右手を上げ、不明瞭に「オエ！　オエ！　オエ！」と叫ぶ。たまたま司令官であった一人の助けによって、ドン・ラモンは国の正規軍をも統制する。カトリック信者、社会主義者、世界の資本家は、追い出されるかあるいは滅ぼされる。そして、メキシコ人たちは、その宗教的超人に従う。[21]ロレンスは、ドン・ラモンの勝利の数年前に、「もし私が独裁者であるならば、私は当然抽象的な知識ではなくて、敏感な生き生きとした心を持つ裁判官を持つであろう。直観的な心は、ある男が悪であることを認識するので、私はその男を破滅させるであろう。速やかに。なぜならば、善良な温かな生命は今危険な状態にあるからである」[22]と語っている。

これらの空想は一九二〇年代の始めの間は、ロレンスを楽しませた。しかしながら、病とメキシコに対する幻滅感が、一時的に指導力に対する信念を弱めた。ロレンスが友達に送った、指導者と追随者に関する発言はとても退屈なものである。[23] その期待外れの年の作品である『チャタレイ夫人の恋人』の中で、ロレンスは優しさ《テンダネス》と愛に戻った。しかし、ロレンスの最後の作品となった『アポカリプス』において、ロレンスは、指導力、キリスト教会の政治形態、そして権力について考え、そこに安らぎを見出した。

エルンスト・セイエール(Erunest Seillière)は、ロレンスに関して、権力と追従に対するロレンスの憧れ、社会主義者やカトリック主義者そして世界の資本家へのロレンスの憎悪、ロレンスが描いた異教徒の儀式を伴う民族国家の宗教、ロレンス思想の布教、象徴、突撃隊、女性や労働者に対するロレンスの姿勢、血で考えるロレンスの欲望、ヒトラーが現れロレンスを原初ファシストとみなす人々を正当化することをロレンスが予期していた別の観点等について思いを馳せた。セイエールは、バッハオーフェン(Bachofen)やブライプトロイ(Bleibtreu)やルートヴィヒ・クラーゲス(Ludwig Klages)といった、ヒトラー出現に影響を与えたドイツの作家たちに、ロレンスが受けた影響がどのようなものであったかを指摘している。[24] ロレンスがこのような血で考える者たちに似ているのは事実であるが、セイエールは、ロレンスとこれらの哲学者たちとの間につながりがあると証明する際に、ロレンスがドイツ人と結婚していること、また、ロレンスがドイツを訪れていること以外の証拠を示していない。セイエール氏は、類似と起源を混同するという誤りを犯しているが、もし彼が彼らの関係を示す何か証拠を持っていたとしたら、彼はより強烈な真実を明らかにしたことであろう。ロレンスとこれらのドイツ人たちの思想は、同一の原因から生じた類似した思想であるようだ。ロレンスとこれらのドイツ人たちは、同じ世界に自分たちを見出しており、その世界の問題を解決する方法は、その環境のもとではあまりにも明白であり、当然であるので、彼らが類似していることに誰も驚く必要はないのである。独裁政治は、民主政治の無秩序に対する明らかな解毒剤である。暴力と血と力は、過剰な科学と過剰な知性に対する自然な解毒剤である。

　セイエール氏が憤りを抱いて記したことを、イギリスのファシストであったロルフ・ガードナーは賛同して語った。一九二〇年代、ガードナーはドイツの若者の活動に興味を抱いた。彼はドイツやイギリスを、場所から場所へ若者たちを移動させながら休暇を過ごした。時折、休息を取り、歌を歌ったり、若者たちとモリス・ダンスを踊ったり、若者たちにナチスの歓喜力行団（Kraft durch Freude）が、彼らが手本にしているものであることを思い起こさせた。ボーイ・スカウトはガードナーを満足させることはできなかった。オズワルド・モズリーもまた、ベーデン＝パウエルよりも良さそうであったが、不十分であった。しかし、ロレンスの作品は、ガードナーが探し求めていたものを含んでいた。ガードナーはここに、ドイツ人が主張する指導者や活力や非情さ《マインドレスネス》に関する考えを除いた、すべてを見出した。ガードナーは一九二四年にロレンスへ手紙を出した。ロレンスは親近感を抱き返事を書いた。彼らの手紙のやり取りは、一九二八年まで続いた。ロレンスは直ちにガードナーの計画の中に、文明を壊す一つの方法を見出した。ロレンスは、長年の間、所属する何かそのような団体を探していたのだと語った。そして、ロレンスはガードナーの北欧人たちと踊れるように、メキシコではなくてイギリスにいればよかったと思った。北欧人は人が真の根性を探しだせる唯一の民族であると一貫性のない発言をロレンスは付け加えている。ガードナーはロレンスにドイツ語の小冊子[25]と古代人に関する本とジョン・ハーグレイヴの著書である『キボ・キフトの告白』(*The Confession of the Kibbo Kift*、一九二七年)を送った。ジョン・ハーグレイヴは、ロネクラフト・ボーイズ(the Lonecraft Boys)とキボ・キフト・キンドレッド(Kibbo Kift Kindred)の指導者を継続してしており、独裁政治と資本の国有化は戸外での訓練や、適切な象徴主義そして少年たちの前で未来を予告することから生まれると信じていた。ロレンスはこの本を興味深く読み、ハーグレイヴは正しい考えを持っていると認めた。しかし、ハーグレイヴはロレンスにとって余りにも冷静で知性的であった。ロレンスはイギリスに帰国する際に、補佐役としてハーグレイヴではなくガードナーを連れていくことに決めた。彼らは、ドイツの若者たちに希望を抱き、家を借り、リーダーシップと「一致団結」を養う「聖なる中枢部」を始動させ、イギリス国民を社会主義と民主主義から救うために立ち上がるはずであった。ロレンスは、イギリスの労働者が必要としているものは、労働組合でもストライキでもなく、フォークソングとドラムに合わせて踊る古代の踊りであると語った。しかし、これらの計画からは何も生じなかった。一九二八年にロレンスは、現代は指導者が統治する場ではないと悲しげに友に語った。ロレンスの企ては、ガードナー、ムッソリーニ、アニー・ベサントを除くすべてにおいて足跡を残さずに終息した。[26] しかし、『アポカリプス』が示しているように、ロレンスは、坑夫たちを歌と踊りに導く欲望を全面的に断念することはなかった。

このことから、もしロレンスが二、三年長く生きていたならば、ヒトラーのドイツにロレンスが望んだ政治形態をロレンスは見出したであろうということが結論づけられるかもしれない。しかし、その結論に疑問を抱く理由が十分にある。確かにロレンスは独裁政治を欲したが、ロレンスは彼が知っていたすべての全体主義組織を批判した。ムッソリーニやイタリアのファシズムに対する好意的な発言のすべてに対して、ロレンスはいくつかの否定的な発言をした。ムッソリーニやレーニンあるいはハーグレイヴのリーダーシップに従うことをロレンスに不可能にさせているあの頑固な個人主義は、ロレンスがヒトラーを受け入れることをも阻止したであろう。従うことに乗り気でないロレンスの姿勢は『カンガルー』の主人公であるサマーズの行動にも見受けられる。サマーズは、忠実に彼を生み出した作家を反映している。民主主義に疲れ、社会主義を受け入れることができず、これまで我々が見てきたように、サマーズはカンガルーのファシズムに強く魅かれる。サマーズはすべての個人主義者たちがそうであるように、寂しさと孤独を感ずる。しかし、何か権威主義のグループに加わりたいという思いは、彼自身の性格によってくじかれるのであった。「サマーズは誰とも友達にならないであろう」し、また、彼は決して指導されることに同意しないであろう。サマーズは権威と従順の必要性について話すが、彼はカンガルーに従うことは好まない。[27]ロレンスは彼自身の条項に基づいた独裁政治を欲したのであるし、彼自身が独裁者である場合のみ独裁政治を欲した。ロレンスが、彼の個人主義を独裁政治となんとか和解させたのは、この方法でであった。個人主義は民主主義のもとではとても不安定であった。ロレンスは生涯を通じて、彼が統治できる共同体を作ることを夢見ていた。そして、この欲望は、彼の個人主義とほぼ同じ位に大きい他者の中にある個人主義によって、生涯ずっと挫折させられた。ロレンスの夢がかなったのは、メキシコの独裁者ドン・ラモンの理想郷においてのみであった。『翼ある蛇』はロレンスの理想の状態を代表している。なぜならば、ロレンス自身が素晴らしい変装をして独裁者となっているからである。もしロレンスが他の男たちと上手くやっていくことが可能であり、また、指導者としての能力をもし持っていたとしたら、彼はヒトラーやムッソリーニそしてハーグレイヴやモズリーの追随者ではなく、ライバルになっていたかもしれない。モズリーは、P・G・ウッドハウスの黒いパンツの指導者である、あのロマンチックな男のような、私的な独裁政治の首領である。

ロレンスはこれらの潜在的なライバルたちといくつかの点で異なっていた。ナチスのように、ロレンスは反知性であり古代主義的であった。ナチスの最も初期の段階を除いた他のどんな時期より感傷的であり、ロレンスは機械と金銭を破壊したいと思ったが、それらを管理したいとは思わなかった。彼は工場や資本家やプロレタリアートがいない世界を望んだ。神智学者が聖なる雌牛の周りで優しく踊るような、ロレンスが方向転換と呼んでいるような世界を彼は望んだ。彼の理想郷は家父長制度であり、『奥地の少年』の主人公ジャック・グラントの家長制度をより大きな規模にしたようなものだった。ジャック・グラントは二人の妻と馬を連れて荒野に引きこもった。ロレンスは宗教的な人間である。ロレンスは独裁者になりたかったが、高僧や預言者にもなりたかった。奥地に一人あるいは二人で暮すという理想は、現代のファシストの理想よりも、例えばモーゼやダビデ、十七世紀の神政政治家、マサチューセッツ州のピューリタン、あるいは、イギリス第五君主制に対する反乱が抱いていた理想に近い。ヒトラーは宗教的な衝動や預言的な考えの影響を受けていない。しかし、ヒトラーさえ、世界的にはロレンスの隣に姿を現すのである。ヒトラーは宗教には関係のない彼の野心を推進するために、宗教を使った悪漢である。ロレンスは彼の宗教を推進するために政治を使うことを望んだ情熱家であった。この時代遅れの神政政治に、ロレンスに付けられていた原初ファシストというレッテルを与えないことは、学術的に適っているであろう。ロレンスは神政ファシストであったと言った方がより正確である。

ロレンスのファシストを特徴づけている宗教的熱意は、ロルフ・ガードナーの中に見られるかもしれない。ロレンスの死以後、ガードナーは『終わりのない世界、イギリス政治と若い世代』(一九三二年)という題名の奇妙な小冊子の中で、ファシズムと神政政治の混合を主張している。(28) 本の題名にガードナーはロレンスの『カンガルー』から統治に関する一節を選んだ。彼の本の冒頭でガードナーはロレンスに恩義を受けていることを告白している。ロレンスの「先駆者の仕事」

は、ガードナーと同世代の多くの者たちを、死せる伝統から解放している。そして、ガードナーは、「私の活動に関するロレンスの個人的な興味と批評は、言葉では言い表せない程の価値があり、忘れられないものである」と述べている。ガードナーは続けて、すべての国が今日必要としているものは、ファシズムの何らかの形態であると述べている。これが彼の小冊子の主題である。多様なファシズムの形態を概観し、ガードナーは、モズリーのファシズムを余りにも折衷的であるとし、ウィンダム・ルイスのものを余りにも奇妙だとし、ムッソリーニのものを余りにも機械的で世俗的であるとし、ハーグレイヴのものを余りにも国際的なものであるとした。しかしながら、ドイツの国家社会主義者たちとD・H・ロレンスは、ガードナーに、正統的な形態へつながる道を示したのであった。ガードナーは『翼ある蛇』をイギリスのファシストたちの指導書として、また、ドン・ラモンをイギリスの指導者の手本として推薦した。ドン・ラモンの神政政治の原則とナチスの実践を組み合わせて、ガードナーはイギリスをロレンスが「聖なる中枢」と呼んでいるものにさせ、イギリス以外の土地にいる、訓練された北欧人の助けを借り、その中枢から、ヨーロッパを、物質主義、道理、自由主義、ロシアの無神論、そしてローマ教皇から引き離し、崇拝と従順さと言葉では言い表しようのない神秘へと導くことを提案した。しかし、ガードナーは不完全なロレンス主義者であった。ガードナーのゲルマン民族の神政政治では、象徴的な雌牛に備えることはできなかった。

注

（1）アンセルム・シュローサ（Anselm Schlösser）の著書『ドイツにおけるイギリス文学、一八九五年－一九三四年』（*Die englische Literatur in Deutschland von 1895 bis 1934*、ジェイナ（Jena）、ビーダーマン（Biedermann）、一九三七年）。ジョン・ストレイチーの著書『文学と弁証法唯物論』（*Literature and Dialectical Materialism*、ニューヨーク、コーヴィシ（Covici）、フリーダ（Friede）、一九三四年）の一六－九頁。ニュートン・アーヴィンの論文「D・H・ロレンスとファシズム」（"D. H. Lawrence and Fascism"）、『新しい共和体制』第八九巻（*The New Republic*、一九三六年一二月一六日）

（2）スティーブン・スペンダーの著書「D・H・ロレンスに関する覚書」、『破壊的要素』（*The Destructive Element*、ロンドン、ケイプ、一九三五年）。セシル・デイ・ルイスの著書「詩への願い」、『詩集』（*Collected Poems*、ニューヨーク、ランダムハウス、一九三五年）。

（3）『小論集』の九七－八頁。

（4）『最後の詩集』の一六七－八頁、一七二頁。

（5）『D・H・ロレンス書簡集』の三二四頁、五七四頁、五七六頁。

（6）フリーダ・ロレンスの著書『私ではなく、風が…』（"*Not I, but the Wind*..."、ニューヨーク、ヴァイキング、一九三四年）の一五九頁。

（7）『白孔雀』の三四七頁。『アーロンの杖』の一八一頁、一九二頁、二一一頁、二三一頁。『D・H・ロレンス

短編集』の四七頁、三七五頁、四〇二頁、四〇八頁、五八八頁、五九六頁。
(8)『小論集』の一五二—三頁。
(9)『D・H・ロレンス書簡集』の二三五頁、二四三頁、三一八頁。『不死鳥』の六九九頁以降。『無意識の幻想』の七五頁。『海とサルデーニャ』の一一四頁、一三〇頁。
(10)『D・H・ロレンス書簡集』の四頁。しかし、同書五一一—二頁を参照。一九二一年にロレンスは一時期、革命的な社会主義者になりたいと思ったが、これは一時の気まぐれであった。
(11)『海とサルデーニャ』の一四〇頁、一六三頁、二〇三頁。『D・H・ロレンス書簡集』六二二頁。
(12)『最後の詩集』の一九七頁。
(13)『アポカリプス』の二五頁。同書の二章、四章、二三章も参照。『最後の詩集』の二五六頁。『ヤマアラシの死についての諸考察』の一一二頁、一一七頁、一五六頁。『不死鳥』の一九六頁、二八五頁、二八八頁、三九五頁、七〇九頁。『小論集』の二一三頁。
(14)『D・H・ロレンス書簡集』の七七二頁。
(15)『無意識の幻想』の七八頁。同書の一六五頁、『D・H・ロレンス書簡集』の二三五頁、二四三—四頁、三一二頁、三五八頁、『不死鳥』の二九〇頁、『ヤマアラシの死についての諸考察』の一五一頁も参照。
(16)ニーチェに関しては、次を参照。『アーロンの杖』の三四五頁、『D・H・ロレンス短編集』の七九六頁、『イタリアの薄明』の諸所。
(17)『D・H・ロレンス短編集』の六五四頁。

(18)『ヤマアラシの死についての諸考察』の一四五—五八頁、二二四—四〇頁。『無意識の幻想』の六八頁、七七頁、一〇四頁。『不死鳥』の五八七—六六二頁。
(19)『D・H・ロレンス書簡集』の二四四頁。
(20)『アーロンの杖』の三二七頁、三四〇頁、三四七頁。『D・H・ロレンス短編集』の三九八—四〇一頁。『カンガルー』の二四頁、九九頁、一〇〇頁、一〇五頁、一二〇—一頁、一三一頁、一六六頁、二〇八—九頁、三三七—九頁。
(21)『翼ある蛇』の五五頁、七八頁、八七頁、一二〇頁、二〇四頁、二一二頁、二二四頁、二六五—六頁、三五九頁、三六二頁、四四九頁以下。
(22)『海とサルデーニャ』の二七頁。同書の一六四頁も参照。ここでロレンスは、労働者階級の国際主義よりも国家主義を好んでいる。
(23)『D・H・ロレンス書簡集』の七一一頁。
(24)エルンスト・セイエール(Ernest Seillière)の著書『デイヴィッド・ハーバート・ロレンスと最近のドイツイデオロギー』(*David-Herbert Laurence et les récentes idéologies allemandes*、パリ、ボワヴァン(Boivin)、一九三六年)。もちろん、ロレンスはニーチェ、シュタイナーそしてフロベニウスを知っていた。これらの人物全員がナチスに何らかの影響を与えていた。
(25)フリッツ・クラッツ(Fritz Klatt)の著書『創造的な休息』(*Die schöpferische Pause*、ジェイナ(Jena)、ディードリックス(Diedrichs)、一九二一年)。クラッツは一九二〇年代に、若者たちの社会運動や、機械化された時代における精神の苦境について、他にも数冊の本を書いている。

(26)『D・H・ロレンス書簡集』の六〇四頁、六〇六頁、六六六―七頁、六六九頁、六七一―三頁、六七五頁、六八四頁、六九五―七〇〇頁、七〇三―五頁、七六九頁。

(27)『カンガルー』の三六頁、一一五頁、諸所。『D・H・ロレンス短編集』の六一三頁、『不死鳥』の二八五頁、『ヤマアラシの死についての諸考察』の一四九―五〇頁も参照。

(28)ロルフ・ガードナーは一つのエッセイ「イギリスが見たドイツの革命」("Die deutsche Revolution von England gesehen")をエッセイ集である『外国が見た国家社会主義』(*Nationalsozialismus vom Ausland gesehen*、ベルリン、ウェラーク・ディ・ルンダ(Verlag Die Runde)、一九三三年)に寄稿した。ガードナーはそのエッセイの中で、ロレンスを称賛して再び引用した。

第7章　人工岩

スーザンがロレンスにとって何を意味するのか、そして、スーザンが便利な形で象徴となっている個人の宗教においてスーザンはどんな位置を占めているのか、これらの問いは厄介な、一見何の利益ももたらさない問いのように思えるが、もはやそれらについての推測は必要ないほど答えは明確である。アニミズム、神智学、無意識《マインドレスネス》、そして雌牛を崇拝した男によって宗教的に混同されているその他の事柄、これらの奥底からスーザンを探求する私の研究は、現代思想の限界を探求したいと思う者たちに歓迎されないということはないであろう。宗教を構成している要素や原因の究明に私は多くの忍耐をささげている。ある者たちは、それらの要素や原因は宗教それ自体や宗教的小説と全く同じではないということを厳密に理解しつつ、それらの要素や原因の特色を探求するであろう。しかしながら、そのような知識がその結果の特徴や意義や価値を明らかにする時でさえも、あるいは、明らかにするので、彼らは彼らが興味を抱いているものの起源に関しては知りたくないのである。「起源となっている元のものは、何も証明しない」とウィリアム・ジェイムスは語った。もちろん彼は、起源となっている元のものは、創造的想像力がそれら元のものから生み出したものほど通常は重要ではない、ということを伝えようとしている。「老水夫の歌」の生の題材と共にジョン・リヴィングストン・ロウズが我々に与えたような知識は、詩的創造力の感動を強調するために正に役立つ。しかしロレンスの場合のように、創造的想像力がその錬金術を機能させることができない時、常識に反した生の題材は、生で馬鹿げたままの状態なので、異常な尊大さを帯びる。作品の意味と価値は、その題材の意味と価値のままであり、その作品が理解されるためには、題材に関するある程度の知識が必要である。ロレンスの宗教と小説は、おそらくそれらを理解できない人々に最も価値があるのであろう。そのような人々は、起源や環境や理由に関して調査する研究者を責める傾向がある。しかし、アレクサンダー・ポープが次のように語っている。「人々は、我々が学者であることを期待しているが、しかし我々が学者であると腹を立てることは、理不尽である」

最もおざなりな批評家にとっても、ロレンスは馬鹿かごろつきのように見えるかもしれない。しかし、ロレンスが後者でないことは、彼の境遇や彼の信念の起源や形成過程を知っている者には、誰にでも明らかなことである。彼は誠実であり、感傷的であり、大志の光の中にあって、哀れなので、別の無力な天使のように見えるのにちがいない。多くの芸術家と同様に、彼は神経質であり、また、肉体的にそして社会的に不利な立場にあることを悩んでいた。そして彼は混乱した世の中にも気付いていた。この世に意義を与え、この世の中と彼を合致させる試みは、彼自身とこの世の中の双方に何か誤りがあることを示すことにおいてのみ役に立ったのであった。それは神経過敏になった状態であるが、彼の努力はノイローゼの一症状というよりはむしろ、外界の混乱に対する混乱した反応であった。ロレンスが生涯を通じて示し続けた無秩序の、さらなる症状の表示は不必要であった。しかし、それらの症状は彼が世界の無秩序にとても繊細であり、最新の反応パターンに他の者より敏感であることは、歴史家にとって興味深いことである。本物でもあり、また、流行でもある、ロレンスが抱える様々な型の悩みは、他の多くの繊細な人々の苦悩を理解したり、現代の芸術家の不安や行動を理解することを容易にさせる。過去百年あるいは五〇年の間に出た多くの芸術家たちは、ほとんど同じ方法で苦悩に関して世の中に答えてきたので、聖なる雌牛と同等の何かに対する崇拝に駆り立てられたのである。もしロレンスが、現実の一頭の牛に引き寄せられたことが愚かに見えるならば、彼らの先駆者や世の中の状態が責められるべきであって、ロレンスも雌牛も責められるべきではない。

すべての懺悔者が知っていたように、中世において世の中の状態は悪かった。しかし、多くの感受性が高い人々によれば、ルネッサンス以来、世の中は益々悪くなってきている。それらの人々にとって、例えば、現代が薬や化学や配管工事にもたらしてきた改善は、それらに伴って生じた害ほど重要ではないのである。知識や物質的な便利さのあらゆる発展と共に、別種の精神はその活力を失ってしまった。しかし、これらの精神がどんなに分別のないものであろうとも、理由なしに活力を失ったわけではなかった。というのは、新たな時代は、利益とほとんど同じ位の害をもたらしたのであるが、それが破壊したものに取って代わることはできなかったのである。

破壊されたものも、害とほとんど同じ量の利益を与えていたのであった。十六世紀から十七世紀の間にすべての人を元気づけ高揚させてきた伝統的に確かなものは、ヒューマニストとプロテスタントの攻撃によって弱められてしまった。アリストテレスは疑われて引退し、分裂した教会は権威を失い、そして神の栄光は人間が中央の座に就いた時にやや弱められた。過去の社会的経済的秩序は、重商主義のもとで壊れた。農民は、エリオット氏が土をつかみ貫通している根と呼んだものから引き離され、都市に移住させられた。科学、産業、懐疑的な理性、そして変化を引き起こしている力は、多くの人々が以前の確かなものに賛成することを難しくさせた。十九世紀には既に、感受性の高い人々は、この世に意義を与える中心的な信念を持たずに、自分たちが個人主義と変化と無秩序の世界にいることを見出した。その世界は彼らが希望を抱いて固執していた自由と反目しているように見えた。

イギリス文学のアウグストゥス帝期は、理性と人道的秩序の時代であった。あるいは、少なくともその時代に我慢できなかった人々には、そのように見えたのであった。もしイギリス国教会の会堂があったならば、敏感な感性を持った人々は満足したかもしれない。しかし、生き残った教会は、その時代からその特徴を取り去り、バニヤンやワーグナーやゴシック小説によってならば少なくとも満足したであろう人々に、バロック風の家具や優雅な音楽やもっともな疑いを与えたのであった。ある者たちはメソジスト教会の教義に彼らが欲するものを見出した。メソジスト教会は、より低い階級の、合理性に少々欠ける時代の宗教的狂信で、彼らの必要性に適っていたようだ。また、宗教の名のもとでは宗教を受け入れることができなく、感性や自然の中に、あるいは、異国のものや古代のものそして神秘の中に、精神的な気晴らしを得ていた者たちもいた。感受性の高い人々は、不毛な葉を閉じ、自制心を失って、ゴシック建築の城あるいはより自然な人里離れた保養地に引きこもった。十九世紀は最初、引きこもった人々にとって性分にあった快適なものであったが、感受性の高い人々の苦境は、十八世紀の彼らの先人たちの苦境よりもすぐに悪い状態になった。より高度な批評家や、新しい時代の合理主義者や科学者たちが、伝統的な土台が維持してきたものを排除し始めたからである。ライエル、チェインバーズ、ミル、カレンゾウが理性、物質、変化を追究していた時、テニソンは彼の不安と疑いを告白し、アーノルドは、近代の生活から生ずる奇妙な病に感染し、自分自身が二つの椅子（一つは弱い椅子で、もう一つは覆いをかけられようとしていた）の間に落ちていくような感じがした。詩人、画家、そして作曲家は、彼らから慰安と支えを奪ってしまった物質主義と科学を憎むようになった。もはや率直な疑いでは納得できず、さらに、彼らの感情を自ら進んで時代に合わすということはできなかったので、彼らは、正反対に思えるすべての物に、また、奇妙なオカルトや神秘に、また、生命力と流れの哲学に、また、古代主義、神話や無意味で馬鹿げたことに、激しく逃避したのであった。ベルクソンとニーチェは、論理と科学からの逃避の中で、彼ら自身芸術的逃亡者を勇気づけた。

そのような人々が必要とした安らぎはなお、宗教的であった。彼らは宗教と関連した心情を楽しむために彼らの以前の宗教に戻るわけにはいかなかったが、迷いから覚めた人々は感情を宗教から分離することができなかった。この窮地の中で、彼らはしばしば彼らの精神にとって不快ではなく、また、彼らの心情にとって喜ばしい古い信仰に代わるものを創造したり発明したりした。科学は宗教を追放しなかったが、フロイトの抑圧のように、一時宗教が抑圧されていた表面の下に宗教を追い払い、科学は宗教に常軌を逸した出口やさまざまな変装を見つけ出させようとした。感情と信仰は団結し、密かに栄えた。

ウィリアム・ブレイクは、ロックやニュートンやヴォルテールに不満を抱いていたし、また、司教たちの信仰に慰めを見つけられなかったので、スウェーデンボルグとベーメから独自の信仰を形成する素材を収集し、福音書を書いた。若いころのワーズワスにとって、そして、コールリッジやシェリーやエマソンにとって、プラトン主義、ドイツ形而上哲学、政治あるいは東洋の神秘主義が、既成の教会に代わる満足のいく代替物を提供した。彼らと、彼らと同じぐらい卓越した彼らの同時代人の多くが、例えば鳥や音や花といった非宗教的物体に宗教的心情を惜しみなく与えた。前の世代の理性的な男にとって、音楽は音楽であり、鳥は鳥、花は花であった。それらがどんなに楽しくても、それらはそれ以上のものではない。今や鳥や花は時々個人の祭壇の調度品となり、また、時には生贄となる。そして音楽は伴奏というよりはむしろ信仰の方法であるか、あるいは、信仰の対象ですらあった。ワーグナーと同様に集会に集った人々にとって、ヴァイオリンに呼びかけているオオボエは、深淵に呼びかけている深淵に思えた。

その世紀が終わりに近づくにつれて、ダーウィンとその信奉者たちは、コーモスとその暴徒のように、信心深い者の敬虔さを改善するという奇妙な効果をあげた。進化論者たちは正統宗教を宗教的感情のはけ口として多くの人に受け入れ難いものにさせたが、彼らは正統派信仰者をその者たちが信じた宗教に帰依させ、迷いから覚めた者たちをさらなる創造に追いやった。ラスキンは未開の野蛮な建築物に宗教と同等のものを見つけたようだ。ラファエル前派の画家たちは、中世に神聖な場所を見つけ、フランスの象徴主義者たちは、唯物主義の曖昧さや暗示性や神秘性に精神的安らぎを見つけた。サミュエル・バトラーの心情は、彼を教会から解放した科学にその熱を冷された。解放が彼を楽しませなくなった時、彼のダーウィンへの個人的な嫌悪は、宗教的な不寛容になった。そして、バトラーは知的にも感情的にも直ちに受け入れられる信念を求めてラマルクへ向かった。彼は、自分自身の目的のために、ダーウィンから事実を取り続けたが、事実には希望ほどには興味を抱かなかった。ダーウィンはバトラーの目的の意味を理解していなかった。詮索好きな者たちや同輩によって心を悩まされなかった休止期間の間、バトラーは、私有の神殿で生命の力を崇拝し、浸礼の代わりに生命主義を代用し、バビロンの娼婦の代わりに科学を代用することによって、単純な者しか欺けなかった十七世紀の宗教論争に非常によく似た宗教論争に彼のペンをささげた。バトラーはダーウィンの説を論破したし、ハックスリーの原形質に関する馬鹿げた論理も論破した。バトラーは、「読者は私に偶然と無知の世界に、読者と共に目覚めよと命ずるのであろうか。あるいは、私は読者を説得して、読者か私がまだ可能であると思う以上に生き生きとした信念を私と共に読者に夢見させることができるだろうか……信念と希望が……夢を招く」と書いている。[1]バトラーが書いたものは芸術と呼べないが、芸術が可能な多くの人々にとって、芸術はシェリーの時代と同様に宗教を伝える媒体であった。例えば、バーナード・ショーは、サミュエル・バトラーよりもずっと輝いており、よりずっと芸術家であるが、バトラーよりもずっとより宗教的でさえある。ショーの強い輝きは、ダーウィンの時代によって痙攣を起こしてしまった優しい精神を隠した。イギリス国教会、あるいは、メソジスト教会の教義に帰依することを懐疑論の流行で阻まれ、ショーは科学への憎しみを、とりわけ医学と自然淘汰に対する憎しみを明確に示し、彼の感情を満足させるために私的な折衷的な信念を生み出した。その信念は、社会主義やワーグナー、ニーチェやバトラー、バニヤンやベルクソンそしてシェリーの精神的菜食主義の中に表現と安らぎを見出した。ショーの熱意は社会主義のような、宗教に関係のない対象を昇華させた。社会主義は疑惑が取り除かれ、ショーの知性にとって受け入れられるものであった。ワーグナー、バトラー、ニーチェそしてベルクソンは既に人を喜ばせるためにそれ以上のものを必要としないほど卓越していたうえに、最新のものであったので、ショーの知性に不信を抱かせなかっただけでなく、その援助をも手に入れさせた。ワーグナーの深さは、ワーグナーの完璧な崇拝者たちの深奥に呼びかけた。ワーグナー崇拝者たちはワーグナーの歌劇の多くと他の小冊子を、ワーグナーの卓越した経験に関する説教にささげた。ダーウィン以降の非常に多くの文学と同様に、ショーの演劇は一つの宗教の福音という形をなした。実際に、ショーは、『人と超人』をワーグナーやシェリーの精神的な作品と比較し、この演劇を宗教的な手引書として描写した。進化論者のための聖書であるが、もちろんダーウィン主義者たちのための聖書ではなく、科学から宗教を作り出したサミュエル・バトラーの支持者たちのための聖書である。[2] 性質がショーよりもかなり霊妙さに欠けるH・G・ウェルズさえ、彼が人類の救済のためにささげたいくつかの作品を聖書として表現することにかりたてられている。[3] 人類のみじめな状態に関する、オルダス・ハックスリーの初期の頃の皮肉や絶望は、最初、彼の一時的な師弟関係によってD・H・ロレンスに引き継がれ、[4] そしてそれからハックスリー自身の試験的な宗教に引き継がれた。ハックスリーはエッセイや小説の中で彼自身の宗教を説いた。多数派のうちの、いくらかの人々の共産主義あるいはファシズムは、我々を悩ましている事柄に関する解決策を主張する少数派の教養のある人々のうちのいくらかの人々と同様に、政治的あるいは経済的外観を呈しているというよりはむしろ、宗教的外観を呈している。そして、キプリングの帝国主義への情熱は、別の時代であったならば単なる帝国主義であったかもしれないが、不完全に宗教とは関係がない。

九〇年代の終わりに書かれているが、正に今日書かれたようなウィリアム・バトラー・イェイツの言葉の中に、芸術は「新しい神聖な本」の出現を予見しているという行《くだり》がある。イェイツは、「我々が世界の発展と呼んでいる、人の心のゆっくりとした死を、芸術はどのように乗り越えられるのであろうか。また、いったいどのように芸術は、過去の時代のように宗教という外衣《ガウン》になることなしに、人々の深い感情に手を置くことができるのであろうか」と尋ねた。ヨーロッパ全土で、唯物主義や形式主義に不満を抱く作家や画家たちが、「独断的な科学や外界の法則の解説者たちが常に否定してきた多くのことに興味を持ち始めている。……我々は化学の分析の代わりに、錬金術の蒸留法をもう一度代用しようとしている」とイェイツは述べた。イェイツは、ブレイク、ワーグナー、メーテルリンク、そしてヴィリエ＝ド＝リラダンの作品の中に、この代用の希望あふれる兆しを見た。これらの作家は、かつて正統派の宗教によってなされていた仕事を引き受けたのであった。すなわち、「芸術は、司祭たちの肩から落ちてきた荷物を己の肩にまさに載せようとしていると思う……」とイェイツは述べている。[5] 予言者そして司祭としての詩人は、決して原初《オリジナル》の想念ではない。プラトンは、それを断言しているし、文芸復興後も、スペンサーとミルトンも同じことを主張している。しかしながら、彼らの時代以来、唯物主義と無秩序の拡大や、既成宗教の衰退は、プラトン的想念に新しい視点を与え増々普及させた。イェイツと彼と同年代の非常に多くの者たちが、予言的物議をかもす要素とブレイク、シェリー、そしてワーグナーの外衣を受け継いだことは、世界において最も自然なことである。

もしダンテが案内人としてエリオット氏と共に現在に降りて来たならば、彼は我々の時代が、非常に多くのことを台無しにしてしまったことを容易には信じられないであろう。また、常軌を逸した宗教に非常に多くの者を追いやったものが、より理性的な芸術家に孤独と不安を負わせていることを哀れみと恐怖なしには見られないであろう。ダンテがその心情をゆだねられるような伝統と信念が失われた世界において、一番駄目な芸術家は、何か便利な秩序を探しながら彼の運命をうまく嘆くのであろう。この位置は、ジェイムズ・ジョイスのスティーブン・ディーダラスの立ち位置である。彼は、父親、国家、そして宗教から孤立している。芸術の損失に対して他の者たちに強いられたことを、スティーブンは自分のために故意に成し遂げた。しかしながら、彼をもはや支えることができなくなった秩序を追放することによって代わりに生み出された美的秩序も、彼の喪失感をうめるのには不充分であった。父親、国家そして宗教の欠乏は、以前として彼を苦しめ続けた。そして、スティーブンの象徴的な父親捜しは、『ユリシーズ』の主題となった。この父親捜しは、ダンテの神と取り替える何ものかを探すことであり、現代の芸術家が追い求めていることである。その追求が『ユリシーズ』の主人公ブルーム氏でしばしば終わってしまうことは、とても残念である。しかし、ブルーム氏の象徴としての価値は、トーマス・ウルフが感じとっていたように明らかである。「あぁ、見失った！」とウルフは象徴の探求に加わる。ウルフにとって追跡目標の意義は、追求者が進んだ距離を判断の根拠としているように思える。ウルフが進んだ距離が、父親を殺害されたことに対する『ドン・ジョバンニ』(*Don Giovanni*) のアンナ夫人 (*Donna Anna*) の復讐よりさらに恐ろしい、ウルフの父親喪失に対する復讐であったと不平を言う批評家は、父親探求の必要性を忘れてしまっているようだ。それに関してウルフは次のように述べている。

……人生の最も深い探索、様々な点で、すべての生の中心となっているひとつの事柄は、父親を探す探索である。単に肉体を受け継いだ父親だけでなく、また、ただ単に青春期に失われた父親だけでなく、己の必要性とは関係なく、力と知性を備え、己の渇望よりすぐれ、己自身の信念と力が一体となりうる父親像の探索であるように私には思える。[6]

異なる隠喩のもとで、T・S・エリオットは、次に述べる彼の亡命から同じような避難場所を見つけた。彼は、ひとつの隠喩と偶然出会う前は、宗教とは関係のない過去の伝統の中に、とりわけ、ヨーロッパ文学の偉大な伝統の中に、平安を見つけたと思っていた。エリオットは、ダン、ラフォルグ、ウェブスター、そしてマーヴェルの中に、自分の中心を見つけたと思った。しかし、宗教に関係のない過去が彼の芸術の中心を構成する力を持っていたが、その過去は彼の心情を満足させることができなかった。そして、エリオットは彼の隠喩を探しながら、現在の荒野を迷い始めた。その荒野では、エリオットが信頼していた伝統は、化石の残骸という様相を呈していた。おそらく、多少崩壊し、かつてほど恐ろしくはないが、エリオットにとっては充分に固いその岩を化石の間に見つめた時、エリオットは、水があり岩がない状態でさえあればと語っていた。[7] 簡単になだめられない精神的孤児と異なり、エリオットは、オックスフォード運動支持者たちやオスカー・ワイルド、チェスタトンがエリオットより前に行っていたように、過去の信念のうちのまだ残っているものの中に安全な避難場所を見つけたのだった。そのような避難場所は、今日因習的なものを受け入れることのできない人々の一風変わった宗教よりは少しましな存在として、ある者たちの心を打っていたかもしれない。[8] ある者たちは、エリオットを、愚かな者あるいは悪漢として低く評価しているかもしれないが、エリオットは前者でないということは、我々の文学は宗教の代わりとなってきており、また、我々の宗教は文学の代わりとなってきているという趣旨の、エリオットの「ドラマチックな詩についての会話」の登場人物のうちのひとりの観察から明らかである。[9]

ロレンスは、エリオットと同様に、芸術には信仰が必要であると確信していた。[10]『カンガルー』のサマーズは、岩を求めるエリオットとロレンスに共鳴して、「時代を貫く私の岩はどこにあるのか」と尋ねた。[11] しかしながら、ロレンスは、既成の避難場所で満足することを拒否したことにおいて、エリオットと異なっている。ブレイク、シェリー、イェイツ、ショーそして、他の予言者たちの方法にならって、ロレンスは個人的にその岩に代わるものを創り出した。それは、人工の岩であり、それはロレンスにとって、エリオットにとっての英国国教会のようなものであった。十字架が象徴的にエリオットの岩を飾っているように、スーザンがロレンスの地質学的創造物を統轄している。

エリオットは彼の岩から、おびただしい数の人工岩によって外観を損なわれた荒地をじっと見つめることを強いられた。というのは、これらの人工岩の建設は、浪漫派作家の主な気晴らしだったからである。私がずっと追い続けてきたその代替物あるいは個人の私的宗教は、より大きな歴史的視点で見れば、近年の浪漫派の活動の中心的要素として言い表されるであろう。浪漫派作家や浪漫主義には退屈というレッテルが貼られており、おそらくそのことに関しては、そのままにしておく方がよいであろう。しかし、過去一五〇年の芸術に狭く限定し適用するならば、その性格を理解する助けとして、ある程度役に立つであろう。[12] 浪漫主義は自然への回帰として、また、時間的にあるいは場所的に遠く離れていることへの郷愁として表されてきた。また、感動、珍しさ、想像力、神秘主義、不合理、あるいは病や邪悪さえも、その中に含むと言われてきた。浪漫主義が表す様相の多様性は、ラブジョイ教授に、一つの浪漫主義ではなく、複数の浪漫主義について述べさせた。[13] しかしながら、フェアチャイルドは、その様相を和解させてしまうほど、その言葉を定義した。

浪漫主義は、増大する現実の障害物に直面しながら、親しんでいるものと、珍しいもの、既知のものと未知のもの、現実のものと理想のもの、終わりのあるものと永遠のもの、物質的なものと精神的なもの、自然のものと超自然のもの、それらによって生み出されている宇宙と人間の生命に関する幻想を、獲得し保持し正当化する努力である。[14]

フェアチャイルドは、十九世紀の初め頃この融合された状態の中にある現実よりも超自然的なものをより重視し始めたと述べた。彼の研究は、未来を見つめることは別として、ワーズワスやシェリー以後の浪漫主義の発展を取り扱わなかった。しかし、超自然的要素が取り扱われ主張されたことは、明らかである。自然と過去は新しい幻想を刺激し、野菜、政治、動物、無知、そして音楽というような最も有り得そうもない事柄が、宗教的意義を持ち続け、それを増加させ我がものにしている。浪漫主義の性格は非常に宗教的で、そして実際福音的であるので、[15]もし我々がアレクサンダー・ポープの文章を古典主義的意味というよりはむしろ、メソジスト教徒の捉え方で捉えるならば、ワーズワス以後の浪漫主義は、秩序立てられた自然として定義されるかもしれない。ヒューマニズムは人間と神との間の混乱であると不満を述べ、浪漫主義をこの混乱から生じた退化した副産物とみなしたT・E・ヒュームは、浪漫主義を、「こぼれた宗教」と呼んだ。[16]十九世紀と二〇世紀の展開に限れば、ヒュームの定義は適切である。というのは、浪漫主義は宗教に関係のないいくつかの特徴とそれに付随して生じる事柄を保持しているが、浪漫主義は一般的に禁制品あるいは代替の宗教という形を、あるいは人工岩への熱狂という様相を帯びてきた。この形態で浪漫主義は機械の時代の宗教となった。文学的予言や複合祭壇で儀式を行う司祭の数を考えると、我々の時代の浪漫派作家は予言者《マンティック》と呼ばれた方がよいかもしれない。

文学に関する教科書によっておそらく吹き込まれたであろう次のような一般的な考えがある。浪漫主義は一八三七年かあるいはその頃に、隠やかに突然姿を消したという考え、また、ヴィクトリア時代は本質的にその前の時代とは異なっていたという考え、また、二〇世紀の到来と共に、あるいは戦争と共に、新しい体制がやって来たという考えである。レースのカーテンや椅子のカバーよりも板すだれや素晴らしい家具を好む人々にとって、この考えがどんなに魅力的であろうとも、これらの考えは健全ではない。我々は、いまだにルソーやワーズワスの時代にいるのであり、もうしばらくそうであり続けるであろう。我々は時代遅れであり、おそらく退廃的であり浪漫派である。もちろん、我々自身と我々の時代を他の名称で区別することは可能である。しかし、しかじかの時に中産階級が現れたという歴史家と同様に、例えば現在を移行期と呼ぶ批評家によってもよい成果は生み出されない。あらゆる時代が移行期であり、中産階級はいつでも現れている。変化はどの歴史的時代においても自然である。故に、我々の時代はワーズワスの時代と異なって見えるし、少なくとも表面上は多少異なっているが、しかし、本質的には同類である。

ワーズワスの時代において、浪漫主義は、イギリス文学のアウグストゥス帝期の伝統に対する感受性が豊かな人の反応であったということ、また、繁栄と過剰が終わりを告げる前に浪漫派の動きは、ダーウィンとダーウィンの信奉者である教条的な経験主義論者たちから、さらに長い寿命を手に入れたということ、また、十八世紀の浪漫主義の始まりと同じようなヴィクトリア時代の浪漫主義の復興は、人の感情が合理的機械的発達に歩調を合わせてついていけなかったという症状の現れであったこと、これらのことが我々には分かっている。科学は時代と共に教条的なものではなくなっていったが、浪漫主義を復興した科学は、浪漫主義の継続の大きな原因となってきた。しかしながら、新しい物理学が論理を越えて舞い上がった時、エディントンのような数人の科学者たちは、それと共に抽象理論に基づく世界に舞い上がったのである。ウィリアム・モンタギュー博士が観察しているように、新しい数学上の宇宙は理解を拒むだけでなく、中央の便利な場所を神のために残しておくというような方法で曲線を描いて曲がるからである。精神分析医によって明らかにされた不可解な事柄は、ネズミから習性を引き出す程度の精神性しか取り扱っていないように思われる行動主義者たちに反発する人びとにとっても、同じように共感できるものであった。しかし、概して最近の科学の発達はより親しみやすいものになってきているが、科学と科学者は、言葉では表現できない世界を愛する者に対してかつてと同じように敵意と嫌悪感を抱き続けている。科学者は無知を告白し神秘を明らかにするであろうが、しかし、彼は彼が信じることに対して証明を要求し、彼が知らないことを崇めることはない。浪漫派の作家は、以前と同じように、我々の時代においても、そのような事実の厳しさによって希望をくじかれ閉じこめられてしまう。[17] なぜなのかそしてなぜそうでないのかを尋ねながら、浪漫派の作家たちは語るのが不可能なことを語る試みを今も追究している。

科学と同様に無秩序は、浪漫主義の姿勢の固執をさらに促している。中心的な信念の欠如、一般的知識とのつながりを破ってしまった特殊化、専門家以外のすべての人の勇気を削ぐ科学の複雑さ、そして我々の社会的経済的問題は、並外れた隔絶を育んできたのであった。もし科学と無秩序のこの時代が、古典文学を生み出したとしたら、それは驚きであり不自然である。

我々の時代において、浪漫主義は二つの主な形態を取ってきたが、両方とも宗教的である。第一は、過去あるいは未来の秩序の中に、感情的な避難場所を発見することである。その避難場所を通じて、現在の無秩序あるいは唯物主義を避けられるかもしれない。現代の害を癒そうと試みる多くの理性的な人々は、この範疇に含まれるように見うけられるが、感情的《センチメンタル》そして避ける《エスケイプ》という言葉は、彼らを中に含むことを阻むように目論まれている。他方、共産主義あるいは既成の宗教に転向した人々は、中に含まれるのに値する。しかし、既成の信念の中のロマンチックな避難場所は、孤独な避難者の避難場所ほどロマンチックではない。現在の浪漫主義の第二の形態は、無秩序そして流れや神秘あるいは我を主張《フィーブル》しない《マインディドネス》ことへの賛美から宗教を作っている。ベルクソン、ヴァージニア・ウルフ、ハーバート・リードそして超現実主義者たちは、敬虔さの度合いも様々であり、ある一定の異質さを表しているが、このグループに属する。イェイツやショーのような、数人の現代の作家たちは、浪漫主義の両方の形態をなんとか組み合わせ、一貫性に配慮することなく、理性的な要素をそこにしばしば追加しようとする。

これは当然誰も驚かせはしない。というのは、我々はフランス文学の問題に直面していないからである。フランス文学では区分が厳密であると言われている。しかし、イギリス文学に関しては常に、前の部分と後ろの部分が別の種類である、混じり合った怪しげな動物であるトーマス・ブラウン卿のグリフィンのようであった。イギリスの最も古典的な時代においても、ロマンチックな要素は存在していた。精神のロマンチックな習慣のようなものがイギリスでは普通である。十九世紀初期のような、最もロマンチックな時代において、ジェイン・オースティンのようにロマンチックでない人々が現れる。現代もこの規則の欠如という点では例外ではない。現代は一般的にロマンチックであるが、数名の作家は他の作家よりもはるかにロマンチックから隔たっており、ある者たちは社会的不安というある一定の外的特徴のみを表している。例えば、アーノルド・ベネットは超自然的なものにはいささかも傾倒しなかった。聖典を生み出し、未来像を考案し、科学の過剰を予測したH・G・ウェルズは、ベネットよりさらにずっとロマンチックであるが、自分自身を科学的唯物主義者と呼んでいる。直観、流れ、魂と呼んでいるものを取り扱っているヴァージニア・ウルフは、ウェルズよりもっとロマンチックであるが、彼女はかなりの知力を持っていた。ジョージ・ムーアやイーディス・シットウェルのような、かなり多くの最近の作家たちは、彼らを生み出した宗教的精神の形跡を持たず、浪漫派の作家から生じた流行の副産物や浪漫派の作家の外形を持っている。おそらく、我々の時代の最もロマンチックから隔たっている作家は、ロマンチックな題材や技術を使っているが、題材から距離を保ち、彼ら自身と彼らが使っているものを神秘的に融合することを拒む人々である。ヘンリー・ジェイムス、リットン・ストレイチー、そしてT・S・エリオット（彼の「岩」にもかかわらず）は、この驚くべき仲間に属する。ジェイムス・ジョイスが、おそらくこれらの仲間の中で最良であったのであろうが、ダブリンから岩の多い道を選ばなかったことは、特筆するのに値する。

確かに、エリオットを含む、自らを古典主義者と呼ぶ、ある一定の人々がいる。これらの人々の中で、人類主義者たち、フランスの新トマス主義者たち、T・E・ヒュームのイギリスとアメリカの支持者たち、アメリカ中西部のアリストテレス学徒たちが目立っている。彼らの共通の絆は、世界の浪漫派作家への反感であるように思える。彼らは機会があるたびに、浪漫派作家を軽蔑的に拒否する。しかしながら、世界はある一定の浪漫派の人々の中において悪い評価を得てきた。ショーは彼の最悪の敵のために世界をとっておいたたし、アーヴィング・バビットは世界をすべての悪の根源に等しいとした。エリオット、ウィンダム・ルイス、そしてハーバート・リードといったヒュームの支持者たちは、その憎悪すべき世界に魅了されているようである。政界の王政主義者や宗教におけるイギリス・カトリック教徒と同じように、自分自身を文学における古典主義者と挑戦的に呼んだ後に、T・S・エリオットはそれを思い直し、そのレッテルを抑え、古典は我々の浪漫派の時代において、つまり「反対勢力の時代において」のみ実現できる理想であると賢明にも結論付けた(18)。

星を求める蛾の郷愁のように、古典に憧れるこの郷愁は、おそらく我々の浪漫主義の存在を最もよく明らかにするものであろう。古典の時代において人は自分の古典主義を公表して回る必要はなく、また、そのような宣言をすることが可能であると思い、スティーブン・リーコックのロマンチックな英雄と共に四方八方へ狂ったように走り始めることもない。我々の時代に不明瞭に存在している自称古典主義者たちは、その成り行きを回避することはできない。彼らの理想は、彼らが遺憾に思っている個人的な宗教とほんの少ししか違わない、ただの別のロマンチックな退却にしか過ぎない。もしすべての時代が過渡期であり、また、もしこれからやって来る時代の要素が現代において常に隠されているならば、今日の浪漫古典主義はもちろん古典的未来の悲しい先駆者であり、時の到来を告げるトランペットである。

古典的未来において、おそらく文学はその現実に適応して行くだろうが、この古典未来を我々が忍耐強く待っている間、あるいは、後に回そうと努力している間、我々が古典的でない現在を理解するのは適切なことである。この目的にとって、D・H・ロレンスはとても役立つ。ロレンスの人生と作品において、彼は現代の浪漫主義の要素のほとんどを使いやすいように組み合わせている。自然、未開人、過去、直観、男女の関係そしてスーザンに対するロレンスの卓越した姿勢には、最近の浪漫主義の中心をなす宗教的傾向が明らかに存在する。メソジスト教徒の情熱よりもさらに深いロレンスの情熱、感性、感応主義、そして科学と道理への嫌悪は、現代の病が生み出した通常の副産物であるか、あるいは、現代の病の現れそのものである。彼の苦悩と反応は、我々の時代の心情的な芸術家の苦悩と反応である。ロレンスは彼の同時代人のほとんどの人々よりより完璧に時代を表しており、より極端である。しかしこのために、彼はよりふさわしい研究課題である。すべての研究者が知っているように、極端さは普通へ近づく最も簡単な道である。ロレンスの時代、同時代人そして先駆者たちが、彼の神経過敏な感性の反応の仕方を説明しているので、彼は彼の時代、同時代人そして先駆者たちを理解する最も良い研究方法の一つに成り得るのである。典型的な浪漫派が向き合う対象であるスーザンには、我々の文学と宗教の多くの特徴を研究するための手がかりが存在する。

かつて芸術の乳母であり友であった宗教的衝動が多かれ少なかれ芸術の敵になってしまった。ダンテの時代には、建築家であろうと彫刻家であろうとあるいは詩人であろうとも、芸術家は、その信仰の中に、感情の中心や求める感動や共通の一連のイメージを見出した。受け入れられた信仰のもとで、最も教訓的な意図を持つ作品が美的影響力を持っているのであろう。説教、寓話そして外的価値観に依存する警告的物語さえもそれら自体の価値を獲得するだろう。T・S・エリオットは、受け入れられた伝統、とりわけ宗教的な伝統に依存することは、芸術にとって良いことであると語っている。これに関してエリオットと争う理由は何もないが……。しかし、我々の時代において、少しの先駆者しか視野を広げるために残されておらず、残っている人々はしばしば受け入れ難い状況にある時、我々が見てきたように、芸術家は時々新たなものの創造に駆り立てられる。個人の宗教が芸術に及ぼす影響、特にロレンスの芸術に及ぼした影響は不幸なものであった。しかし、そのような概括がなされる前に、あるいは少なくともそのような概括が受け入れられる前に、我々はロレンスの芸術に関して、彼が何が得意で何が得意でなかったかに注目して、熟慮しなければならない。

ロレンスの詩に関しては触れずに小説家としてのロレンスを論じると、彼は彼が知ったり見たりしたものに関して描写するのは得意である。例えば、坑夫たち、炭坑、エンジンそして彼が生まれた故郷の干し草の大きな山である。彼はこれらを成熟する前に自分自身のものとした。彼が、若き日の経験に頼った『息子と恋人』のような短編小説や長編小説は、彼がそれらから脇道に入り込まない限り、感銘を与える作品である。ロレンスは生涯を通じて彼が土地の精霊と呼んでいるものに独特な感受性を持っていた。最初に執筆し始めた時にロレンスが模倣したトマス・ハーディと同様にロレンスも、最初のノッティンガム地域にせよ、あるいは後のイタリア、オーストラリアそしてメキシコのような異国の土地にせよ、土地が醸し出している雰囲気をつかみ取り伝える能力を持っていた。『翼ある蛇』の一番の利点はおそらく、ロレンスは発見したが、かつて他の誰も気づかなかったようなメキシコの不思議さと激しさであろう。アメリカの山々の上空やあるいはオーストラリアの海岸の上空に彼が見た光は、大地や海では決して存在しないであろうが、彼の想像力がその光を映し出した所では激しく輝き、その光は他者にとって現実となるのである。ロレンスの小説やエッセイに他に何が欠けていようとも、それらは今日の最良の紀行映画である。ロレンスが彼が訪れた場所に住まわせた生きものたちは、彼らが置かれた環境ほど説得力がなく、あるいは環境ほど上手に考案されてはいないが、彼らの互いとの関係は独立していて生き生きとしている。『カンガルー』のサマーズと彼の周りの人々の間に振動している、互いを認識する微かな自覚や、『恋する女たち』において二匹の猫の間に、彼らが表現できない知識以外のすべてが漂っていること、また、『虹』のアーシュラと馬たちとの間の奇妙な半分無意識状態のつながり、あるいは続いて起こる、グドルーンが牛たちの前で踊る時のグドルーンと牛との間の半分無意識状態のつながりなどを、ロレンスは最も直観力が欠けた読者にも伝えることができた。ロレンスはヘンリー・ジェイムスあるいはジェイムス・ジョイスによって探求された意識のレベルよりさらに下のレベルの意識を中に含めるために、小説の感性の領域を拡大した。ヘンリー・ジェイムスとジェイムス・ジョイスはロレンスより前に、意識の流れを見抜いていた。(19) 女性と面を突き合わせている女性は、ロレンスが取り扱ったようなほとんど獣のような直観力を楽しむかもしれないが、しかし、女性作家の誰も、ウルフ女史さえも、それらの直観力を首尾よく記録してはいない。多分女性作家の中には、ロレンスのように女性的で、同時に才能に恵まれているような作家は誰もいなかったからであろう。時々古代の神話の助けを借り、通常においては神話の催眠術効果を使うことによって、経験を空想の世界に描き出すロレンスの能力に、我々の時代の誰も近づけなかった。彼が直観力を表すために工夫した散文は、一番良い状態の時には適切である。そのような散文は、リズムと冗長そして予言的な含みを持ち、人の感情を起こし、思考活動を鈍化させる太鼓をトントンと打つ単調な響きが持つ力を保持している。

そのような長所にもかかわらず、D・H・ロレンスは一級の小説を書けなかった。ロレンスが、執筆を始めるやいなや彼が知ったり見たりしてきたことから離れ始め、彼が分かったと思ったことに移行してしまったことは、残念である。彼の風景描写を素晴らしくしたそのような経過は、彼の小説の登場人物たちをほとんど台無しにしてしまった。光を投影する代わりに、彼は彼の良識の証を歪めそして損なう理論を投影した。悪い寓話やあるいはメロドラマの登場人物のように、気持ちを人生に向けようと努力している彼の登場人物たちがその人生を完結することはめったにない。論理と目的が、彼がそこにある見るべきものを見ることを阻むだけでなく、現実から独立した真理を生み出すことをも阻んでいる。T・S・エリオットは彼のエッセイの一つで、トマス・ハーディは詩人がなすべきように彼の哲学をヴィジョンのために生贄としてささげ、彼の作品の題材をつかみ取ったが、ドライデン派の詩人もそのようなことはしていないと語っている。[20]ロレンスは著しくこれを行うことに失敗している。ロレンスのバーキン、シプリアーノ、アーシュラそして森番たちは、不完全に現実化されている。彼らは想像力から生み出された生きものではなく、論理から生み出された生きものである。彼らは強烈な風景の中をさ迷いながら、現実には有り得そうもない説教をつぶやく。その一方で、彼らの現実には起こりそうもない行動が善あるいは悪を描き出している。ロレンスの英雄たちが説教をしてない時には、ロレンス自身が説教をしている。ロレンスの小説が多くの共通点を持つ偉大な作品である『天路歴程』の登場人物たちは、よりよく現実化されており、また、彼らの背後にある教訓主義もロレンスほど圧迫感を与えない。バニヤンは説教をしたいと思う時には礼拝堂で説教をすることができた。ロレンスは別の小説を書くこと以外に説教をする手段がなかった。

ロレンスは、哲学や教訓的目的がない芸術はほとんど価値がないという考えをバニヤンと共有している。この見解は必ずしも芸術と対立するわけではない。バニヤンのような多くの人々は、教えることをもくろんで芸術を生み出してきた。さらに、論理に頼った芸術は、その論理がもはや受け入れられなくなっても良い作品であろう。ステンド・グラスを見る楽しみは、ガラスの背後にある論理や目的の受諾に依存してはいない。もし論理がガラスを不透明にすることによって芸術を妨げたならば、人は論理と芸術の両方に当然異議を唱えるであろう。しかし、中世のステンド・グラスの背後にある論理は芸術家にとっても明らかであり、また、余りにも完璧に感知されるので、芸術家や信仰と関係のない存在を持つものとして客観化され得る。ロレンスの想念は混乱していた。それらは決して完全に客観視されることはなかった。そしてそれらはロレンスの芸術と常に妨げ合ってきた。

A・I・リチャーズが示しているように、一つの文学作品の想念と良識はその美的価値に影響するだろう。もし作家の創作姿勢が、批評家の不評によって分裂するならば、読者の不信をそのままにして、その作家の想像力に期待することはより難しい。この点において、リチャーズが述べていることは正しいように思える。不完全に形成されそして客観化されてきた想念に依存した作品は、それらの想念が時代遅れとなり、また、それらの想念が無意味であることが明らかにされた時、それらの想念と共に消滅するだろう。その最初はショーの初期の演劇の運命であり、第二はロレンスの小説の運命である。ロレンスが招いていた危険を察知して、ジョージ・ムーアは若い詩人たちに、彼のダリアに戻り、漠然とした感応的な抽象を捨てるように忠告した。(21)

ロレンスはそのダリアに眼を留めておくことが決してできなかった。ロレンスがかつて「生命《いのち》と愛は、生命と愛であり、一束のスミレは一束のスミレである。目的という概念を中に引きずり込むことは、すべてを破壊することである」と述べたが、これは正しい。(22) しかしそのような清澄な瞬間はめったになく、一般的にはロレンスがペンを執るやいなやスミレやダリアはそれらが置かれている非植物的次元に昇華され、混乱に覆われてしまう。ここにおいて、スミレとダリアは、生命や愛と共に抽象的な仲間であり続けることができた。さらにそこにその詩人も集ったのである。ロレンスの漠然とした超自然主義と内部の混乱が、自然の崇高さを創り出したのであろう。しかし、それらは自然の題材から美的秩序を創造するのには、ほとんど役に立たなかった。

もし作品が形式と秩序を保持していなければならないのなら、とりわけ現代のように外界が混乱している時代においては、執筆家は、小説家さえも、内部の一貫性を持っていなければならない。確かに、より秩序だった時代の多くの小説には形式がなく、小説は演劇の形式のように窮屈な形式を発達させてこなかった。しかし、小説の本質から生ずる必要性に従い、そしてまた、もっと幸運な小説家たちの内部の一貫性を反映して、我々の時代においても小説は適切な形式を見出した。周囲の無秩序や腐敗を意識したヘンリー・ジェイムスの小説は、それらが皮肉にも描いた時代の正規の解毒剤を提供した。[23]『神に捧げた喜劇』以来おそらく最も複雑な文学的構造を持つ『ユリシーズ』は、美的目的のための、部分と部分の形式的関係についてのジョイスの理想を示しているし、また、アクィナスが芸術作品には不可欠であることを見出した全体性、調和そして輝きを持っている。[24]ヴァージニア・ウルフの小説さえも形式的リズムを持っている。芸術に関するベルクソンの論理へのウルフの執着は、形式的リズムをほとんど損なわせなかったようである。D・H・ロレンスは、ウルフの美的確信を共有し、彼自身の無秩序を明らかに示しながら、秩序を生命にとってとても異質なものとして考えているので、ロレンスは、秩序を、外部からロレンスの魂に障害物として負わせられたものとしか考えられなかった。しかしながら、この確信にもかかわらず、ロレンスはジョイスが『ユリシーズ』でしたように、そして、エリオットが『荒地』で行ったように、よく知られた神話の形式に従うことによって彼の数冊の本に秩序を与えようと試みたようである。(25) しかしロレンスの、形式に対する侮りと、真実はそれだけで充分に美しいという確信は、彼がそのような神話の足場を最大限に活かすことを阻んだ。彼の神話の使用は余りにも気まぐれなので混乱を追い払えなかった。ロレンスの小説のほとんどは、小説を芸術にする全体性と調和を欠いたままになっている。それらの小説が保持している輝きは、小説それ自体から発しているのではなく、それらの風景描写から発している。

より幸運な環境のもとであったならば良い光を生み出したであろう能力は、代わりに奇妙な寓話を生み出した。『カンガルー』、『チャタレイ夫人の恋人』そして『アーロンの杖』といったそれらの寓話のいくつかは、ほとんど読めるようなものではない。『恋する女たち』、『虹』あるいは『奥地の少年』といった他の作品は、退屈な教訓者的態度の迷路の中に素晴らしい節を隠している。(26) しかしながら、『息子と恋人』そして『翼ある蛇』は、その本質と環境によってその創作過程に置かれた障害物を通して、ロレンスの才能が何かしら苦闘した作品である。ロレンスのメキシコの空想小説の不思議な素晴らしさは、その欠点を目立たなくさせている。ケツァルコアトルの祭儀において、ロレンスはT・S・エリオットが、「客観的相関物」と呼んでいるものを見つけた。そしてこの発見の結果、たとえロレンスに自覚がなかったとしても、この作品は芸術に近づいたのであった。さらに、ロレンスの短編小説のいくつかが、とりわけ「死んだ男」が、長所を持っていることは否定できないし、また、よく知られた彼の書簡は、上手く打ち解けたものである。しかし、これらは例外であり、彼の典型的な作品は、『息子と恋人』のような現実の再配置でもなく、また、『翼ある蛇』のような空想小説でもなく、説教とおとぎ話の中間にある何かであるが、そのいずれの長所も持っていない。

ロレンスの小説の欠点は、その原因を彼の個人的宗教に求めることができる。預言者、司祭そして芸術家の役割を結合させるロレンスの試みは、彼の能力からしてみれば余りにも野心的である。芸術家である素振りさえみせない正統の司祭さえも、それらの一つの結合体になることをロレンスほど難しいと思わないだろう。というのは、その司祭は彼が説教をする宗教を設立する必要性がないからである。信仰を促進させるだけでなく宗教を形作りたいと望む個人の司祭の切望は、聖職者としての感覚的かつ正式な興味を彼の中に育む機会をより減少させる。さらに個人の司祭は、正統の司祭や聖体拝領者と分かち合えない不利益に苦しむ。自然と神との慣れない混乱のために、芸術の題材を構成するものに対して個人の司祭が抱く宗教的興味は、芸術にとって必要な、題材と距離を置くことを妨げる。[27] 自然の題材を作品の中でどう扱うかより説明することにより熱心であり、また、内部分裂によって当惑し、個人の司祭はダリアに眼を留めることができない。このことから、司祭の宗教は芸術家の宗教より被害を負うことが少なく、より高く飛べるのかもしれない。

ロレンスの芸術は、現代の深刻な宗教的問題のために、他者の芸術よりさらに苦悩したが、ロレンスだけが苦しんだわけではなかった。以前私が述べたように、ショーの演劇は同じ原因から生じた、似たような影響をみせた。ショーは彼の予言的考えを演劇化する時間も気持ちもなく、連結した丸テーブルの周りに着席しているマネキン人形の口の中にそれらを入れた。ショー自身が分かっていたように、序文や付録さえもショーの目的のために、演劇よりももっとショーの気性に合う快適な媒体であった。唯一その媒体の中でショーの宗教的衝動と演劇の才能が喧嘩をすることができた。もしショーがその事実を知っているということが真実ならば、ショー自身が示唆したように、彼の演劇は余りに真実であるので良くなり得ない。しかし、ショーが、彼の批評家たちの発言を予測するよりも、もっと重要なことに彼の評論の才能を捧げなかったことは残念である。A・Eの詩とハーバート・リードのエッセイは、彼らの外観の影のような代替物である。H・G・ウェルズやヴァージニア・ウルフそして後期のオルダス・ハックスリーの作品は、それらが非個人的に崇高であるということにおいて、さらに成功している。個人の宗教《ビリーフ》を育んだ人々のうち一人だけ、つまりウィリアム・バトラー・イェイツだけがその通常の影響を免れた。というのは、彼だけが批評から距離を保っていた。イェイツは彼の芸術のために信念の刺激を必要としており、また、我々の時代が供給できるのは、彼にとって個人的宗教だけであるということを知っていた。しかし、イェイツはまた、彼の芸術が依存している体系を明確に表してはならないということも分かっていた。個人の司祭が直面する感傷や抽象に落ち得る危険性に気付き、時々前者あるいは後者に屈するが、イェイツの初期の詩や「月の相」におけるように、イェイツは意識的に自分自身を両方から清め、詩であるために、詩を自由なままにした。批評的知性とよりすぐれた天才が一つとなり、イェイツをロレンスやショーの運命から救い、そして、イェイツに危険に晒されることなく、個人の信念《フェイス》の恩恵を楽しませた。

イェイツの同国人であるジェイムス・ジョイスは信仰の興奮なしで済ませられるということにおいて非凡である。ジョイスは明示した宗教を放棄した後、自己充足によって、そしてまた、彼がもはや信じていなかった宗教の影響によって、代替物を必要としなかった。(28) 宗教に関係のない、美的目的に方向付けられた、アリストテレスとアクィナスの影響を受けたイエズス会の修養は、ジョイスの芸術がブルームスの進路を信条の岩と神秘主義の渦巻きの間に取るのを助けた。(29) その一方でロレンスの芸術は、進路を示してくれるような助けもなく、船を進水させる進水架に不完全に載せられ、人工岩に座礁したのであった。

T・S・エリオットのイギリス・カトリック信仰は、個人の宗教といくつかの点で並行しているが、それはエリオットの芸術を無傷のままにした。なぜなら、イギリス国教会は、給料を支払われる聖職者を擁護し、その信条は多かれ少なかれ確立され定着してきた。エリオットは彼の詩の中で説教をすることを免れ、散文の中で罰を受けずに道徳的に語ったのかもしれない。例えば、『不思議な神々の後に』の中で、彼は現行の中心的な伝統を使わずに、ある時代の芸術から教訓を引き出す。ある時代とは、彼が正確にそれを表現しているように、救世主の衝動と内部の光そして個人の宗教から成り立っている時代である。エリオットはジョイスの芸術の健全さと高潔さ、そしてロレンスの芸術の病の原因を、前者は正統派キリスト教の影響に、後者はキリスト教にとっての異端信仰の影響に帰せしめた[30]。これらの言葉の含蓄がエリオットにとってどんなものであれ、徳を正統派キリスト教に帰せしめ、悪を異端信仰あるいは私が個人の宗教と呼んできたものに帰せしめていることにおいて、純粋に美的根拠に立脚して判断すると、エリオットは正しい。しかし、エリオットは、ヘンリー・ジェイムス、アーノルド・ベネットそしてリットン・ストレイチーの無宗教のような無宗教が正統派キリスト教と同じ位良いかもしれないし、あるいはI・A・リチャーズが示唆しているように、正統派キリスト教よりもより良いかもしれないという可能性を無視している。実際にこの時代遅れの十九世紀の唯物主義者は、感情が信仰への依存から切り離された正に後に、芸術の希望を見ている[31]。この希望が、我々の浪漫派の時代にどんなにたわいないものに見えようとも、人は、害をもたらさない教会に宗教が保たれるならば、それは芸術にとってより良いことであるという彼の確信に共感するだろう。

　ロレンスから学ぶことが多くあるとエリオットは語ったが、しかしエリオットは教訓を引き出す判断力を持っている人々は、教訓を引き出す必要がある人々ではないと付け加えた。ロレンスの作品が眼の肥えた鑑賞力がある読者に対してではなく、健康を害した者や混乱した者に興味を抱かせることをエリオットは恐れている[32]。己の魂に従い何も見てこなかった愚かな預言者たちに災いあれと叫びながら、他の敬虔な絶叫と共にエリオットは一つの教訓を引き出そうとする。エリオットはその教訓に対する必要な判断力を持っている。ロレンスの読者、あるいはもっと良い表現を使えば、ロレンスの熱狂的な支持者たちに関するエリオットの発言は、まったく健全である。古典主義者たち、ヒューマニストたちそして道徳主義者たちが発するかん高い叫び声の伴奏に合わせて、また、理性的な人々の関心に後を追われ、この熱狂は激しくなり、共産主義者やファシストや文芸批評家だけでなく、数えきれないほどの女性たちや不明瞭な生きものたちにまで広がった。ロレンスは芸術を欲した。そして彼が述べたことは、概して、馬鹿げている。しかし、彼はそこに身を投ずることは欲しなかった。

多くの者がロレンスの想念は魅力的であると感ずる。なぜならば、彼は戦後の世界が夢中になったもの、あるいは、少なくともより流行を追っている人々が夢中になったものを表現する時代の人だったからである。教養のある人々にとって、民主主義へのロレンスの嫌悪、絶対者へのロレンスの興味、そして、文化人類学、流れ、無意識そして愛に対してロレンスが抱いた関心は、大変魅力的であった。彼の想念に多かれ少なかれ無関心であり続ける別の人々は、彼が彼らを描写した情緒故に彼を称賛する。『タイムズ・リタラリー・サプリメント』誌の中で、最近の批評家たちがロレンスを「我々の時代の天才」と宣言しているのは、明らかにこの理由のためである。(33)W・H・オーデンは、ロレンスの「頭がぼんやりして、ふらふらした素晴らしい状態」に関して、優しさをもって語っている。(34)おそらくオーデンは感情表現はそれ自体ほとんど価値がなく、また、頭がぼんやりとしてふらふらした状態がどんなに素晴らしいものであっても、それは、頭がぼんやりとしてふらふらした状態に過ぎないことを忘れているのであろう。ロレンスの中のある一定の緊急性と活力を称賛する者たちもいる。彼らは、一般的に活力の源泉であるほうれん草のように、活力だけでは充分ではないことを忘れている。

ロレンスの人気の主な原因は、彼の想念を空想するように見える人々の間の人気の原因さえも、ロレンスの文学的傾向である。ロレンスは、彼の熱狂、深さそして荘厳さによって、我々の時代の多くの人々に彼らがそのような時代に必要とする感情的な安堵を与え、彼自身の漠然とした憧れによって人々の憧れを表現する。ワーグナーを奥深いと思える人々は、ロレンスの中に彼らが好む完璧な表現を発見している。ロレンスは文学の聖なる父であった。人々が抱く彼への興味は、その見せかけがどんなものであれ、文学的であるというよりはむしろ宗教的である。人々は彼が語ろうとした事柄を理解していない。それが故に、それが深いと感じるのである。ロレンスの成功は、そのような人々を喜ばすためには、愚かであるだけでは不充分であるということを明らかにしている。人は厳粛でもあらねばならない。

ジュリアン・ベンダは『ベルフェゴール』の中で、情緒、神秘的な没入そして流れを求める読者の要求と、概説、孤立そして機知への読者の嫌悪について書いている。ロレンスにほとんど好意を抱いていなかった共産主義者のジョン・ストレイチーは、感情的な抽象論議を求める読者の憧れを書き留めている(35)。ストレイチーによって中産階級の退廃にその原因があるとされるこの好みは、T・E・ヒュームによって、浪漫主義の固執にその原因があるとされた。私は後者の説明を好む。ロレンスの読者は、ロレンスと同じ位ロマンチックである。そしてロレンスに対する熱狂的礼賛の出現は、時代の傾向の正にもう一つの症状である。

注

（1）サミュエル・バトラーの著書『生活と習慣』(*Life and Habit*、ロンドン、ケープ、一九二三年）の二五〇頁。

（2）バーナード・ショーの著書『人と超人』(*Man and Superman*）の序文。この中で、ショーは彼の良心を「本物の説教師の論説」として描いている。この序文は同時代の文学の特徴を理解するために重要である。ショーは『メトシェラへの回帰』(*Back to Methuselah*）をペンタチューク（旧約聖書の始めの五書）と呼び、彼の最近の演劇の一つを黙示録と呼んでいる。『メトシェラへの回帰』の序文の中で、ショーは物質主義に対する宗教の復興を求めた。正統派宗教への退却ではなく、新しい生命主義的宗教に彼自身預言者となり、復活することを求めた。彼は弟子たちを待ち構えた。明らかに軽率な彼の行為に不満を語る人々に対して、ショーは真の冗談は、「自分は真面目である」と述べることだと語った。

『悪魔の弟子』(*The Devil's Disciple*）において、ショーはプロメテウスやジークフリートあるいはディック・ダジャンのような真に宗教的な人が、因習的な宗教を受け入れられないことによって、どうのようにして自分自身の宗教を生み出せるかを示している。『医者の板ばさみ』(*The Doctor's Dilemma*）のペリシテ人の医者は、ショーがメソジスト派の説教師であると思っているが、ショーが思ったほど悪くはない。

（3）H・G・ウェルズの著書『誰でも参加できる陰謀』(*The Open Conspiracy*、一九二八年）の序文。「これは救済の真実であり、方法である」。ウェルズの人間性に関する宗教はコントのものと似ている。

（4）ジョン・H・ロバーツの論文「ハックスリーとロレンス」、『ヴァージニア季刊評論』誌第一三号（*The*

Virginia Quarterly Review』一九三七年）の五四六―五七頁。

（5）ウィリアム・バトラー・イェイツの著書『エッセイ集』（*Essays*、ニューヨーク、マクミラン、一九二四年）の中のエッセイ、「肉体の秋」、「絵画の中の象徴主義」、「詩の象徴主義」、二〇〇頁、二三五頁、二三七頁。同書の一八四頁、一九〇―一頁も参照。

（6）トーマス・ウルフの著書『一冊の小説の筋』（*The Story of a Novel*、ニューヨーク、スクリブナーズ、一九三六年）の三九頁。

（7）荒地のクレトン更紗の長い襟巻の下に避難場所を見つけた子犬についてのエリオットの詩も参照。『詩集一九〇九年―一九三五年』（*Collected Poems, 1909-1935*、ニューヨーク、ハーコート、ブレイス、一九三六年）の一六七頁。

（8）「この騒々しい変化の混乱の中で私たちが必要としているものは、乗り込める効率的な飛行機よりもむしろ下に隠れたりしがみついたりする岩であるという考えは理解できるが、間違っている」。I・A・リチャーズの著書『文芸批評の原則』（*Principles of Literary Criticism*、ニューヨーク、ハーコート、ブレイス、一九三四年）の五七頁。

（9）T・S・エリオットの著書『エッセイ集』（*Selected Essays*、ニューヨーク、ハーコート、ブレイス、一九三四年）の三二頁。この風刺は、メレディスとブラウニングに関するオスカー・ワイルドの風刺の型に基づいている。

（10）『無意識の幻想』の一一頁。『D・H・ロレンス書簡集』の六八八頁。

(11)『カンガルー』の三一四頁。

(12)マリオ・プラーツの著書『浪漫派作家の苦悩』(*The Romantic Agony*、ロンドン、オックスフォード大学出版局、一九三三年)の序論。

(13)A・O・ラブジョイの論文「浪漫主義の区別に関して」、『現代言語協会出版物』(*Publication of the Modern Language Association*)第三九巻の二二九―五三頁。

(14)フェアチャイルドの著書『浪漫派作家探求』(*The Romantic Quest*、ニューヨーク、コロンビア大学出版会、一九三一年)の二五一頁。同書の一四六―七頁、二四六―五二頁も参照。

(15)福音気質の普及のための、G・M・ヤングの著書『ビクトリア朝のイギリス』(*Victorian England*、オックスフォード、オックスフォード大学出版局、一九三六年)の一―三頁を参照。

(16)T・E・ヒュームの著書『思索』(*Speculations*、ニューヨーク、ハーコート、ブレイス、一九二四年)の四八頁、五六頁、六一頁、一一八頁。

(17)フェアチャイルドの著書『浪漫派作家探求』の二五四―六頁を参照。

(18)T・S・エリオットの著書の『ラーンスロット・アンドルーズのために』(*For Lancelot Andrews*、ロンドン、フェイバ・アンド・グワイア、一九二八年)の前書。『エッセイ集』の一五―八頁、三四〇頁。『不思議な神々の後に』(*After Strange Gods*、ニューヨーク、ハーコート、ブレイス、一九三四年)の二六―三一頁、三七頁。

(19)I・A・リチャーズの著書『想像力に関して』(*On Imagination*、ニューヨーク、ハーコート、ブレイス、一九三五年）二二〇－五頁。

(20) T・S・エリオットの著書『聖なる森』（*The Sacred Wood*、ロンドン、メシュアン、一九二八年）の「一つの詩的演劇の可能性」、六六頁。

(21) ジョゼフ・ホウンの著書『ジョージ・ムーアの生涯』（*The Life of George Moore*、ニューヨーク、マクミラン、一九三六年）の三四七頁。

(22) 『小論集』の四九頁。例えば、鳥、獣、そして花に関するロレンスの詩は、対象物からその対象物が示唆する教訓へと迷い込む傾向がロレンスにはあることを示している。ロレンスの詩「イチジク」は中世の説法や聖書の一節のように、果物を用いた説教である。『詩集』第二巻の「亀の甲羅」、一二九頁、一三三頁、二二四頁そして二七四頁も参照。

(23) ヘンリー・ジェイムズの著書『小説家に関する覚書』（*Notes on Novelists*、ニューヨーク、スクリブナズ、一九一四年）の三二一－四四頁における、ヘンリー・ジェイムズの、美的根拠に基づくロレンスの放棄を参照。

(24) ジェイムズ・ジョイスの著書『若き芸術家の肖像』（*A Portrait of the Artist as a Young Man*、ニューヨーク、ヒューブスク、一九一六年）の二四〇－五一頁。

(25) 私の学生の一人であるアーウィン・スワードロウによる、未出版のコロンビア大学修士論文「ロレンスと神話」（一九三八年）を参照。スワードロウはロレンスの小説における創世記とワグナーの使用に関して、充分な独創的な研究をしている。しかしながら、スワードロウ氏の結論は、私のものよりロレンスに対してもっと好意的である。T・S・エリオットの著書「ユリシーズ、秩序そして神話」、『文字盤』第七五巻（*The Dial*、一九二三年一一月）の四八〇―三頁も参照。

(26) 『ロストガール』は暗黙のうちの説教以外は、どのようなものからも比較的自由であるが、最初と最後以外は弱々しい小説である。最初の部分は、アーノルド・ベネットに似ており、最後の部分は最も調子の良い状態のロレンスを代表している。この本は敵対する出版社や公衆をなだめる努力があったように見受けられる。『侵入者』に関しては、より少数の人々しかより良いと語っていない。

(27) 現代の芸術家が、彼らの題材に神秘的に溶け込む傾向があることを知るために、ジュリアン・ベンダの著書『ベルフェゴール』（*Belphegor*、ロンドン、フェイバー・アンド・フェイバー、一九二九年）を参照。

(28) スティーブンの父親探しにおいて、ジョイスは、現代のほとんどの芸術家の必要性より少ない彼の必要性を象徴化したように思える。

(29) ジェイムズ・ジョイスの著書『ユリシーズ』におけるシラとカリブディスの挿話を参照。

(30) T・S・エリオットの著書『不思議な神々の後に』の四一頁、四八頁、五三頁、六三―六頁。

(31) I・A・リチャーズの著書『科学と詩』（*Science and Poetry*、ニューヨーク、ノートン、一九二六年）の特に六章「詩と信念」と七章「数人の現代詩人」。後者の章にはイェイツとロレンスに関するすぐれた評論が含まれている。

(32) T・S・エリオットの著書『不思議な神々の後に』の六六―七頁。『クリテリオン』第一〇巻（*The Criterion*、一九三一年六月）の七六八―七四頁に掲載されている、マリーの『女性の息子』（*Son of Woman*、ニューヨーク、ケイプ・アンド・スミス、一九三一年）に関するエリオットの論評を参照。読者に関するエリオットのこの観察が正しいことは、ロレンスの熱狂的な支持者たちの機関誌『不死鳥』（*The Phoenix, a Quarterly*）によって確認される。特に一巻二号（一九三八年六月－八月）の一二九－三〇頁を参照。この中で、編集者は、ロレンスを救世主と呼び、その古代主義と無心を、真実でありまたそこにつながる道として認めている。

(33) 『タイムズ・リタラリー・サプリメント』誌（*The Times Literary Supplement*、一九三八年一月八日及び六月一八日）。

(34) W・H・オーデンとルイス・マクニースの著書『アイスランドからの書簡』（*Letters from Iceland*、ニューヨーク、ランダム・ハウス、一九三七年）の二一〇頁、二二二頁。W・H・オーデンの著書『詩集』（*Poems*、ニューヨーク、ランダム・ハウス、一九三四年）の四一頁も参照。ここにおいて、ロレンス、ウィリアム・ブレイクそしてホーマー・レインは世界の病を癒す者として見られている。

(35) ジョン・ストレイチーの著書『文学と弁証法的唯物論』（*Literature and Dialectical Materialism*、ニューヨーク、コーヴィシ（Covici）、フリーダ（Friede）、一九三四年）の一六－九頁。

参考文献

以下は本文及び注で言及されたロレンス作品の一覧である。本文の注に記された頁はそれぞれ以下の作品に準拠する。

『アーロンの杖』（*Aaron's Rod*）（ニューヨーク、セルツァー、一九二二年）

『アポカリプス』（*Apocalypse*）（リチャード・オールディントンの序文、ニューヨーク、ヴァイキング、一九三二年）

『イタリアの薄明』（*Twilight in Italy*）（ロンドン、ハイネマン、一九三四年）

『海とサルデーニャ』（*Sea and Sardinia*）（ニューヨーク、マクブライド、一九三一年）

『エトルリア遺跡』（*Etruscan Places*）（ニューヨーク、ヴァイキング、一九三三年）

『奥地の少年』（*Boy in the Bush*）（ニューヨーク、アルバート・アンド・チャールズ・ボニ、一九三〇年）

『カンガルー』（*Kangaroo*）（ロンドン、ハイネマン、一九三五年）

『恋する女たち』（*Women in Love*）（ニューヨーク、セルツァー、一九二二年）

『古典アメリカ文学研究』（*Studies in Classic American Literature*）（ニューヨーク、セルツァー、一九二三年）

「古典アメリカ文学研究」（"Studies in Classic American Literature"）（『イングリッシュ・レヴュー』誌第二七号（一九一八年一一月及び一二月）、第二八号（一九一九年一月から六月））
『最後の詩集』（*Last Poems*）（リチャード・オールディントンとギュセッペ・オリオリ編纂、リチャード・オールディントンの序文、ニューヨーク、ヴァイキング、一九三三年）
『詩集』（*Collected Poems*）（ニューヨーク、ケープ・アンド・スミス、一九二九年）
『小論集』（*Assorted Articles*）（ロンドン、セッカー、一九三二年）
『白孔雀』（*White Peacock, The*）（ニューヨーク、ダフィールド、一九一一年）
『侵入者』（*Trespasser, The*）（初版、ロンドン、ダックワース、一九一二年）
『精神分析と無意識』（*Psychoanalysis and the Unconscious*）（ロンドン、セッカー、一九三一年）
『チャタレイ夫人の恋人』（*Lady Chatterley's Lover*）（私家版、フィレンツェ、一九二八年）
『翼ある蛇』（*Plumed Serpent, The*）（ロンドン、セッカー、一九三二年）
『D・H・ロレンス作品集』（*Tales of D. H. Lawrence, The*）（ロンドン、セッカー、一九三四年）
『D・H・ロレンス書簡集』（*Letters of D. H. Lawrence*）（オルダス・ハックスリー編纂及び序文、ロンドン、ハイネマン、一九三二年）
「D・H・ロレンスのマックス・モーア宛未公開書簡集」（"Unpublished Letters of D. H. Lawrence to Max Mohr, The"）（『月刊天下（テンシャ）』第一号（一九三五年八月及び九月））
『虹』（*Rainbow, The*）（初版、ロンドン、メシュエン、一九一五年）

『不死鳥――D・H・ロレンス遺稿集』（*Phoenix, the Posthumous Papers of D. H. Lawrence*）（エドワード・D・マクドナルド編纂及び序文、ニューヨーク、ヴァイキング、一九三六年）
『無意識の幻想』（*Fantasia of the Unconscious*）（ロンドン、セッカー、一九三三年）
『息子と恋人』（*Sons and Lovers*）（初版、ロンドン、ダックワース、一九一三年）
『メキシコの朝』（*Mornings in Mexico*）（ニューヨーク、クナプフ、一九三四年）
「モーリス・マグナスの『外国軍隊の追想』序文」（Introduction to Maurice Magnus's *Memoirs of the Foreign Legion*）（初版、ロンドン、セッカー、一九二四年）
『ヤマアラシの死についての諸考察』（*Reflections on the Death of a Porcupine*）（ロンドン、セッカー、一九三四年）
『ヨーロッパ史における諸動向』（*Movements in European History*）（オックスフォード、オックスフォード大学出版局、一九二五年）
『ロストガール』（*Lost Girl, The*）（ニューヨーク、セルツァー、一九二一年）

訳者あとがき

Ⅰ

D・H・ロレンスが初期の頃に書いた何通かの手紙の中で、本来、自分は熱烈な宗教的人間であって、自分の様々な小説は宗教的経験の深みから生み出されることになろうといったようなことを述べているのは興味深い。幼年時代からの組合教会員の信仰を二十代の初めに捨てたものの、生涯の作家生活を通じて、個人的宗教なるものを模索し続けた熱烈な宗教的人間であったからだ。そのため死ぬまでの二十数年間にわたるロレンスの作品の宗教的諸相についていろいろと個別的な研究成果が生み出されてはきたが、本書『D・H・ロレンスと雌牛スーザン』のように文学作品の内にそうした宗教的思想とその表現形式の進展を通史的に概観したものはあまり出版されていない。戦時下の作品はもとより、アメリカやオーストラリアやメキシコ滞在時の作品、それに晩年の諸作品を通じて、宗教的人間、思想家、芸術家としての全体のロレンス像を鋭く深い分析力で熱烈かつ執拗に捉えようとしている、初期のロレンス学者の情熱が読者にも伝わってこよう。本書は入門書的解説の体裁を呈しているようだが、いかにロレンスを解釈し、いかなる問題をロレンスから引き出し、明らかにするかを目的とした、一九三〇年代にあっての独創的な研究書であることは間違いない。考えてみるに、自ら覚え込んだ様々な概念の尺度で単純にロレンスの傑作・駄作を弁別しようとすることと、作者の存在の奥深い発露でもある作品をどの程度まで辿れるかを考えてみることとの間には大きな溝があるのは確かである。所詮、作品の鑑賞とは作者の夢をどれだけ深く辿れるかということに尽きると言えよう。

ところで、ロレンス伝記研究の第一人者であるジョン・ワーゼンの『若き日のD・H・ロレンス』(一九九一)を詳しく読めば、十九世紀後半におけるイーストウッドのような炭鉱町では肺病と気管支炎などの呼吸器系の病気が死因の十七パーセントに上っていたことから、それらはロレンスの命をずっと脅かし続けてきたということがよく納得できる。ロレンスは死の直前、生後二週間を経た頃から気管支炎を患っていたことを吐露している。長年にわたって地下で働いていた頑強な炭坑夫アーサー・ジョン・ロレンスの息子であったにもかかわらず、幼年時代の遺産である虚弱な肺を晩年まで持ち運んだのである。言うなれば、ロレンスは人生の初めに死を早々と感じ取らざるを得なかったが故に、そこから生に向かって力強く歩き始めたのである。生から死への通常の行程にあって、死の不安や苦しみをその都度克服することで、成熟へと向かう健康な人の生き方とはまるで正反対のベクトルを生きざるを得なかった。

こうしたことを考え合わせると、本書からも窺えるように、ロレンスは生まれ付いての独特で強靭な宗教人であったような気がする。それもキリスト教をはじめとする、様々な宗教に関するドグマ的世界からは離れて、個人的宗教とも言うべき世界、つまり、原始・自然宗教的、汎神論的、深層心理的、性的・本能的要素から成るような神秘的世界を確立せんとする意向がことのほか強かったと言えよう。それはまだ色濃い自然に包まれた郷里の炭鉱町イーストウッドでの生活の中で、紆余曲折を経た宗教的葛藤が自らの内で演じられていたことをみれば一目瞭然である。それというのも、ロレンスの心の奥底にはほの暗い神秘的な森とも言うべき、象徴の森があったからである。青春期のロレンスは母親の宗教的価値観を一応は受け入れていたものの、大学という別世界で自らの宗教とも呼ぶべきものを育んでいた。大学へは実家から通っていたとはいえ、以前にもまして実家の要求や期待からほど遠いところにずっと身を置いていた。教師となる訓練を受けている最中にも、創作や読書や思索がますます大切なものとなり、自然と教会に反感を持つようになった。特に、一九〇八年のある夜のこと、チェインバーズ一家の人たちとハッグズ農場へ歩いて帰る途中、当地の有力な牧師ロバート・レイドのことを激しくけなし始めたので皆が驚いたことがあった。この時期のことは本書からも明らかだが、大学に入る前からショーペンハウアーやヘッケルやウィリアム・ジェイムズなどの作品を読破していたロレンスは、土地のキリスト教団に背を向け、自らウィリアム・ジェイムズ派の不可知論的人間だと称することで、キリスト教に対する現代の反感を巡って、その後も牧師レイドはもとより、様々な分野の知識人たちと度々、激しい議論を交わすようになった。たとえ相手が心理学者であれ、進化論者であれ、唯物主義者であれ、機械論者であれ、彼らの単なる科学的理解の中から人間の意識、とりわけ個人としての人間といった考えを救出するのが作家を志すにあたっての仕事の一つだと確信していたからである。人間がある意味で宗教的な存在であり、宗教的体験を必要とすることを認めようとしていたが、それもキリスト教的観点からではなかった。むしろ、キリスト教と科学的革命の双方と手を切るということの意味が実際、何であるのかを理解して表現するのに、その後の作家としての生涯をかけることになったと言った方が正確であろう。

やがて、恩師の妻で敵国の没落貴族の娘フォン・リヒトホーフェン・フリーダとの駆け落ち、虚弱体質に起因する徴兵回避といった一連の醜事に対する数知れぬ世の悪辣な指弾に抗して、敢然と茨の道に乗り出したロレンスは、一九三〇年に南フランスのヴァーンスで息を引き取るまで、イタリア、シチリア、サルデーニャ、オーストラリア、ニューメキシコ、古代エトルリア遺跡といった場所を巡って目まぐるしく放浪生活を送った。奈落の苦しみを味わった戦時下の英国を後に、このような世界放浪に旅立ったのも、現世へのどうしようもない苛立ちや苦悩を克服せんがために、自らの理想郷ラナニム（Rananim）を探し当て、自らの死と向き合うことで新たな死生観の可能性を異境の地で見出すためだったと言えよう。だが、ある意味で、現実的な放浪はもとより、精神的な放浪はこの時代の芸術家たちの運命のようなものであった。資質の相違に関わりなく、動乱の時代は芸術家たちを多かれ少なかれ放浪者にせざるを得なかったのである。

特に、一九二二年から数年にわたってニューメキシコのタオスやその近辺を中心に、アメリカの野生や先住民の生命力の強靭さや不抜さを探ろうとしたのも、また、一九二六年からその翌年にかけて、イタリア中部のタルキニアやチェルヴェテリを歩いて古代エトルリアの遺跡を探訪したのも、持ち前の鋭い直観力で先住民や古代エトルリア人の生命の奥深さを探ろうとする激しい情熱に発したものだった。とすれば、とどのつまりロレンスの演じた役割というのは、近代精神に対して先住民や古代エトルリア人の情感を強めたことではなくて、逆に彼らの健康や健全さによって近代精神の病弊から脱出することだったたと言えよう。換言すれば、旧文明の失墜によってもたらされた感受性の分裂に、当時の芸術家らは何らかの安定を図ろうとして先住民や古代人を喚び求めており、ロレンスの旅もまた、その一つの表れに他ならなかった。最後のロマン派とも呼べるロレンスの生涯は夢を見にくい時代の中で、いかにして生を再建するかという、痛ましい努力の連続であった。

本書からも窺えるように、そもそも心理学者は自らの理論によって人間の病気の万能薬、つまり、苦痛の根絶治療ではなく、少なくとも「病原の解釈」による治療を探し求めて来たし、また私たちもそうした原因を知って、それを名づけることができれば治療が可能なのだという信念を保持してきた。だが、ロレンスは名づけることを拒み、解釈を拒み、ひいては、人間たる義務を崇高化するか度外視するかによって救済が決まるといった恩寵の概念をも拒んだ。心理学者のように概して宗教的な解決を回避するのではなく、ロレンスは個人的な宗教を真っ向から取り上げ、生が孕む神聖性を回復し、それを再び王座に就けることで、そこに唯一の解決を求めたのである。人間の努力を見通す時に、その中に個人なりの神的要素がどの程度含まれているかといったことだけが問題なのだとロレンスは言う。内なる神聖な核心が理想や信条によって保護され覆われてしまって、本来のあり得べき生を十全に感取することができなくなっているのが現代人に他ならない。『恋する女たち』（一九二〇）の中で、主人公の一人であるバーキンが、現代の状況において誰かがいかなる行動をおこそうとも、それは分裂や崩壊を招くことになってしまうといったようなことを語っていたのも止む無しである。生命の根本たる動物的本能を再発見し、それに再度、表現を与えることで、人間は理想という甲羅に隠された様々な因習的観念、特に、忌まわしい道徳的な不滅の観念に固執してはならないと真摯に説く。

しかし、創造的な個人を相手にする際の主要な困難の一つは、この上もない不可解さに当人が身を置いていることである。ロレンスのような作家を取り上げる場合、まさにそうした不可解さを神聖化する人物を論じることになる。生や肉体の源泉をことごとく豊かにし、それらを最高度に顕示しようとした人だからである。ロレンスの作品は概して象徴と暗喩から成り立っているのもそのためで、例えば、不死鳥、王冠、虹、翼ある蛇など、次々と人生の問題が立ちはだかる中にあっても、それらの象徴的性格は恒久的で変化することはない。生は一つの象徴的な意義を有しているといった考えを保持するロレンスであってみれば、生と芸術とは一つなのである。こうしたことが本書の主眼点ともなっていて、特に、一九二〇年代は、『精神分析と無意識』（一九二一）や『無意識の幻想』（一九二二）を始めとする様々な深層心理的な作品を発表し、思想的には最も円熟を遂げつつあった時期でもあったことから、本書ではタオスの牧場の裏庭で飼っていた雌牛スーザンとの神秘的で象徴的な出会いと関わりを通じて、個人的宗教なるものの確立に至った過程を綿密に検証している。この時期、ロレンスはスーザン以外にも鶏や四頭の馬やティムジイーとカウェームズという名の二匹の猫といった様々な家畜ペットを飼っていたものの、とりわけこの雌牛に執着していた。ロレンスの愛読した、インド最古のバラモン教の聖典『リグ・ヴェーダ』での雌牛への讃歌、特に、雨雲を雌牛と見立てたり、雨雲から降ってくる雨をその雌牛の乳汁と考えたり、また、百川のインド河に流れ込むのを、仔牛が母牛について行くのに比べたり、といったことへの鑽仰がここでは思い出されよう。そこで本書の著者はこのように述べている。

スーザンの内に、私は解決を必要とする問題ばかりか、ロレンスの生涯と仕事が見事に表現されている一つの象徴をも見出したので、スーザンを論考の手掛かりとしたい。スーザンの孕む問題から始めて、またその問題に立ち戻ることで、私たちの提起する問題への解答が得られるかもしれないし、ロレンスの作品がよりよく理解できるようになるだろう——つまり、ロレンスの作品のどの点が馬鹿げていて、どの点がすぐれているかに気づくようになるだろう。しかし、この本の題名が他の様々な期待を抱かせているにもかかわらず、スーザンそのものよりも、スーザンに至る道程を扱うことになるだろう。この道程とそれに伴ういくつもの脇道を辿ることで、ロレンスの様々な苦労に思いを馳せることになる。苦労からの解放を見出そうとする努力、ロレンスが自らの哲学と呼ぶところの進歩発展、ひいてはその哲学の小説や詩への影響などがそうである。

私はさらにスーザンを様々な意味合いを孕む象徴として、つまり、今日の多くの芸術家の苦境や大望がうまく表現され得るような象徴として考えてみたい。ロレンスとスーザンとの関わりが納得できれば、今日の文学や社会や価値判断や嗜好などの様々な問題が多少とも理解できるようになるだろう。ロレンスにとって、スーザンは一つの救済手段だったのだ。私たちにとっても、スーザンは一つの自己理解の手段でもあろう。というのも、過去五〇年間に活躍したすぐれた作家たちの多くが自らのスーザンを所有していたからである。そこで、ロレンスのスーザンへと至る道筋を辿ることによって、私はスーザンの姉妹に出会うとともに、今日の一般的な問題に挑戦してみたい。(本書7―8頁)

ロレンスは部分的なことを全体の問題と取り違えて、このようなことを述べている。「私の偉大なる宗教は血を信じることにある。つまり、肉体を知性よりも賢明なものと考えている」と。ロシアに対する不寛容な態度が(英国国教会の)大執事の権限における否定的な側面を表しているように、知性に対する血の反逆はロレンスの宗教における否定的側面に過ぎない。しかし、一日中、ロレンスはそのことばかり考えていて、それが小説のテーマとなった。彼の世界改革運動は現代社会の様々な基盤を攻撃するにあたって必要なことだった。つまり、理性、科学、唯物主義、機械などがその攻撃対象となったのである。ノアの役割を演ずることで、ロレンスはそれらを逃れ、また、エレミヤの役割を演じることで、それらを呪った。しかし、その預言者は雌牛スーザンがとても気に入っていた。というのも、そのミルクのように、スーザンの血は精神に妨害されずにどくどく流れていたからである。そもそも、スーザンには精神などというものはなかったからである。「スーザンは私のことすら何も知らない」と知性の敵がほくそえんでいる。

スーザンは私が二本足で立っている紳士だということを知らない。スーザンがそうではないからだ。スーザンが私と私の穿いている素敵な白いズボンの匂いを嗅ぐ時、何か神秘的なことがその血と肉体の内で起こり……やがて一種の忘我状態から目覚めると、解き放たれて、ぎくしゃくした奇妙な牛独特の喜びを発して、急ぎ足で小屋に戻る……スーザンがいつ、どこで忘我状態に陥るのか、誰も知るよしはない。まさにそれこそスーザンなのだ！　私はスーザンと何らかの関わりを持っている。

当然のことながら、この素晴らしい動物はロレンスの献身の対象となり、善良な人間の象徴ともなった。（本書51―52頁）

そもそも神秘的唯物論者であるロレンスには人間と人間以外の動物との間に、いや、植物や鉱物との間にも位階の差を認めず、同じレヴェルで受け取るという一見奇妙で中性的な感性が備わっていた。これは一種の汎神論とみなしてもよく、自然の生命と一体にならなければいけないと言うと極端だが、何事につけ差異を好む現代人とは異なり、動物のように生命の根源的な衝動を見失うことのなかったロレンスは、セザンヌや宮沢賢治のごとくまさにそうした「驚異」の一宇宙を内にも深く蔵していた。おそらく、ロレンスの耳や目は、私たち現代人とは比較にならないほど鋭敏なものだったのだろう。大脳の膨張によって、小脳の場所を侵害されたことで、私たち現代人の神経は古代人の生理的鋭敏から観念的固着へと移行した。その点、ロレンスの神経はまさに鋭敏で、光線に反応する虹彩の鋭敏さをあらゆる感受性にあって失ってはいないのである。こうした極度に俊敏で微妙な瞬時的体験と、今一冊のエッセイ「人間生活の賛美歌」（一九二八、ケンブリッジ版『晩年のエッセイと記事』（二〇〇四）所収）で執拗に強調された「驚異」（'wonder'）という感覚との間にも本質的な繋がりが認められる。

根本的に生活に必要な普遍的とも言える意識上のひとつの要素は驚異感覚である。一個の実が成長し、サヤからはじけ出る時、アメーバの核心部がキラリと光る時、また、せっせと一本の麦わらを引きずっている一匹の蟻や霜で被われた草の上を動き回る深山烏にもいやおうなくそれを感じるだろう。それらはすべて驚異の感覚で生きているのだ。（一三一－二頁）

したがって、ロレンスに近づくにはこうしたロレンスの本質から流れ出るような、自然と湧き出る予測不可能な驚異感覚、つまり、突発的で強烈な熱気を伴う感覚的閃光に次ぐ閃光をしかと捉えること以外にない。それは先にも述べたように、まさに幼年時代における郷里の体験に依っていた。両親の不和による複雑な家庭環境を避けるかのように、きまって野や山を歩き廻ることで、自然界の音、匂い、形状、色彩、構造などへの感性は研ぎ澄まされ、決して鈍ることはなかった。そして、実際、その描写にあって驚くべきことは、それらの個々の詳細にまで直接、分け入ってゆく躍動的な具象性である。あくまで自分に「現前している」ものを体感しようとしたロレンスにとって、対象との「接触」のあり方こそ、英国社会の下層階級と中産階級とを分かつ基本的な特質でもある。エッセイ「ノッティンガムと炭鉱地帯」（一九二九、ケンブリッジ版『晩年のエッセイと記事』（二〇〇四）所収）の中でそのことを取り上げている。

危険が常に身近にあることで、男達同士の肉体的・本能的・直感的な接触が一層発展することになる。つまり、ほとんど直に触れるのと同じ位に現実的でこの上なく強烈なものとなるのだ——(炭鉱夫は)そうした炭鉱内の奇妙で暗い親密さ、裸の接触とも言えるものを地上にもたらすのである。(二八九—九〇頁)

そして、こうした肉体的なものへの接触的気遣いこそ、ロレンスが流動する諸対象を描写するにあたって根本的に必要としたもので、こうした生き生きとした気配こそ、何にもまして賞賛に値するものだった。それは輝きとか繊細さとかいった感じ取られる体験以外の何ものでもなかった。言ってみれば、人間が最終的に個人である限り、自分にとって信じるに値するのは、そうした感じ取られる現実だけであろう。だが、厳密な意味で、自ずから流動する諸対象を相手にして言葉というものは成り立ち難い。言葉には隙が、空虚があるからだ。言葉によって理解した事柄には力がないのも、こうした外的もしくは内的現実の推移の方が密度が濃いからだが、それでもロレンスは言葉では捉え難い諸対象を捉えようとする自然学者だった。ロレンスの文体が肉感的で流動的でありながら、極めて直截精確なのも、自らの印象がまことに直接的だからである。漂泊中のニューメキシコで垣間見た、笛の音に鎌首をもたげるプエブロ部落のスネークのように、また、冬の襲来とともに豹変するデルモンテ牧場の数々の鳥の飛翔のように直接的だからだ。こうした印象の直接性は、ある印象を表現するのにいかなる言葉を選ぼうとするかといった躊躇いを許さない。丁度、ニューメキシコのいくつかの湖面に拡がる波紋が拡がり切らないうちに捉えられてしまうように、ロレンスの視点の自由度は、その資質という今一つの自然によって過つことなく定められる。まさにロレンスの文体の魅力は、これを貫く素晴しい肉感に左右される。このことは『アメリカ古典文学研究』（一九二三）の中で、血祭りにあげられたエドガー・ポーの手法とはおよそ対蹠的であって、創作の全過程を精密に意識化することがいかに必要なことかを熟知していたポーの資質とは異なり、ロレンスにとって流動的文体の創造の秘訣はまるで自然に手足を動かすように、一匙をもって体得すべき行動としか言いようがないものだった。

2

だが、現実に目を留めてみると、もはや神など信じてはいないし、人間相互の間にあっても、愛や信頼を喪失してしまった現代人がロレンスの眼前に徘徊していた。誰もそれをはっきりとは口にせず、それらがあるような振りをしている現代文明の虚偽こそ最大の敵であった。ロレンスが生涯を通じて、死ぬまで発し続けた問は、人と人との間に橋が架けられるか否かという一事であった。人と人とはいかにして結びつき得るのか。この問いに固執することによって、神秘家としての彼は絶望に陥らざるを得なかった。しかし、ロレンスが孤独な人間の悲嘆を極めた絶望的訴えの底で掴んだ最後の藁こそ、まさに「驚異」の一宇宙を支える血であり、肉体であった。

本書の圧巻とも言えるものが、ロレンス晩年におけるこうした人間崩壊からの脱出の可能性の示唆であろう。第五章にも窺われるように、イギリス・ロマン派の詩人たちの神秘主義、フランスの象徴主義やアメリカの超絶主義やアイルランドの神秘思想を経て、ブラヴァツキー夫人、オルコット大佐、アニー・ベサント、ジェイムズ・プライスらの神智学やヒンズー教の神秘学、ひいてはヨーガなどを深く吸収するものの、つまるところ、フレデリック・カーターの占星術的神秘学に行き着いたものと思われる。一九二四年初頭にロレンスが初めて出会った芸術家で占星術師のフレデリック・カーターの原始宗教的な象徴主義に関する著作『アポカリプスの龍』（一九二六）がかなり影響していることは本書にも詳しい。しかし、面白いことに、ロレンスはその本の序文だけを書く約束をしていたにもかかわらず、気づいてみると、それを自分なりの作品に創り変えていたという奇妙な事態が起きた。それもこの書物への過大な思い入れが原因である。死の前年の一九二九年の一〇月後半から一二月末にかけてそれに取り組んでいる最中に、エトルリアに関するエッセイで描いたような「キリスト教以前の天国」、つまり、古代世界の幻想に対する新たな興奮を自ら覚えたためである。さらには、カーターから「空想的方法」というエッセイを送られたことで、ロレンスは一〇月二九日にバンドルのボー・ソレイユ荘から、次のような詳しいコメントを手紙（ケンブリッジ版『D・H・ロレンス書簡選集』（一九九七）所収）で提供しているので、それを紹介してみよう。

「空想的方法」を受け取り、丹念に読ませて頂きました。しかし、あなたの多種多様な原稿をもとに、どのように大衆向けの本を作ればよいのか、今も頭を悩ませています。やがて、方法は見つかるでしょうが。私は聖ヨハネと彼の忌まわしい黙示録が嫌になり始めています。彼に親しめば親しむほど、ユダヤ人臭さが石油のように鼻に付いてきます。――私たちが教会で親しんでいるモラルという石油臭さがたちこめているので、本当に嫌になります。ユダヤ人の象徴と黙示録の意図を扱う章を一つ設けるのも面白いと思います。――その意図は、異教の秘儀のように復活ではなく、モラルに他ならないからです。個人的には、あの忌まわしい黙示録には関心がありませんし、そこに秩序があるのかどうか、あるいは何らかの意味があるのか、というようなことにも関心がありません。他の脱線的発展にとっては有益なスタートになるでしょうが。私はキリスト教以前の天空が好きです。――惑星は意識の牢獄にがんじがらめになっています。――黄道十二宮の儀式的な暦も同様です。私が最も好きなのはオルフェウス教以前（*pre-Orphic*）、つまり、魂の「堕落」（'fall'）と「救済」（'redemption'）が登場する前です。魂が「堕落」し始めたのは紀元前五百年頃、つまり、オルフェウス教（Orphics）の流布した古代エジプト後期です。そうでしょう？「堕落」と「救済」はかなり後代で、宗教と神話における新しい展開です。およそホーマーの時代でしょうか？こういった本物の異教の偉大な天空――オルフェウス教の「救済」の神秘的教義は、半ばキリスト教的だと私は言いたいのですが――そこには復活という概念がありますが、「救済」（'Salvation'）という概念は全くないのでは？それに、魂の降下という概念はあるものの、「堕落」という概念はないと思いますが？　この二つは全く別物です。私の考えですが、エーゲ海、それに、エジプトとバビロンの偉大な異教徒たちの宗教では、「降下」（'descent'）を偉大な勝利と考えていたに相違ありません。それぞれの東方人にとって、肉体という衣装は至高の栄光であり、我々に肉体を与える母なる月（Mother Moon）を偉大なる贈り物の贈り主とみなしていました。それ故に、東方における古代の太母（Magna Mater）思想が出てきたのではないでしょうか。この物質（Matter）への「堕落」（紀元前六百年には物質はまだ思いもよらぬことでした――そのような概念はなかったのです）、あるいは、「肉体という包み」（'envelope of flesh'）に「埋葬されている」（'entombment'）という非常に有害な新しい概念は、おおよそ紀元前五百年頃に起こり、明瞭な異教的意識になり――天空という壮観を殺す定めを負うようになったのです。ユダヤ人は特に有害です。彼らの言う再生は、常に教訓的で、ぼったくりであって、生命力に欠け、可憐な美しさも持っていません。というわけで、あなたには偉大な天空を探してほしいと思っています、燭台なんてまっぴらごめんです。古い『龍』はとても気に入っています。数年前に目を通したものです、――十字の上の偉大なる天空の男、魚座の内へ移動したかと思うと、また出てくる南十字星の歩行、徐々に移動する天空の極――まさにこの原稿の結末のようです。私は天空の内で仰向けになっている聖ヨハネが好きです。――（しかし彼は決してそうしなかった――それをしたのはカルデア人でした。だからどうでもいいのですが）――そして、あなたには本物の占星学の短い章を二、三章入れてほしいのです。――天体、その意味、金属などについて――できれば、図表や図解をつけて――『占星学』の本をやってほしいと思います。あなたの関心事ではありませんか――あなたは、イエスの頃の最初の数世紀に残っていた占星学的なヴィジョンを再び創る必要があります。――ともかく、私はアイスラー(ロバート・アイスラー(Robert Eisler)の『漁夫オルフェウス――オルフェウス教と初期キリスト教団の象徴的意義に関する比較研究』(一九二一)を指す)に賛成です――というか、彼は正しいと感じています。――黄道十二宮は、生きとし生けるものの犠牲と「マナ」(*Mana*)の達成の一年のリズムを表したものでした。精神的になる前の人間にとって、大いなる努力は自分自身の「力」(*powers*)、「栄光と力と権力」(*honours and powers and might*)、――すなわち、マナ――生き生きした獣のそれを体現することであり――マナのすべてが人間、あるいは神の内に成就されました。これはヨハネの考えでもありました――偉大な生き物の活き活きとした特質を人間の内で一つのエネルギーと力(One Might and Power)(あるいは聖なるもの)へ統合することです。――章は少なくし、占星術学の解説を二、三章、そして、図表または図解を付けてはどうでしょう――説得力のあるものになります。あなたがパリに来れば、ここで読み上げ、話し会うことができます。残念なことに、このちっぽけな家はまことに狭苦しく、それに、私の体調は実に厄介です。

チャーリー・ラーはどうして最近手紙をよこさないのでしょう。――彼に会いましたか。

あなたのご健勝を祈っています。

(四七七―八頁)

この時期、忍び寄る死を前にしてロレンスの脳裡にあったと思われる人間像はこの手紙からも明らかである。古代人にとって、宇宙はまったく宗教的なものでありながらも神のいない世界であり、「創造」とか「分離」とか「神対世界」といった概念も存在していなかった。自己や個性や神について私たちがきわめて危険な認識を生み出したのは、こうした宇宙とは別個な場所で成長したがためで、私たちが背負っている最大の罪は、自らがこの宇宙から分離しているという認識から生まれるとロレンスは主張する。再度、人は自らの外部に、宇宙の有機性そのものの内にこそ、その自立性を求めねばならない。人間相互の愛とて例外ではなく、愛は直接的ではなく、巧妙に迂回を辿らねばならず、ロレンスはその迂回を、宇宙の根源に通じることによって見出すことで、全体性を喪失した私たちに一つの指標を提供している。死後出版の評論『アポカリプス』（一九三一、ケンブリッジ版『アポカリプスと黙示録所見』（一九八〇）所収）の結末の一節はこのことを明瞭に語っている。

私の個人主義は実際、一つの幻想である。私は大いなる全体の一部であり、そこから逃れることなどできない。だが、私は様々な関わりを否定し、壊すことで一個の断片と化すことも「可能である」。その時、私は惨めな人間となる。

私たちにとって必要なことは、私たちの誤った人為的な関係を壊すことである……そして宇宙や太陽や地球を始めとして、人間や国家や家族などとの生き生きとした有機的な関わりを再び確立することである。まずは太陽と共に出発せよ、そうすればその他のことは徐々に、徐々に生起してゆくだろう。（一四九頁）

ロレンスの考え方をよく知っている人にとって、ここに挙げた文章は馴染み易いものではあろう。言うまでもなく、人間は太陽系の一部であり、カオスから飛び散って出現したものとして、太陽や地球の一部であり、胴体は大地と同じ断片であり、血は海水と交流する。ロレンスは人間を周期的な現象、つまり、満ち欠けする月のように、未来の暗闇から生まれてはまたそこに戻ってゆく種子のようなものだと考えていた。そこで重要なのが、最後の「まずは太陽と共に出発せよ、そうすればその他のことは徐々に、徐々に生起してゆくであろう」というきわめて神秘的な一行である。自らの思想を展開させる上で、太陽は最初の記号なのだ。だが、『無意識の幻想』（一九二二、ケンブリッジ版『精神分析と無意識、無意識の幻想』（二〇〇四）所収）の中で、太陽的生命を付与された私たちは逆に輝かしい血の世界からささやかで新たな光機を送り返すことから、『金枝篇』（一八九〇）のフレーザーの言葉を、「太陽も定期的に生命から力を授かっているという風に、古代アーリア人たちには思えたに違いない」（六四頁）と書き換え、「それは初期のギリシア哲学者たちがつねに語っていたことで、私にとって真実であり、宇宙の糸口である。そして、太陽や星はもとより、死滅した惑星にまでもその活力の一部を与えているのは、また生命を有する私たち自身でもある」（六四頁）と結んでいるのは興味深い。私たちの血と太陽との間には、また、私たちの神経と月との間には、未来永劫にわたって脈々たる交流があるのだ。もっとも生命の根源であるとか、私たちがどこからやって来て、将来どの方向に進むかといったような問題については、まったく知る由もない。ただ核心に神秘を孕んだ生命と呼ばれるものが存在することを知っているだけだ。もし人間の知性がそれを否定するならば、その知性にはどこか欠陥があるに違いない。知性は血に従属するべきものだからである。あらゆる罠や落し穴を生み出し、生命本能を否定するのも、人間の心だとロレンスは言う。

したがって、存在と無との間に束の間の生を固定することから生まれる不滅性という宗教的概念を、無限の暗闇の存在に対するこの世の虚しい願望とロレンスは解釈していた。こうした生きながらの死への直面はまさに煉獄の苦しみに他ならなかった。『最後の詩集』（一九三二）所収の「貯えるものなど何もない」のような詩を書き上げることで、息を引き取るまでの数ヵ月間、ロレンスは病気と死に自らを譲り渡すことはなく、どこかしら自分の内に「静寂さそのものとも言える小さな核心」があって、そこは依然として驚くほど生き生きとしていたことを実感していたばかりか、死が自分にとってどのような積極的な意味を持っているかを探っていた。それはまさに生きるということの意味に他ならなかった。そのために死を恐れながらただひたすらこの世に執着するといったフリーダの母親の生き方にはとうてい我慢できず、一九二九年八月二日に妹のエイダ・クラークに宛てた手紙（ケンブリッジ版『D・H・ロレンス書簡集』第六巻（一九九一）所収）で、ロレンスは、「どうか僕を衰弱の淵から救って下さい。これほどひどい屈辱感を味わったことがないのです」（三九八頁）と絶叫していたほどである。今一人の友人フランツ・ショーエンバーナーの著書『一ヨーロッパ知識人の告白』（ニューヨーク・マクミラン、一九四六）にも、ロレンスが自分を卑しめることには耐えられず、一瞬一瞬を精一杯に生きたかったことへの説得力に満ちたこのような証言が載っている。「ロレンスは自らの生活と作品を病的な状態、つまり、いかなる不健全な憤りからも解放しようとした。彼は敗北を認めたくなかった。死のように堅固な（*fort comme la mort*）――もしくは生のように逞しい――人間であろうとした。彼は真の人間として生き、そして死んだのである」（二九〇頁）

とにかく、ロレンスは二十数年間にわたって、自分がしかと生きてきたことを実証するにふさわしい活動を提示したように思われる。ロレンスの言うように、私たちが生まれながらにして死者であるとするならば、彼こそが私たちの時代において最も生命力に溢れた死者であったことも事実であろう。あらゆる創造的な芸術家が示す運命への仮借ない意識というものは、畢竟、死の認識やその受容の内に見い出されるのである。そして、芸術家の唯一の価値は、死の受容の内から生命をどのように提示するかに掛かっているとして、ロレンスは生命を引き出し、それを提示した。ロレンスが生きている時には、その生命を吸収したように、これからも何世代にもわたって私たちは彼から養分を摂り続けることだろう。

だが、こうした夢の所有者であったればこそ、本書の最終章でも述べられているように、ロレンスはまた現代にあって最大の孤独者の一人でもあったという否定的側面は見逃せない。その説教は、当時の人々が求めていたものからかなりかけ離れてもいたことから、必然的に孤立せざるを得なかった。思うに、ロレンスは強迫観念とも思えるほどの強烈な感情で自分の出会う人たちの生活に関わり、決して彼らを放置しておくようなことはせず、自らの関心事を彼らの内にも浸透させてゆくことで、彼らを激励し、刺激しては精神を鼓舞しようとしたからである。時として、彼らの抑制をことごとく剥ぎ取って、彼らの私生活にまで入り込み、自分自身の思うように、彼らを造り替えようとした。こうした態度が往々にして言葉の暴力に繋がったのであろう。イングランドを離れても、旅の行く先々で悪名や物笑いを耳にし、身勝手で変節漢と決め付ける数々の他者と出会わねばならなかった。単なる主観論ではなく、自己実現の必要用件でもあった人間の様々な大いなる内的衝動を覚醒させようとしていたロレンスから何かを学ぼうとする人にとっては、ロレンスという作家は刺激的で、人心を奮い立たせる人物ではあったろうが、実のところ実践的な指導者ではなかったと言えよう。あまりにも短気で政治的な本能などまるで持ち合わせていないにもかかわらず、当時、皆でフロリダに出掛け、太平洋上のある島に一つの知的共同体のようなものを作る決心をしていたというから驚かされる。ロレンスは誰にもまして素朴であるばかりか、明晰さや先見性なども兼ね備えていたものの、判断力と政治的知恵に何故か欠けていた。天は二物を与えずとはよく言ったものである。

しかし、そういうことがあったにせよ、西欧文明の発展段階にあって、予測を超えるような作品を創り続けた作家は極めて稀である。周囲の人たちや自然や宇宙との一体感を通じて、自らの文学世界を達成しようとしたばかりか、まさに自己の死によって私たちの心をも豊かにしたからである。ロレンスという人物について考える場合、何よりもまず彼が芸術家であったということ、それも特殊な芸術家として生命を限界まで使い果たさねばならなかった芸術家であったということを忘れてはならない。しかも、ポール・ゴーギャンやルイス・スティーブンソンに連なる高貴な野蛮人（noble savage）として、ロレンスは世界の様々な未開の地で修羅場を体験し、自らの生活をふるいに掛け、鉄の良心を鍛え上げるとともに、芸術の基礎でもある死を捉え直し、死への創造的な反応を示唆することによって、自らの義務を果たしたのである。そうであったが故に、ロレンスの作品が外見的にはどれほど紋切り型であろうとも、その生命力を保持してきたのではなかったか。人間ロレンスが血を流しながら、呻き苦しみ、喘ぎ歓喜し、人を愛しては書き続けながら、安住の地を求めて世界の果てから果てへと彷徨い歩くその姿は、まるで傷つける哀れで悲愴な一頭の神秘的な雌牛そのものを髣髴させはしないだろうか。

今日、入手し得るロレンス伝記の多くがロレンスの死後、一斉に書かれ始め、一九三〇年代を通じて、評伝のはしりとも言える作品が続々と現れたことから、その中でも興味深いものを最後に紹介しておきたい。レベッカ・ウェスト (Rebecca West) の『エレジー』(*An Elegy*、一九三〇)、ジョン・ミドルトン・マリ (John Middleton Murry) の『女性の息子』(*Son of Women*、一九三〇と一九三三)、キャサリン・カーズウェル（Catherine Carswell）の『野蛮な巡礼』（*The Savage Pilgrimage*、一九三二）、フレデリック・カーター（Frederick Carter）の『D・H・ロレンスと神秘的な肉体』（*D.H.Lawrence and the Body Mystical*、一九三二）、『ロレンスとゲルダー』（*Laurence and Gelder*、一九三二）、アナイス・ニン（Anaïs Nin）の『D・H・ロレンス——個人的考察』（*D.H.Lawrence : An Unprofessional Study*、一九三二）、メイベル・ルーハン（Mabel Luhan）の『タオスのロレンツォー』（*Lorenzo in Taos*、一九三二）、ジョン・ミドルトン・マリの『D・H・ロレンス回想録』（*Reminiscences of D.H.Lawrence*、一九三三）、ドロシー・ブレット（Dorothy Brett）の『ロレンスとブレット——ある友情』（*Lawrence and Brett : A Friendship*、一九三三）、ヘレン・コーク（Helen Corke）の『ロレンスとアポカリプス』（*Lawrence and Apocalypse*、一九三三）、アール（Earl）とアクサ（Achsah）のブルースター（Brewster）夫妻の『D・H・ロレンス——回想録と書簡』（*D.H.Lawrence : Reminiscences and Correspondence*、一九三四）、フリーダ・ロレンス（Frieda Lawrence）の『「私ではなく、風が…」』（*'Not I But the Wind...'*、一九三四）、ジェシー・チェインバーズ（Jessie Chambers）の『D・H・ロレンス——私記』（*D.H.Lawrence : A Personal Record*、一九三五）などが挙げられる。これらの伝記はその大半がロレンスの友人や知人たちによる個人的な回想を収録している。だが、ロレンスをよく知っている人たちによって、このような伝記が次々と産み出され、ロレンスに関する感情的真相が躍起になって見出されようとしていたことを思えば、ロレンスが生きていてそれを知ったなら、この上もなく恥ずべき、にがにがしい思いをしたことだろう。生前、ロレンスは（実際、感情の起伏が激しかったにもかかわらず）自分がそのような短絡的な感情によって染め上げられるのをどれほどか嫌っていたからである。だが、残念ながら、当時にあってはそれがロレンスを判断する基準となったのである。これらの作品はすぐれた洞察力や知識をいろいろと提供してくれるものの、実際、その多くが批評精神に欠けていて、極めて主観的・感情的な視点に立って書かれているのは否めない。特に、作者側にロレンスとの親交を懐古的に論じようとする気持ちが先立つため、その作品の質を損なっている場合が少なからず見受けられるからである。だが、一九三〇年代にはまだロレンスの研究者や研究書も今日のように揃っていなかったことから、多少とも主観的・感情的傾向を辿るのは致し方なかったのだろう。

その点で、本書は一種の思想的伝記であって、ロレンスの数々の作品はもとより、当時の様々な社会学・心理学・人類学・宗教学などの分野にわたる文献を渉猟している点で、比較的そうした主観的・感情的観点から幸運にも免れていると言えよう。しかし、いずれにせよこれらの伝記がロレンスの芸術に何より関心を寄せる読者の基本的理解に役立つものであることは間違いない。後年、一九五〇年代になって出版された、エドワード・ネールズ（Edward Nehls）の三巻にわたる膨大な資料的伝記である『D・H・ロレンスの合成的伝記』(*D. H. Laurence: A Composite Biography*、一九五七―五九）や一九九〇年代に登場したロレンス伝記の決定版とも言えるケンブリッジ版『D・H・ロレンス伝記』（全三巻）でさえ、その資料の多くをそれらの伝記から採集しているからである。

原著の訳出にあたって、訳者三人の訳出担当箇所を明記しておくと、「序論」と「第1章と第2章」を木村、「第3章と第4章」と「参考文献」を倉田、「第5章と第6章と第7章」と「索引」を小林がそれぞれ担当した。また、前回の『一人の詩人と二人の画家』の場合と同じく、今回も出版企画から査読・校正を経て完成に至る過程で、春風社編集部の岡田幸一様には格別の配慮や助言を頂いたことに感謝を申し述べたい。

訳者を代表して　木村公一

著者紹介

ウィリアム・ヨーク・ティンダル（William York Tindall）

一九〇三年生まれ。元・コロンビア大学教授。ロレンスの他、ジョイス、イェイツ、ベケットらについての著作がある。一九八一年没。

訳者紹介

木村公一（きむら・こういち）

一九四六年、大阪府に生まれる。一九七五年、早稲田大学大学院文学研究科英文学専攻博士課程修了。一九九四―一九九六年、二〇〇六―二〇〇七年、ロンドン大学・ノッティンガム大学交換研究員。早稲田大学名誉教授、国際日本学会（IAJS）名誉会長。

主な著書・訳書には、『文学とことば』（共著、荒竹出版社、一九九〇）、『英米小説序説』（共著、松柏社、一九九二）、『ケンブリッジ版評伝――若き日のD・H・ロレンス』（編訳、彩流社、一九九八）、ポール・ポプラウスキー『D・H・ロレンス事典』（共編訳、鷹書房弓プレス、二〇〇二）、『オーストラリアのマイノリティ研究』（共著、オセアニア出版社、二〇〇四）、『言語表現と創造』（共著、鳳書房、二〇〇五）、『D・H・ロレンス短篇全集第五巻』（共訳、大阪教育図書出版、二〇〇六）、『ヘンリー・ミラー全集（第九巻）――迷宮の作家たち』（編訳、水声社、二〇〇六）、『ヘンリー・ミラーを読む』（共著、水声社、二〇〇七）、『ロレンス　愛と苦悩の手紙――ケンブリッジ版D・H・ロレンス書簡集』（共編訳、鷹書房弓プレス、二〇一一）、『ポストコロニアル事典』（編著、南雲堂、改訂版、二〇一四）、クヌド・メリル『一人の詩人と二人の画家――D・H・ロレンスとニューメキシコ』（共訳、春風社、二〇一六）、『D・H・ロレンスの手紙』（単著、二〇一七）などがある。

倉田雅美（くらた・まさみ）

一九四七年、東京都に生まれる。一九七〇年、立教大学文学部英米文学科卒業。一九七二年、立教大学大学院文学研究科修了。一九七七年、ノッティンガム大学大学院修了。二〇〇八－二〇〇九年、ケンブリッジ大学、ノッティンガム大学客員研究員。東洋大学名誉教授。日本ロレンス協会評議員。

主な著書・訳書には、ルイス・クローネンバーガー『壮大への渇仰』（共訳、法政大学出版局、一九八五）、『話題源英語（下）』（共著、東京法令出版、一九八九）、『身体のイメージ――イギリス文学からの試み』（共著、ミネルヴァ書房、一九九一）、ポール・ポプラウスキー『D・H・ロレンス事典』（共編訳、鷹書房弓プレス、二〇〇二）、『D・H・ロレンス短篇全集第四巻』（共訳、大阪教育図書、二〇〇五）、『ロレンス――人と文学（世界の作家）』（単著、勉誠出版、二〇〇七）、『ロレンス　愛と苦悩の手紙――ケンブリッジ版D・H・ロレンス書簡集』（共編訳、鷹書房弓プレス、二〇一一）、クヌド・メリル『一人の詩人と二人の画家――D・H・ロレンスとニューメキシコ』（共訳、春風社、二〇一六）などがある。

小林みどり（こばやし・みどり）

一九四九年、静岡県に生まれる。一九七二年、立教大学文学部英米文学科卒業。一九七六年、立教大学大学院文学研究科修士課程修了。二〇〇〇年二月－三月、二〇〇六年一〇月－二〇〇七年三月、ノッティンガム大学客員研究員。元・東海大学准教授。元・日本ロレンス協会評議員。

主な著書・訳書には、『D・H・ロレンスと現代』（共著、日本ロレンス協会編論文集、国書刊行会、一九九五）、『21世紀のD・H・ロレンス』（共著、日本ロレンス協会編論文集、国書刊行会、二〇一五）、テリー・イーグルトン『マルクス主義と文芸批評』（共訳、国書刊行会、一九八七）などがある。

索引

[な]――――――――――――

[は]――――――――――――

［ま］

[や]

[ら]

[わ]

初版発行 二〇一九年一月二九日

D・H・ロレンスと雌牛《めうし》スーザン——ロレンスの神秘主義《しんぴしゅぎ》をめぐって

著者 ウィリアム・ヨーク・ティンダル

訳 木村公一《きむらこういち》、倉田雅美《くらたまさみ》、小林《こばやし》みどり

発行者 三浦衛

発行所 春風社 *Shumpusha Publishing Co.,Ltd.*

横浜市西区紅葉ヶ丘五三 横浜市教育会館三階

〈電話〉〇四五・二六一・三一六八 〈FAX〉〇四五・二六一・三一六九

〈振替〉〇〇二〇〇・一・三七五二四

http://www.shumpu.com ✉ info@shumpu.com

装丁 長田年伸

印刷・製本 シナノ書籍印刷株式会社

ISBN 978-4-86110-627-9 C0098 ¥4000E